ホントの恋を教えてください。

Erika & Atsuki

沢渡奈々子

Nanako Sawatari

EB
エタニティ文庫

目次

ホントの恋を教えてください。　5
愛しいひと　307
書き下ろし番外編
雨降って地固まる？　337

ホントの恋を教えてください。

第一章

「だからさ蓮見さん、食事だけでもつきあってくれないかな」

多分、断られるとは思っていないのだろう。目の前の男からは自信に満ちたオーラが感じられる。しかし依里佳にとってそれは、ただただ息苦しいものでしかない。その圧に耐えられず、思わず目を伏せてしまう。

「すみません、その日は予定が入っていて……」

誰もが目を奪われる印象的な瞳は、憂う様でさえ人目を引く。左の泣きぼくろの上に出来た長いまつ毛の影にすら惹かれる者がいるほどだ。

その男も例外ではなく、彼女の何気ない仕草に見惚れているようだった。

「来週の金曜日は？」

「……その日も無理です」

「じゃあ、いつならいいの？」

「……ごめんなさい、行けません」

依里佳は困ったように笑い、小声で言う。そして軽く頭を下げるなり、目の前の男に背を向けて足早にその場を離れた。

「蓮見さん、また男の人振ってる。しかも技術研の高塔さんだよ」

「自分がモテるって見せつけたいんじゃない？」

「蓮見さんの本性知らないのかねー、技術研の人たち」

後ろの方で、女性たちの好き勝手な言葉が飛び交っている。それを耳にした依里佳は肩をすくめた。

（別に見せつけたいわけじゃないし！）

依里佳は桜浜市にあるＩＴ企業で営業として働くＯＬだ。書類を他部署に届けに行った帰りの廊下でいきなり呼び止められ、食事に誘われたのだ。言われてみれば彼は技術研究所の高塔――と名乗っていた気がする。その名前は依里佳も聞いたことがあった。社内の花形部署、技術研究所のイケメンらしい。

だからと言って知りもしない相手と二人きりで食事になど行けるわけがない。だから謹んでお断りした。

たったそれだけのことなのに、この言われよう。

（もう慣れちゃったけど！）

依里佳は軽くため息をついた。

二十四年以上生きてきて、このように知らない男性からいきなり誘われる経験は初めてではない。そして、同性の同僚たちが自分を見てせせら笑っている場面もまた、初めてではない――というより、依里佳の入社以来、ずっと続いている。

「じゃあ私の本性知ってるんですかねー？　あんたたちは」

「ひぇっ」

突然耳元で囁（ささや）かれ、思わず変な声を上げてしまった。

「――って、言ってやればよかったのに」

「……なんだ、美沙（みさ）か」

社内では数少ない『依里佳の本性を知っている派』の一人――同期の及川（おいかわ）美沙が、とぼけた言葉とともに彼女の顔を覗（のぞ）き込んだ。

「『男を手玉に取って喜んでる尻軽』なぁんて、言わせてていいの？」

「……もう、ほとんど諦めてる」

依里佳はすねたようにくちびるを尖（とが）らせた。

「諦めたらそこで試合終了なのにー」

美沙が某スポーツ漫画の名台詞（めいぜりふ）を引用して依里佳を励（はげ）ます。

「そんなこと言うけどさ、美沙！　私が何を言ったところで、ぜんっぜん信じてくれないんだよ!?　あの人たち！」

美沙に縋(すが)りつくような勢いで依里佳は言う。

そう、自分が決して彼女たちの思うような女ではないことを理解してもらおうと、依里佳なりに頑張ってはみた。何度か直談判(じかだんぱん)もしてみたけれど、それを素直に信じてくれるような生易(なまやさ)しい女性たちではなく。

説得を諦めた依里佳はエネルギー節約のため、以来、多少のことでは自分の弁護をしなくなった。その代わり、彼女たちに中傷(ちゅうしょう)されても無視を決め込むだけの図太さが身についた。今では仕事に支障をきたしかねない時に限って、それなりに反論することにしている。

「まぁ、自分たちが普段から敵と見なして蔑(さげす)んでる女が、実はぜ～んぜん男っ気ない生活を送ってます、って知ったら目玉飛び出るかもね。……あ、そんなことないか、男の子っ気はあるし」

クスクスと笑いながら、美沙が依里佳の脇腹をつついた。

「ちょっ……やめてよ！」

身をよじって彼女から逃(のが)れた依里佳の胸ポケットから、ペンが落ちて転がっていく。それは彼女たちの背後を歩いていた人物の靴に、コツン、と当たって止まった。

「あ……すみません！」

依里佳が慌てて拾おうとすると、大きな手が視界に入りペンを取り上げる。手の行方を辿るように見上げると、そこには満面の笑みを湛えた人の姿があった。

「どうぞ、蓮見さん」

キラキラをまとった長身の男がペンを差し出してくる。依里佳はそれを受け取ってお礼を言った。

「ごめんね、水科くん。ありがとう」

「いえいえ、失くさなくてよかったですね」

あくまでも笑顔を絶やさないその男は、右手を振りながら依里佳たちの横をすり抜けて行く。

「水科くん、相変わらず愛想いいわね」

美沙が感心したように言った。

水科篤樹は依里佳より一歳年下の後輩社員である。若手俳優のように甘く整った顔立ちで、瑞々しく爽やかな雰囲気をまとった美形だ。入社当時から変わらない愛想のよさを持つ好青年でもある。

その上、平均よりかなり高い身長、有名私立大学出身という頭のよさ、若手ながらやり手と評される能力の高さで、女性社員から人気を博していた。

「水科くん、蓮見さんに何か変なこと言われなかった？」

「気をつけた方がいいよ？　あの人尻軽だし」

「あんな人に関わったら、水科くんまで変な噂立っちゃうよぉ？」

声に釣られ振り返ると、さっき依里佳を悪し様に言っていた同僚――佐々木、井上、そして高橋の三女子が水科を捕まえて、あれやこれやとアドバイスしていた。

彼女たちは、依里佳にとってはもはや『天敵』のようなものだ。

一年先輩の佐々木と一年後輩の高橋は、依里佳と同じ部署、そして同期である井上は隣の部署に所属している。年齢はバラバラだが、いつも三人仲良く固まっていることが多い。

依里佳は今の部署に配属された頃にはすでに、何故か彼女たちから目の敵にされていた。三女子曰く、蓮見依里佳とは『何の努力もしていないのに、男にちやほやされて調子に乗っているふしだらな女』なんだそうだ。薄っぺらい悪口だが、当の本人にとっては、それなりに攻撃力の高い言葉である。日々、地味に精神を削られていた。

「ちょっと、あんたた――」

あまりの言いようにさすがの美沙も呆れ果て、口を開きかける。と同時に、水科が急に弾んだ声で、彼女たちに呼びかけた。

「そんなことより、もっと楽しい話しません？　……あ、そうだ。俺この間、友達とすっごい美味いパンケーキ屋に行ってきたんですけど。半額クーポンたくさん貰ったんで、お裾分けしますよ～」

「あ、あたしパンケーキ好き～」

「え～、どこどこ？　そのお店」

「水科くん、今度一緒に行こうよぉ」

水科が女性たちの背中を押し、依里佳たちから離れて行った。

「上手く話逸らしたわね、ナイス水科くん。露骨に庇ったりしたら、あの人たち余計に依里佳のこと目の敵にしちゃうもの」

後輩のスマートな対応に、美沙が目を見張る。

確かにあれは依里佳のために話を逸らしてくれたのだろう。そういう声色だったのは、彼女にも分かった。でもわざとらしく思われない絶妙なニュアンスで三女子の注意を引いていた。

「いいなぁ……」

依里佳は水科の背中を見つめながら呟く。おそらく美沙にすら届かなかっただろうその小さな本音は、ごくごく自然に口をついて出た。

水科が皆に分け隔てなく愛想を振りまいても、『誰にでも媚を売っていやらしい』なんて言う人はいないのに――依里佳は彼を心の底から羨ましく思う。

そういう意味での『いいなぁ……』だった。

依里佳の所属する営業企画部の十七階フロアの端っこに、その書類倉庫はあった。少し埃っぽい室内の奥に、かなり古い資料が収納された棚がいくつか並んでいる。その棚の後ろに、小さな扉が隠されているのを知る人間は、ほとんどいないだろう。そもそも倉庫に立ち入る社員自体がまれで、古い棚を目指す人間は皆無と言っていい。

　水科の後ろ姿を見送った後、廊下で美沙と別れた依里佳は、さも用事がありますと言わんばかりの態度で倉庫に入った。慣れた手つきで棚をどかし、扉をくぐる。配線スペースを少し歩くと、上に向かう鉄骨階段が現れる。依里佳はカンカンと靴音を響かせて二階分を上って行った。一番上にもう一つある分厚い鉄扉を開けるや否や、ビュウッと音を立てて風が入り込んでくる。

　その勢いに目を細めた依里佳が外に出ると、途端に視界に広がる、青、青、青。朝の天気予報で今日は快晴と言っていたけれど、まさにその通り。

　抜けるような青空が、そこにあった。

　――十八階建ての社屋の屋上だ。

　高さ三メートルほどのフェンスに囲われたそこは殺風景でもの淋しく、普通の人なら立ち入ろうとさえ思わないだろう。

　風を全身に受けながら、フェンスのところまで歩いて行く。端まであと二メートルというところで立ち止まり、脚を肩幅程度に開いた。両手を口の両側に添えて深く息を吸い込み、そして――

「バカヤローー!!」

依里佳は渾身(こんしん)の雄叫(おたけ)びを上げた。

「私は尻軽じゃなぁーーーい!! ごくごく普通の女子なんだからぁあああああ!! 男を弄(もてあそ)んだことなんて、一度だってなぁあああい!!」

さらに絶叫は続く。

「好きでこんな顔に生まれたわけじゃなぁあああい!! っていうか、あんたたちは私が尻軽だって証拠でも持ってんのかって言うんですよ!! 私のこと、これっぽっちも知らないくせにぃいいい!!」

肩で息をしながら、依里佳は心に溜(た)め込んだ澱(おり)を吐き出すように声を張り上げる。ここでは何をさけんだところで、誰にも聞かれないから安心だ。

「……はぁ、スッキリした」

満足げに笑むと、依里佳は急いで元来たルートを引き返す。まだ就業時間なので、あまり長く席を外すわけにはいかない。棚の位置を戻すと、素知らぬ表情(かお)で部署まで戻った。

この会社に入ってすでに二年が経(た)っているが、依里佳は入社当時から何かと目立つ存在だった。それは彼女がかなり容姿に恵まれた女性であるためだ。

少したれ気味の大きな目。二重まぶたを縁取るまつ毛は濃く長い。そしてその目の魅力を引き立てるように存在する泣きぼくろ。それほど高くはないがツンと尖った鼻、ふっくらとしたくちびる――コケティッシュで、いかにも男好きのする顔立ちだ。ダークブラウンのショートボブヘアは、ともすればルーズになりがちな彼女の印象を引き締めている。スラリとした肢体はほどよい曲線を描き、そこからほんのりと漂っているように感じられるフェロモンも、男を惹き寄せる要因だろうか。

そのためか、依里佳は入社後すぐに男性社員の間で話題となり、アプローチを受け続けてきた。そしてそれを妬んだ一部の女性社員からいわれのない中傷を浴び続けて現在に至る。

けれど依里佳は、今まで一度たりとも社内の男性とつきあったことはないし、ましてや弄んだ覚えもない。

過去に彼氏と呼べた存在だって二人しかいなかった。自分から好きになった人が依里佳を選んでくれたことなど、今まで一度もない。過去に好意を寄せた男性は皆、彼女とは真逆のルックス――決して派手ではない、ふわふわとした綿菓子のような女性を好んだから。

自分に言い寄る男の大半は、依里佳の華やかな見た目だけで中身を判断し『男慣れしていて小悪魔的で自信に満ちた女性』だの『恋人としては最高だが結婚相手には向かない女』だのと思い込んで接してくる。

そして本当の彼女を知ると、決まってこう言うのだ。

『君がそんな人だとは思わなかった』

勝手に『理想の蓮見依里佳像』を作り上げたくせに、まるで騙されたような顔をしてこちらを責めるから、彼女はその度に傷ついてきた。

（私だって、こんな派手な見た目に生まれたくなかった）

何度そう思ったことか。もちろん、そんな台詞を口にしてしまえば、他の女性から要らぬ反感を買うことは分かっているので、黙して語らないでいるけれど。

そもそも依里佳はルックスにこそ華はあれど、性格はそれと真逆である。決して暗くはないが、どちらかと言えば地味だ。注目されることは好きではなく、芸能界にスカウトされたこともあるが、すべて断っている。むしろ某少年漫画に登場するラスボスの口ぐせのように、『普通に、静かに暮らしたいの！』と、常々言っている。

自分の性格にこの器は、とても釣り合っていないと思うのだ。現に、彼女をよく知る友人に言わせると、依里佳は『王室御用達ブランドの高級クリスタルシャンパンフルートに、ペットボトルのお茶を入れたような女子』なのだそうだ。要は『中身は地味である』と言いたいのだと思うが、

『ペットボトルのお茶美味しいし！　私は好きだよ！』

と、的外れな反論をしてしまった依里佳だった。

「え〜りか！　今日帰りにパンケーキ食べてかなぁい？　パ・ン・ケ・ェ・キ！　水科くんから半額チケットもらったんだよぉ。ありがとねぇ〜、水科く〜ん！」

水科に向かって大きく手を振りながら、松永ミッシェルが依里佳のもとに小走りで寄って来た。かなり大きな声を出しているのは、おそらく例の三女子に当てつけているためだろう。

（美沙から聞いたのかな？）

ミッシェルは日本人とアメリカ人のハーフだ。依里佳と美沙とは同期入社で、依里佳とともに男性社員の話題をさらった美女でもある。ポーランド系アメリカ人の母親の遺伝子を色濃く受け継いだ彼女は、本来潜性遺伝であるはずの青い瞳が一番の特徴だ。日本生まれ、日本育ちながら、見た目でいろいろな思いをしてきたせいか、依里佳と苦労を分かち合う仲でもある。

社内で嫌な思いをすることがあれば、美沙も含めて三人でフォローし合ってきた。だから、ミッシェルがこうして自分を庇ってくれているのを見て、『そんなミッシェルが好き！』と心で絶賛しながらも、依里佳は申し訳なさそうに手を合わせる。

「あー……ごめん！　今日は翔と一緒に映画観る約束してるから」

「あはは〜、そっかぁ。翔くんならしょうがない！　よろしく言っといて〜」

ミッシェルは、納得したとばかりに彼女の肩を叩いた。

「うん、また誘って！　じゃあ私、帰るね！」

依里佳はミッシェルに手を振り、職場を後にした。

＊＊＊

「あれ、蓮見さん、お疲れさまです。蓮見さんも、北名吉駅だったんですか？」

まさかこんなところで彼の顔を見るとは。依里佳は自分の目が信じられず、ぱちぱちとまばたきを繰り返した。

「う、うん……東口なの。水科くんも？」

「そうなんですか、俺は西口なんですよ。今まで会ったことなかったですよね？」

ミッシェルの誘いを断って帰途についた依里佳は、会社のある桜浜駅から各駅停車で十五分の地元駅――北名吉に着き、電車を降りてすぐに水科と出くわした。

彼の言う通り、今まで一度も会わなかったので、依里佳は水科が自分と同じ駅を利用していたなんてまったく知らなかった。

ここにはさすがに例の三女子の目もないので、そのまま一緒に改札口へ向かう。

「あ、水科くん。今日はありがとう。佐々木さんたちの話、逸らしてくれて」

「あぁ……あれ、結構えげつなくて聞くに堪えなかったんで。蓮見さんのためと言うより、自分のためでしたよ」

「でも、嬉しかったから。ありがとう」

本当は、嬉しいというより羨ましかったんだけど——こんなことを伝えたところで水科が困ってしまうと思い、あえて本心は言わなかった。それくらいの気遣いは心得ているし、嬉しかったのも嘘ではない。

「俺も嬉しいです」

「え？」

「こうしてめずらしく、蓮見さんが俺に話しかけてくれたから。いつもは業務連絡以外で、声かけてくれないじゃないですか」

「それはほら、私が話しかけると、水科くんに迷惑がかかるかな、って思って」

社内の男性社員と気軽に会話しようものなら、三女子が目ざとく見つけては『媚を売っている』だの『色目を使っている』だのと言ってくるため、女性社員に人気な彼には下手に声などかけられないのだ。おまけに彼女たちは、管理職の前ではあからさまに罵ってくることがない分、タチが悪い。

「あははは、そんなこと気にしてくれてたんですか？　大丈夫ですよ、俺はそんなの全然気にしませんし、彼女たちの発言についても何とも思ってませんから。だからどんどん声かけてください。俺も蓮見さんと仕事の話とか、いろいろしたいです」

依里佳と水科は部署こそ一緒だが、グループが違うので仕事の内容も若干違う。直接関わることはあまりないが、お互いの業務について把握するための情報交換も、時には必要だ。

「あ……りがとう。うん、これからは話しかけるようにするね」

「是非是非そうしてください」

そう言って水科が笑う。

「……？」

その笑みに少し違和感を覚えた。いつものぱぁっと輝くような笑顔ではなく、しっとりとしていて、どこかほんのりと色気が漂っているというか。

花で例えるならば、いつも会社で見ているのは開花したばかりのピカピカなひまわり。そして今の表情は、咲きかけの白い牡丹といったところか。繊細な花びらが幾重にも重なったつぼみがゆっくりと開いていくような、そんな笑みだ。とても色っぽく、見ていてドキリとする。

水科のこんな色づいた表情なんて初めて目にしたので、依里佳は思わず息を呑む。仕事の後でやや疲れた感じがそう見せているのだろうか。でもその割には妙に弾んでも見えるような、なんだか不思議な雰囲気だ。

「もしかして、水科くんは今からデート？」

改札を出て東口と西口の分岐点まで来た時、依里佳は尋ねた。ところが水科は何を聞いているのだろう？　という表情で首を傾げる。

「え？　どうしてですか？」

「えっと……水科くん、どことなく楽しそうだから、そうなのかな、って」

「いやいやいや。……それは、蓮見さんとこんなところで会えたからですよ。今日の俺すげぇついてる、って。あー……俺、これで一週間分くらいの運、使い果たしちゃったかも」

ふうわりとして、それでいて艶っぽい笑みから淀みなく放たれたその言葉に、依里佳はくすぐったい気持ちになった。

（こういうこと、サラッと言えちゃうのってすごいなぁ）

「水科くんって……女性を立てるの、上手だよね？」

「そうですか？」

「今日だって、全然角を立てずに佐々木さんたちの話を流してて……だから人気があるんだね」

水科は入社時、まずその見た目で社内の話題をさらった。スラリと高い身長、スタイルのよさを損なわない程度に鍛えられた身体つき。黒檀色の髪は自然な感じにスタイリングされ、おしゃれな印象をもたらしている。顔も芸能人だと言われてもおかしくないほどに甘く整っており、かと言って彫刻のように冷たい雰囲気はない。

その上、誰に対しても嫌な顔を見せたことのない人の好さなのに、なめられない。

これはもう、生まれ持った才能ではないかと依里佳は思う。

こうしてほんの数分話しただけで、水科が社内の女性に慕われている理由がよく分かった。

「蓮見さんだって人気あるじゃないですか」

「え、私は……」

男性からは多少そういう風に思ってもらえているかもしれないけれど、女子には嫌われている自覚があった。

「あの三人が妙に絡んでくるから、女性社員には疎まれてるって蓮見さんは思ってるかもですが、実は女子にも人気あるんですよ。俺の同期の女子なんて、蓮見さんに憧れてる、って言ってましたし。きれいなのに全然驕ってなくて親しみやすい、って。……あれ、なんだか俺、上から目線になってますかね？」

「う、ううん、全然！」

「佐々木さんたち、いつも蓮見さんについてあれこれ忠告してくれるんですけど。俺、蓮見さんをそんな風に思ったことないですし……こっそり援護しますんで。だから、もっと自信持ってください。味方はたくさんいますよ？」

「あ……ありがとう。そう言ってもらえると、気持ちが軽くなる」

水科に噂だけで判断されなかったのが嬉しい。

同時に、水科が女性にモテる美形というだけで、心のどこかで身構えている自分がいたことに気づいた。噂だとか見た目だとかで相手を判断していたのは自分も一緒だったのかもしれないと、少々反省する。

「じゃあ、俺こっちなので」

「うん、お疲れ様です」

水科と別れ自宅に向かった依里佳の心は、ポカポカと温かかった。


「ただいまぁ」

玄関のドアを開けた依里佳が家の奥に向かって声をかける。その数秒後、ドタドタと家の中を走り回る音が聞こえてきたかと思うと、足音の主(ぬし)が依里佳の首に抱きついた。

「おっかえりぃ、えりか！」

「っと、ただいまぁ、翔……ちょ、苦しいから下りなさい」

両腕両足を自分の身体に絡ませてくる四歳児を、ギブギブ、と言いながらなんとか剥(は)がす。

「えりか！　あのね！　きょうアニーがたまごうんだよ！」

瞳にキラキラと星をちりばめながら、ペットのカナヘビの産卵を報告する甥っ子に、依里佳は目元を緩ませた。

「ほんと？　すごいね！」

「翔〜、『りゅううさ』始まるよ！　あ、依里佳ちゃん、おかえり〜」

「ただいま、陽子ちゃん」

ダイニングから顔を出した義理の姉に応えた後、依里佳は自分にまとわりつく翔の手を取り、廊下を歩いて行く。

「えりか、『りゅううさ』のえいが、いっしょにみて？」

今夜放映される子供向けアニメを一緒に観てほしいと、翔は依里佳の服を摘んで引っ張り、彼女を見上げた。その視線には『おねがい♪』という可愛らしい意思がたっぷり込められている。

（可愛いっ……天使は地上にいる……！）

依里佳はデレデレと顔の筋肉を緩ませた。その愛らしい姿を見るだけで、今日一日の疲れが吹き飛んでしまう。

「もっちろん、そのつもりで早く帰って来たんだよ？　荷物置いて手を洗って来るから、先にテレビ観てて？」

　依里佳は実家住まいだ。ただし、現在の世帯主は八歳年上の兄・俊輔（しゅんすけ）なので、彼女は兄家族と一緒に暮らしている。というのも、両親は依里佳が高校二年生の時に、交通事故でそろって他界してしまったからだ。それ以来、実家で兄と二人暮らしをしていたのだが、一年半後、依里佳の大学入学が決まるのと同時に、俊輔と陽子の結婚が決まった。

『お兄ちゃん、私、家を出るね。新婚さんの邪魔はしたくないし』

と、一人暮らしを決意したのだが、依里佳を止めたのは他でもない、義姉（あね）の陽子だった。

　陽子は俊輔の大学時代の同級生だ。よく家にも遊びに来ていたため依里佳とも顔なじみで、二人は俊輔抜きでも一緒に出かけるほど気が合った。

『だめだめ！　依里佳ちゃんみたいな美人で可愛い子を、一人暮らしなんてさせられない！　お嫁に行くまではこの家で一緒に暮らしてもらいます！　いいわね？　俊輔、依里佳ちゃん』

　ちゃきちゃきの江戸っ子である陽子に反対出来る人間など、その場にはいなかった。

　陽子はさっぱりとした性格を反映したような、くっきりとした目鼻立ちをした美人である。怜悧（れいり）な瞳と、賢そうな薄いくちびるが印象的だ。

　俊輔自身も依里佳の兄だけあって結構な男前だ。彼女とよく似たたれ気味な目は大きく、おっとりとした人の好（よ）さをより際立たせている。背も水科ほどではないものの、平均よりは高い方だ。

そんな二人は、妹の目から見てもお似合いのカップルで。そして当然、翌年生まれた彼らの息子である翔も、生まれた時から将来が楽しみになるほど、可愛らしい赤ちゃんだった。

こんな天使のような子がいていいのか、と思わず天に問うてしまうほど愛らしい甥っ子に依里佳は心を奪われ、それはそれは可愛がった。

陽子の出産直後は、疲弊した彼女に代わって出来る限りの家事育児をしたし、今でも空いている時間には面倒を見ており、翔の好きな幼児番組やアニメまで一緒になって観賞している有様だ。映画も劇場まで観に行くし、翔のためにイベントの行列に並んだりもする。

そういった依里佳の溺愛ぶりが実を結んだのか、翔は叔母によく懐いていた。今も翔はソファで依里佳の膝に座ったまま、アニメ映画を観ている。そこが二人でテレビを観る時の定位置だったりするのだ。

見返りを期待せずに自分を好いてくれる男は、もはやこの世で甥っ子だけだと依里佳は思う。

「あーえりか、またないてるー。しょうがないなぁ、もう」

子供向けアニメを観てボロボロ泣いている依里佳に、翔がティッシュの箱を渡してくれた。

「だって、だって……っ、うさぎが、うさぎがぁ……」

二人が観ているアニメ、『もこもこりゅうととんがりうさぎ』——通称『りゅううさ』は、雲から生まれた竜と水晶から生まれたうさぎが出逢い、一緒に旅をする物語だ。元々は絵本が原作だが、数年前からテレビアニメが放映されている。キャラクターの造形の可愛らしさとワクワクとドキドキが詰まったストーリーが子供たちだけでなく大人にも受け、今や国民的アニメとも呼ばれるほどの人気を誇っている。

その『りゅううさ』のみならず、依里佳は家ではいつも翔と一緒に子供向け番組ばかりを観ている。

だから同年代が観ているようなテレビ番組は、ここ四年はほとんど観ていない。翔が寝た後なら時間も出来るのだが、空けば空いたで家事を手伝ったり、お風呂に入ったり——と、結局観ないで終わることの方が多かった。

そのせいか、男性と二人で出かけてもまず話が合わない。

依里佳も年頃の女性なので、以前はちょっと気になる男性から誘われた食事やデートに出かけることもあった。

彼らは彼女の気を引こうと、皆一様に流行りの話題を口にする。ファッション、ドラマ、バラエティ番組、デートスポット、レストラン、ヒット曲——けれど当の依里佳が、それについていけないのだ。

おそらくうんうんと話を聞いていれば、反応として間違いないのだと思う。実際、依里佳もそうしてきた。しかし彼女も流行にアンテナを張り巡らせていると当然のように思われているので、相手から好みや意見を尋ねられる。

もちろん、上手い反応など返せない。

ファッションはともかくとして、ドラマやバラエティ番組なんてほとんど観ないし、翔と出かけるのは公園かペットショップか動物園か遊園地、好きな食べ物はB級グルメ、そして毎日聴くのはアニメソングか戦隊ヒーローもののテーマ曲だ。これでは会話など噛み合うはずもない。

一度など『私、甥(おい)っ子とアニメしか観ないので……』と発言したところ、こんな反応が返って来た。

『蓮見さんがアニオタとか、何の冗談？』

『え……マジなの？』

『ちょっと……それはない』

そしてやはり『イメージと違う』と引かれてしまうのだ。

中には多少話が合わなくてもかまわない、と言う男もいたが、そういう場合は大抵あからさまに依里佳の身体が目当てだったので、彼女の方が拒否反応を示すこととなる。

　自分が他の女性とかなり違う嗜好をしているのは、もちろん自覚している。けれど、こんな自分を変えたいとは思わないし、変えてまで男性とつきあいたいとも思っていない。

　このままの自分を受け入れてくれる男の人がいればいいのに……と、考えることもあるけれど、それはなかなか難しそうだ。

（私、一生結婚出来ないかもしれない）

　依里佳は半分、恋愛を諦めていた。

「依里佳ちゃん、翔、夕飯出来たよ～。食べよう」

　陽子がダイニングから依里佳たちに声をかけてきた。

「あ、陽子ちゃん、お手伝いしなくてごめん」

「いいのいいの、翔のこと見ててもらってるし」

　陽子の仕事は弁護士だ。しかし翔がもう少し成長するまではと業務量をセーブし、基本的には在宅勤務をしている。なので今は蓮見家の家事の半分以上を彼女が引き受けていた。

　依里佳も週末など、出来る時にはちゃんとやっているが、平日の夜は翔の相手をするだけが多かった。

「翔、おてて洗ってきて。ご飯だよ」

膝から翔を下ろして床に立たせる。

「やだぁ、これまだみたい～」

「録画してるから、夜ご飯食べたら続き観よう？」

依里佳が目線の高さを合わせてそう言うと、翔は『わかったぁ』と、しぶしぶ洗面所へ行った。

（なんだかんだでちゃんと言うこと聞いてくれるのが、また可愛い……！）

ニヤニヤしながら翔の後をついていく依里佳の姿は、端から見ると相当薄気味悪いだろう。そう自覚しつつも、叔母バカを抑えるつもりは毛頭ない依里佳だ。

（翔が可愛すぎるのがいかんのよ！　こんなに可愛い幼稚園児いる⁉　園でも女の子にモテるんだろうなぁ）

そんなことを考えながらポテトサラダを食べる依里佳に、突然陽子が切り出した。

「そういえばね、叔父さんが今度こそお見合いはどうか、って聞いてきてるんだけど。依里佳ちゃんみたいな美人さんがフリーなんて！　って、また張り切ってるのよねぇ」

依里佳は口の中のサラダを呑み込んだ後、申し訳なさそうに答える。

「……ごめん、陽子ちゃん」

「だよねぇ。大丈夫だよ、断っておくから」

「いつもごめんね」

「気にしないで！　私だって、大事な義妹の依里佳ちゃんには、望まない相手と結婚してほしくないし！　俊輔だってそう思ってると思うよ？」

そんな話をしていると、玄関の扉が開く音がした。

「ただいま～」

「あら、噂をすれば、俊輔がご帰還だわ」

「あ、おとうさんだ！　おかえり！」

翔は椅子から転がり落ちる勢いで駆け出し、ダイニングに入って来たスーツ姿の俊輔の腰に抱きついた。彼は鞄を床に起き、息子を高く抱き上げる。

「翔～、ただいま～！　いい子にしてたか～？　……あ、依里佳、うちの部長の息子さんが、おまえをどこかで見かけて気に入ったそうで、是非紹介してくれって言われたけど、断っておいたぞ」

「あ、ありがとう……お兄ちゃん」

兄夫婦の双方から似たような話を立て続けに振られ、依里佳は苦笑する。

「ったく、どこで俺の妹だって知ったんだか。いきなり部長に会議室に呼ばれて驚いたわ」

「え～、俊輔ってば勝手に断っちゃって。一応依里佳ちゃんに確認するくらいはしなさいよ。私だってちゃんと聞いてるのに」

「だってな、その部長の息子、職場でも噂になるほどダメ息子って有名なんだよ。とにかく金にも女にもだらしがないって。だから『妹はアメリカの有名投資家のご子息に見初められて婚約中です』って、断っておいた。そう言えばさすがに諦めるだろ。大事な妹をそんなろくでもないやつと引き合わせたら、あの世の父さんと母さんが化けて出そうだもんな」

「お兄ちゃん……いくら何でもその嘘は、あまりにも現実離れしすぎ……」

陽子の身内や俊輔の知人にも依里佳の美貌のほどは伝わっているらしく、見合い話や紹介してほしいという依頼がしばしば舞い込んで来る。中にはいい条件の相手もいるのだが、実際に会ってみると、例によって相手が依里佳の見た目と中身のギャップに困惑して、話が立ち消えになってしまうのだった。

何回かそういうことがあって以来、俊輔と陽子が見合いの前に盾になってくれている。必要とあらば依里佳の性格や嗜好を相手側に説明し、見た目から想像するような女性ではないことを伝えてくれるのだ。

ほとんどは本人の代わりに断りの返事を伝えるだけなのだが、それをいとわず請け負ってくれる兄夫婦に、依里佳は頭が上がらなかった。

＊＊＊

「こんなもんかな……」

鏡に映る自分の顔を見て依里佳は呟いた。

化粧一つ取っても、かなり気を使う。何故なら、素顔に近いような薄化粧で会社に行けば『すっぴんでも美人だって言いたいの？』と嫌味を言われ、しっかりメイクで行けば『ケバい』と嘲笑されるからだ。もちろん、例の三女子に。

気にしなければいいのだが、あれこれ言われるのも面倒くさい。だからいろいろ勉強して腕を磨いた。ケバくもなく手抜きでもない、ちょうどいい具合のメイク術。

なので会社に入ってから、メイクの腕は格段に上がった。その点については、彼女たちに感謝してもいいかもしれない……と、依里佳はポジティブに考えるようにしていた。

身支度を済ませてリビングへ行くと、スーツ姿の陽子が慌ただしく動き回っていた。

「ごめんね、依里佳ちゃん。翔のこと、お願いね」

「大丈夫だよ、ちゃんと幼稚園まで送るから、行ってらっしゃい」

在宅勤務をしている陽子だが、クライアントと会うために外出することも多い。場合によっては今日のように朝早く家を出なければならないこともあり、そういう時は俊輔や依里佳が送り迎えをしている。

陽子が家を出てから三十分ほど経った頃、依里佳は翔に声をかけた。

「翔、幼稚園行くよ〜」

「わかったぁ」

飼育ケースの中を覗いていた翔は、名残惜しそうに蓋を閉めた。

翔は幼児番組やアニメも好きだが、何より好きなのが爬虫類だ。三歳の頃には庭でトカゲを捕まえては飼育ケースに入れて観察をしていた。

動物園に行けば爬虫類館に入り浸り、専門のペットショップへ行けばイグアナやカメレオンを買ってくれと駄々を捏ねる。

そんな翔は、今はジャックとアニー――一週間ほど前に捕まえてつがいで飼育しているカナヘビに夢中だ。メスのアニーが昨日卵を産んだので、大喜びで世話をしている最中なのだ。食べ終わったプリンカップに土を入れ、そこに卵を隔離している。

『カナヘビのたまごは、おみずをあげなきゃいけないんだよ』

どこで覚えてきたのかそんなことを言い、定期的にたっぷりの水で土を湿らせていた。

さらに翔は毎晩寝る前には図鑑を眺め、枕元に置いて寝ている。知識をどんどん吸収していくため、依里佳はそろそろ翔の爬虫類フリークぶりについていけなくなりつつあった。

爬虫類は別に苦手じゃないが、でも大好きというわけでもない。翔がいなければ興味なんて持たなかったし、カナヘビのオスメスの区別すらつかなかったと思う。今やしっかり判別可能な上に、素手で触ることも出来るわけだが。

こんなことに慣れてしまった自分に苦笑してしまうけれど、可愛い甥っ子のためなら仕方がない。

翔はカナヘビに『いってきまーす』とあいさつをし、それから手を洗って依里佳のもとへ来た。

さくらはま幼稚園は蓮見家から徒歩三分ほどのところにある。だから翔は園バスを利用せず、歩いて通園していた。

「おはようございますー」

園庭を掃除している職員に挨拶をし、それから昇降口へと入る。そこはすでに登園している園児で賑わっていた。

「翔くん、おはよう」

翔の担任が、他の園児の身支度を手伝いながら声をかけてきた。

「かなみせんせい、おはよう！」

「かなみ先生、おはようございます」

「おはようございます。今朝は依里佳さんが送り担当なんですね」

「はい、よろしくお願いします。……じゃあね、翔。いい子にするんだよ？」

「じゃあねー、えりか！」

翔が入園してから、依里佳は園の行事に出来る限り顔を出していた。可愛い甥っ子の幼稚園での姿を見たかったのもあるけれど、何より翔の保護者の一人だと周囲に認識してもらいたかったから。

その甲斐あって、今では幼稚園の教職員のほぼ全員が依里佳を翔の保護者であると理解してくれている。

「蓮見さん……！」

園の職員に会釈をし、園庭の門から外へ出てそのまま会社へ向かおうとしたところで、後ろから声をかけられた。

「副園長先生、おはようございます」

さくらはま幼稚園の副園長、関口曜一朗がそこにいた。急いで追いかけて来たのか、少し息を切らせている。

「蓮見……依里佳さんがいらしていると伺ったので……！」

依里佳は追いついた関口の息が整うのを待った。

「何かご用ですか？　翔が何か？」

「いえ、翔くんはとってもおりこうですよ。いつも元気ですし、他の子にも優しくて頼りになります。……っと、そうではなくて。実は依里佳さんにお願いがありまして」

居住まいを正して関口が言う。

彼は園長の息子で、言うならば次期園長だ。年は三十に届くか届かないくらいか。品のよい美形である上、眼差しや物腰がいつも柔らかく、包容力のあるタイプに見える。襟足が隠れる長さに整えられた焦げ茶の髪はサラサラで清潔感があり、それがまた彼の上品さを引き立てていた。背もかなり高いので、園長に高所の作業をよく頼まれているらしい。

当然、教職員や保護者からの人気も高い。独身の職員やシングルマザーの中にも、本気で彼を狙っている女性は少なくないと、依里佳は園ママから聞いたことがあった。

関口は幼稚園教諭免許を持ちながらも、元々は他に会社を経営していた実業家らしい。園を学校法人化するに当たり、理事長や園長に乞われて幼稚園経営にも加わったとか——どこからそんな情報を仕入れてくるのか、園ママから聞かされるたびに依里佳は脱力してしまう。

「何でしょう？」

「今度、園の課外活動で合気道を始めたいと考えているんです。依里佳さんは以前合気道を習ってらしたと伺ったので、もし講師に心当たりがあればご紹介いただけないかと思いまして」

課外活動とは、放課後に園の設備を提供して行うお稽古ごとのことだ。講師は外部から招き、生徒はもちろん、さくらはま幼稚園の在園児や卒園生が対象になる。

思いがけない申し出に依里佳は一瞬目を丸くしたが、すぐにうなずいた。

「そうですね……じゃあ、私が教わっていた師範に聞いてみます」

確かに依里佳は、高校生の時まで合気道を習っていた。陽子か俊輔に聞いたのだろうか。

「それで……そのことに関するやりとりもしたいので、もしよろしければ携帯番号とかメッセージアプリのＩＤを教えていただけませんか？」

「はい、かまいませんよ」

依里佳はバッグからスマートフォンを取り出して、関口と番号の交換をする。

「合気道のことだけじゃなく……個人的な内容を送ったりしてもいいですか？　世間話とかそういった類の」

関口が少しばつが悪そうに尋ねた。

「あはは、いいですよ。律儀ですね、副園長先生」

メッセージのやりとりをするのに、わざわざ内容の許可を取るなんて。彼の礼儀正しい人柄に、思わず笑みが浮かぶ。

「ありがとうございます。依里佳さん、これからご出勤ですよね？　すみません、朝のお忙しい時にお引き止めして。行ってらっしゃい、お気をつけて」

依里佳は優美な笑みを浮かべた関口に送り出された。

出社すると、三女子が待ってましたとばかりに嫌味を連発した。もちろん、課長たちにはバレないようこっそりと、だ。

「重役出勤なんて、余裕あるよねぇ」

「夜遊びしすぎて寝坊したんじゃない？」

「いいよねぇ、美人は遅れて来ても何も言われなくて」

「昨日の内にフレックスタイム出社の申請をして、勤務予定表にもそう入力しておいたんですが……ご存知なかったようで失礼しました」

依里佳は一応、やんわりと反論はしておいた。それが彼女たちに響いているのかどうかは別として。

（っていうか、私にあれこれ言うヒマがあるなら仕事してほしいわ、ほんとに……）

仕事を中断したり課を越えてまで顔を出したりして嫌味を言いに来る価値が、私にあると思っているのかしら――依里佳は首を傾げた。

とはいえ、いつまでも気にしていても仕方がないので、自分の仕事に集中することにする。客先に出向いている同僚からの電話を受けてデータを送ったり、企画の草案を練ったり、関係部署から回ってきた報告書に目を通したりと忙しく働いていると、声をかけられた。

「蓮見さん、これだけど。確か企画二課が競合相手について割と綿密に調査していたから、資料借りてきて参考にしてみるといいかも」

「あ、はい、分かりました」

営業企画一課の課長・橋本は、依里佳のことをよく理解して普通に接してくれる数少ない男性である。過去に三女子の言動を知り、彼女たちに注意しようとしてくれたのも彼だ。

しかし彼女たちが『課長までたらし込んでいる』などと吹聴し始めたため、依里佳は橋本に、自分を庇ってくれなくていい、と申し出た経緯があった。

依里佳は席を立ち、営業企画二課へと向かう。二課にはミッシェルがいる。声をかけたところで昼休みのチャイムが鳴ったので、美沙も誘って食堂へ移動した。

「へぇ～、水科くんって依里佳と同じ駅だったんだぁ」

「ん」

「企画一課の有名人二人が同じところに住んでるとか知られたら、また誰かさんたちの格好の餌食になりますなぁ、依里佳」

日替わり定食の焼きサバを口にしながら驚くミッシェル、オムライスを頬張りながら頷く依里佳、チキンカレーを掬いながらからかう美沙――この三人が仲良くなったのは、新人研修の時だ。

依里佳はその頃にはすでに有名人と化していた。それはミッシェルも同様で、顔を合わせた瞬間に同類であることを感じ取った二人は、『同士よっ！』と、固く抱きしめ合ったのだった。

美沙は顔の造作では二人に及ばないものの、スタイルのよさは同期一で、特にGカップの胸は男性だけでなく、女性の注目も集めている。ウエストがきゅっとくびれ、ラテン系女性のような美尻を誇っているため、三人の中でもっともいかがわしい視線を受けてしまっていた。

しかし美沙はそんなことには慣れっこ、といった様子で気にする風でもない。三女子から嫌味を言われても、『私のスタイルのよさがあなた方に迷惑をかけたかしら？』と言い放ち、彼女たちを黙らせていた。それを見た依里佳とミッシェルが、美沙を師匠と仰いで懐く形になったのも当然の流れである。

それから二年経ち、ミッシェルは今ではだいぶ美沙に感化され、見た目で何かを言われても、『はいはーい、嫉妬乙！』くらいは返せるようになったし、三女子にも嫌味で対抗出来るようになった。

依里佳はまだミッシェルほど開き直れてはいないものの、そこそこの反論なら出来るようになり、屋上でストレス解消することも覚えたためか、滅多に凹むことがなくなった。

「――ねぇねぇ知ってる？　企画一課の水科くんがうちの持株会社の社長の息子だって噂があるの」

突如として三人の耳に入って来たひとこと。女性社員たちが、食事をしながら噂話を始めたのだ。

「え、そうなの？　でも社長の名前って『海堂』でしょ」

女性社員の一人が尋ねる。

依里佳たちが勤務する会社は『海堂ホールディングス』傘下の『海堂エレクトロニクス』というIT企業だ。ホールディングス現社長は海堂義孝といい、創業者の孫に当たる。

「でも海堂社長と水科くんってどことなく似てるから、実は隠し子なんじゃないか、って」

「マジでぇ？」

「あ、でも誰かが水科くんに聞いてみたら、笑って否定されたって」

「だろうねぇ。仮に隠し子っていうのが本当だとしても、聞かれて認めるわけないじゃん」

「何かその話、嘘くさ～い」

「まぁ、あくまでも噂、だからね」

「ねぇねぇそれより！　今日ね、技術研の織田さんが来てたよ～。相変わらずイケメンだった～」

女性社員たちは、何事もなかったかのように次の話題に移っていった。

それを黙って聞いていた依里佳たちは、顔を見合わせて苦笑する。

「水科くんも大変だよねぇ……」

三人が同時に呟いた。

「あ、そうだ。依里佳に言わなきゃと思ってたことがあったんだわ」

美沙がパン、と手を合わせて切り出した。

「ん？　どうしたの？」

「この間、弟がスマホゲームやってて、私に画面を見せてくるから何かと思ったら、そのゲームキャラが依里佳に激似でさぁ！　思わず弟にスクショ送ってもらっちゃったわ。見て見て」

美沙がスマートフォンのアプリを開き、弟から送られたという画像を拡大した。

「あれまぁ、ほんとそっくり」

ミッシェルが目を丸くする。

そこにいたのは、ロココ調ドレスを身につけて、レースをふんだんに使ったパラソルを手にしたＣＧキャラクターだった。

たれ目がちの大きな瞳、左目の下の泣きぼくろ、ダークブラウンのショートボブヘア——依里佳とまったく同じパーツを持つ少女が、そこにいた。自分でも納得のそっくり度合いだ。

「わ、ほんとに似てる……」

「でさ、聞いて驚け、このキャラの名前、東雲エリカって言うらしいの。しかも女王様キャラだからってことで、ファンからは『エリカ様』と呼ばれているらしいわ」

「あらら、名前まで一緒なのに性格は全然違うねぇ。ねぇ？　エリカ様？」

「ちょっとやめてよ、ミッシェル」

依里佳はからかってくるミッシェルの腕をつついた。

「まさかとは思うけど、あんたがモデルとかじゃないわよね？」

「そんなわけないでしょ～」

美沙の問いを一笑に付した後、依里佳はふと黙り込んだ。

（エリカ様、ねぇ……。あ、そういえば……）

ふと彼女の脳裏に、何ヶ月も前の出来事がよみがえる。

昨年の秋のことだった。『りゅううさ』のきぐるみイベントが都内で開催されるということで、依里佳も翔を連れて出かけていた。人気声優が出演するとかで、会場は声優ファンであふれ返り、ほんわかした世界観の作品にしては、随分と熱狂的なイベントだったのを今でも覚えている。

何とか翔を守りつつ最後まで観覧していたのだが、隣に立っていた中学生くらいの女の子が帰ろうとする人の波に押されて転んでしまったのだ。依里佳はとっさにその子を助け、普段から翔のために持ち歩いているファーストエイドキットで、彼女の擦りむいた膝の応急処置をしたのだった。

その時の女の子が呆然としながら『エリカ様……』と呟いていたのを思い出す。初めは自分が呼ばれたのかと思ったが、名前は教えていないはずだし、ましてや初対面の相手に『様』なんて敬称をつけて呼ばれる覚えもなかった。だから気のせいだと思って聞き流したのだけれど。

（もしかして、あの時の子も『エリカ様』のファンだったのかなぁ……）

確かとても可愛らしい子だったと記憶している。

ゲーム自体に興味はなかったが、自分に似ているキャラがいるならちょっとやってみようかな――などと考えつつ、昼食を済ませた依里佳は、ミッシェルに借りた資料を抱えて部署に戻った。

「蓮見さん、渡し忘れた資料があるって、松永さんから預かってきました」

彼女の後を追うように、水科がクリアケースに入った書類を持ってやって来た。

「あ、ありがとう、わざわざごめんんね」

「いえいえ、全然わざわざじゃありませんよ。二課に用事があって行ったら、松永さんに捕まっただけです」

「あはは、それは運が悪かったね」

「松永さん、ああ見えて力強いんですもん、ネクタイ引っ張られて首が絞まっちゃいましたよ」

「あー、ミッシェルは空手やってたからねぇ」

職場で男性社員とこんな風に和気あいあいとした会話を交わすのは、何ヶ月ぶりだろう。昨日、水科が『どんどん声かけてください』と言ってくれたので、それに甘えて普通に会話を続けてみたのだが、やってみると意外と解放感があり、いい気分転換になった。

三女子の内の二人が背後からこちらを睨めつけているのが、見なくても分かる。けれど、彼女たちを気にして萎縮するのもなんだか違う気がして。

少しずつ、普通の状態に戻していけたらいいな、と思う。

——思ってはいたのだが。

「媚売っちゃって、いやらしいの」

「水科くん、可哀想～」

ぼそりと呟く声が耳に入って来て、思わずため息がこぼれる。

（……はぁ、私もまだまだ修行が必要だわ）

仕事を一段落させると、依里佳は席を立って倉庫に向かった。一番奥の棚に隠された扉をくぐって鉄骨階段を上り、屋上に通じる扉を開ける。どっと風を受けながら外へ出て、いつもの場所へと足を運んだ。すると――

「あれ……」

誰もいないはずの屋上に見えた人影は、紛うことなき、水科だった。

「どうして……」

棚を動かした形跡はなかった。彼は一体どこからここへ辿り着いたのだろう。

水科は無言のまま目を閉じていた。両手をポケットに入れ、吹いてくる風を一身に受け続けている。普段の愛想のいい水科篤樹は、そこにはいない。物憂げで、どこか傷ついているような、儚い雰囲気を漂わせている。

彼に声をかけられず、依里佳はしばらくその場に立ち尽くしていた。そしてハッと我に返り、そのまま立ち去ろうと後ずさりをした途端、水科がこちらの動きに気づいた。

「蓮見さん？」

「……あ、ご、ごめんね、邪魔しちゃって。み、水科くんがいるなんて、思わなかったから！」

（決して後をつけて来たわけじゃないから！　ストーカーじゃないから！　偶然だか

ら！）

そう大声でさけびたかったが、かえって言い訳がましくなりそうな気がしてやめておいた。

「――あ……っと、お邪魔だから、私、行くね？」

「気を使わなくても大丈夫ですよ、蓮見さん」

きびすを返そうとすると、水科に呼び止められた。

「蓮見さんもストレス解消に来たんですか？　ここ、いいですよね。誰も来なくて」

風を浴びながら水科が笑う。その表情は、やっぱりいつもの笑顔とは違っていた。昨日の駅で見た表情とも異なる、無色透明な笑みだ。

（疲れてる……のかな）

「水科くんも、ストレス溜まるんだね」

少し失礼かな、とも思ったが、尋ねてみた。

「そりゃあ、俺も人間ですから。……っていうか、愛想よくし続けるのも、実はちょっと疲れるんですよね。……きっと蓮見さんなら、こういうの分かってくれると思うんですけど」

「そう……だね」

水科の言いたいことが痛いほど分かった。おそらく彼は普段、愛想のいい水科篤樹を演じているのだろう。そうするには何らかの理由があると思うのだが、さすがにそこまで踏み込むわけにはいかない。

依里佳も昔は器に見合う自分を演じようとしたことがあったから――どうしたって無理だと分かったので、結局やめてしまったけれど。

「でも、半ばクセみたいになっちゃってるんで、今さらやめられないんですけどね。だから時々、ここで風と日光に当たってストレス解消してるんです」

「水科くんは、どうやって屋上に入ってきたの？」

依里佳と同じルートから来た形跡がない以上、他にも辿り着く方法があるはずだ。水科はどうやって屋上まで来ているのか、気になった。

「これです、これ」

水科は首から下げていたIDカードケースを裏返しにして、振ってみせる。そこには、一本の鍵が入っていた。

「鍵……？　それって、屋上の？」

「そうです。……入手ルートは内緒、ですけど」

肩をすくめながら、水科が悪戯っぽく笑った。

「本来の、正規の通路から来てる、ってことなのね」

『――ねぇねぇ知ってる？　企画一課の水科くんがうちの持株会社の社長の息子だって

噂があるの』

依里佳はふと、先ほど女性社員が話していたことを思い出す。

もしかしたら、それは案外当たらずとも遠からずで、そのコネで鍵を入手したのだろうか——ほんの少しだけ、そう考えてしまった。

(だめだってば！　下手な噂は信じちゃいけないんだから)

心の中で自分を戒める。

依里佳自身、根も葉もない噂で悩まされることが多いので、そういった根拠のない話は信じない、信じてはいけないと、常に自分に言い聞かせていた。

「昨日から、蓮見さんと俺、縁がありますね」

「そ、そうだね。偶然が続いちゃったね！」

確かにここ二日間、水科と遭遇する機会が多かった。今まであまり接触がなかったこともあり、急に水科との距離が縮まった気がする。

「嬉しいな、なんだか蓮見さんとの距離が縮まった感があって」

「っ」

今まさに考えていた内容とまったく同じことを言われ、思わず肩を震わせてしまった。

「あ、ありがとう。そう言ってくれると、私も嬉しい」

慌てる依里佳を見て、水科が笑う。

（あ……昨日と同じ）

無色透明だった笑顔が一気に色づいた。駅で見たあの笑みだ。依里佳を搦め取るほど引力のある瞳で見つめてくるから、図らずも心臓が高鳴ってしまった。

「――蓮見さん、ここ、二人だけの秘密にしましょうね？」

そう言って水科が、人差し指を自分の口元に添えた――年下とは思えない色気を全身にまとわせながら。

第二章

「翔くん、いらっしゃい。新しいカメレオンが来たんだよ。見てみる？」

「うん！」

たくさんの爬虫類に囲まれた翔は上機嫌だった。

土曜日、陽子にクライアントと会う用事が出来たので、俊輔と依里佳が翔の面倒を見ることになった。翔に出かけたいところがあるか聞いたところ、『ペットショップ！』と即答され、こうして三人で連れ立って来たというわけだ。と言っても、ここは可愛らしい仔犬や仔猫がショーケースでコロコロ戯れているような、ファンシーな場所ではない。

トカゲ、イグアナ、ヘビ、ヤモリ、カメなどがひしめき合う、爬虫類を扱うペットショップだ。その名もズバリ『レプタイルズ』、英語で爬虫類という意味だ。蓮見家から車で五分ほどのところにある店で、爬虫類の他には両生類や珍しい虫なども置いている。隣には哺乳類を販売している系列店も併設されていて、おそらく普通の人にとってはそちらがメインなのだろう。

しかし依里佳たち——というより翔にとっては、犬猫よりもトカゲが可愛く見えるらしい。一度俊輔が『翔、動物飼いたいなら犬か猫はどうだ？』と聞いてみたところ、『やだぁ。おれ、イグアナかカメレオンがいい！』と、一蹴されている。

もはや翔の爬虫類好きには、家族すらもついていけなくなりつつあった。

「依里佳、おまえ買う物あるんだろ？　翔は俺が見てるから、先に買いに行ってきちゃえよ」

「うん、分かった。じゃあ私、モールに行って来るけど、どこで待ち合わせする？」

「……どうせ翔は一、二時間は動かないだろ？　ここにいるよ、多分」

俊輔が少しげんなりとした表情を見せた。

レプタイルズは翔のオアシスとも言うべき場所で、月に二、三度は通っている。まったく飽きないようで、一度入ると数時間はてこでも動かない。

店長も翔を常連と認めてくれており、いつも快く迎えてくれる。おまけに展示されている生き物たちを触らせてもくれるのだから、翔がここに入り浸ってしまうのも仕方がないだろう。

今も店長が見せてくれるヨツヅノカメレオンに夢中な翔は、依里佳に見向きもしない。それはそれで少し淋しいが、この間に必要なものを買いに行こうと、二人を置いて車を走らせた。

ショッピングモールへ着くと、まずは自分の服を見て回った。派手好きではないものの、やはり依里佳も女性である。おしゃれには興味があり、月に一度は新しい洋服を買うことにしていた。

ショップへ行くと、店員からは必ずと言っていいほど派手めなものを薦められるが、依里佳自身はフェミニンな服装が好きだ。だから柔らかい印象を与えるもので、かつ、自分に似合うものを慎重に選ぶ。

依里佳は何十分も迷った末に、白いリボンブラウスと、薄いブルーの大花柄のフレアスカートを買った。

それから陽子に頼まれた雑誌と、自分が毎月購読している雑誌を本屋で購入し、その後は夕飯の材料を見繕う。今日の夕食は翔のリクエストで、煮込みハンバーグにするつもりだ。

両親が他界してからの二年間はほとんどの家事を一人で請け負っていたので、依里佳は料理もそこそこ出来る。陽子がいない時の食事担当は依里佳で、翔も彼女が作った食事を美味しいと言ってくれるのが嬉しい。

両手に大荷物を抱えて車に戻ると、再びレプタイルズに向かった。

店内では、翔が何故か飼育ケースに入ったカブトムシを持ってはしゃいでいた。

「えりか！　みてみて！　カブトムシもらったぁ！」

「どうしたの？　それ」

「店長が知り合いからたくさんもらったとかで、翔にもくれたんだよ。ったく、カナヘビもいるっていうのに……」

俊輔が苦笑しながら大きな袋を掲げてみせた。カブトムシ用の腐葉土とエサのゼリーが入っているようだ。

(あはは、買わされたんだ)

「いつもほとんど何も買わずに入り浸ってるんだから、せめてこういう時くらいはお店に貢献しないと、お兄ちゃん」

翔は来店するたびに『イグアナかいた～い！』『カメレオンかって～！』と駄々を捏ねるけれど、俊輔と陽子が『小学校に入るまではダメ』と言い聞かせ、今は見るだけに留めさせていた。

「翔〜、そろそろ帰るぞ〜」

俊輔は痺れを切らしているようだ。

「もうちょっとまって〜、さいごにカメみてくる〜。えりか、これもってて！」

翔はカブトムシを依里佳に押しつけると、カメのコーナーへと向かった。

「あ、翔！　待って！」

依里佳は慌てて翔の後を追う。そして一つ先の展示棚を曲がろうとした時――

「……え？」

棚に挟まれた通路の奥に、見知った姿を発見した。

（水科くん⁉）

カメレオンのコーナーに、水科が立っている。いつも会社で見るようなスーツ姿ではなく、アウトドアブランドのTシャツにハーフパンツというカジュアルな服装ではあったけれど、間違いなく彼だ。意外な場所で意外すぎる顔を見かけて驚き、依里佳は慌てて棚の陰に隠れる。

（べ、別に隠れなくてもいいのに、私……）

ここのところ続く偶然に心がざわついてしまい、普通に声をかけられなかった。

（っていうか、今度こそストーカーだと思われちゃったらやだ〜！）

見た目に反して小心者の依里佳は、そんなことを心配してしまう。

そこにいる水科はとても楽しそうだ。どうやら連れはいないようで、一人でショーケースを眺めている。もう一度そっと覗(のぞ)いてみると、水科はエボシカメレオンのケースに顔を近づけ、ニコニコと笑っていた。

思わず口元に手を当てて息を呑む依里佳の後ろから、翔が心配そうに声をかけてきた。

「えりか……？　なにしてるの？」

「っ、あ、な、何でもないよ？　もう帰ろう？　お父さん待ちくたびれてるみたいだから」

依里佳は翔の手を取り、急いで出口へと向かう。俊輔はすでに車の運転席へと座り、エンジンをかけて待っていた。翔は嬉しそうにカブトムシのケースを抱えてチャイルドシートへ乗り込む。

家に向かう車の中で、依里佳は水科の姿を思い返していた。

カメレオンを見ている時の表情、それは彼女が翔を見る時に似た笑顔だった——可愛いものを目にすると自然と顔がほころんでしまう、というやつだ。

あんな特殊な店で笑ってショーケースを見ている理由なんて、一つしか思いつかない。

もしかして……もしかしなくても。

(水科くんって、爬虫類(はちゅうるい)が好きだったりする……？)

＊＊＊

依里佳は社内用スマートフォンを手にして悩んでいた。テキストメッセージの送信画面を開いたりホーム画面へ戻ったりと、忙しない動きを続けている。

一昨日レプタイルズで水科を見かけ、彼が爬虫類好きなのではないかという考えに至って以来、依里佳にはずっと思案していたことがあった。

それはきっと図々しいお願いだと思う。『はぁ？　無理に決まってるじゃないですか』と、一蹴されてしまう可能性もある。けれど、水科の人懐っこさと優しさに賭けてみたい気持ちが、時間を経るごとにどんどんふくらんでしまって――

(うーん……思い切っちゃう？　いやでも、迷惑かもしれないしなぁ……)

そんなことを繰り返している内に、始業のチャイムが鳴った。

(いいや、送っちゃえ！)

〝いきなりのメッセージでごめんね。お話ししたいことがあるので、今日のお昼休み、ご飯を食べ終わったら屋上に来てもらえますか？〟

依里佳は大きく深呼吸をし、大げさな動きでテキストメッセージの送信ボタンを押し
(あぁ……どうしよう……)

た。すぐ後に、さほど離れていない場所で受信音が鳴る。依里佳はドキリとしたが、音の方向は見ないようにした。それから間を置かず、今度は依里佳のスマホが受信音を響かせる。

〝了解しました。二十分以内には食べ終わると思うので、その後屋上で待ってますね〟

文面を見てホッとした依里佳は、ようやく仕事に取りかかった。

その後は珍しくも、三女子から嫌味を言われることなく午前中の作業を終えることが出来た。リーダー格の佐々木が出張で不在だったからだろうか。

昼休み、依里佳は食堂へは赴（おもむ）かず、売店でサンドイッチとサラダを買って自席で食事を済ませた。それから歯磨きとメイク直しを終え、例のごとく倉庫へと入る。階段を上（のぼ）り、重い扉を両手で開くと、快晴の空の下に出た。

（うわぁ……日焼けしそう）

雲一つない天気――陽（ひ）の光が容赦なく降り注ぐ屋上は、とても眩（まぶ）しい。目を細めながら視線を動かすと、依里佳のいつもの場所には、すでに水科が立っていた。

「蓮見さん」

「ご、ごめんね、遅くなって……！」

「いえいえ、俺もちょっと前に来たばかりですから」

小走りで水科のもとに駆け寄ると、少し距離を空けて立ち止まった。

「貴重な休み時間なのに、呼び出したりなんかしてごめんね。さすがに就業時間中には話が出来ないな、と思って」

「大丈夫です。俺にとっては、蓮見さんと顔をつき合わせて話せる時間の方が貴重ですから」

こうやってさりげなくフォローしてくれるところがさすがだなと、依里佳は感心する。

「——それで、お話って何ですか？」

水科が目尻を下げて優しげに尋ねてくる。

「あ、うん——」

依里佳は緊張していた。いきなりこんなことを申し出るなんて、図々しいと思われたらどうしよう。心配で心臓がドキドキする。でも呼び出してしまったからには、言わないわけにはいかない。

（よし、言うぞ！）

依里佳は決心し、大きく息を吸った。

「——お願いします！　つきあってください！」

両のこぶしを握り、目をぎゅっとつぶってさけぶように声を出した。

「……」

二人の間に静寂が訪れる。聞こえるのは吹きすさぶ風の音だけだ。

依里佳は片目をそっと開いた。

見ると、水科は目を見開いて固まっている。

（ん？　私、何かおかしいこと……言った？）

依里佳は自分の発言を反芻してみる。理解した瞬間、ボッと火がついたように頬が熱くなった。

（ひ〜っ！　ちょっ、私！　何てこと言っちゃってるの⁉）

緊張のあまり言葉足らずになってしまったことにようやく気づいた依里佳は、慌てふためいた。

『つきあってください』なんて、水科の側からしてみれば、完全に交際の申し込みだ。驚くのも無理はない。

「ちっ、違うの！　ごっ、ごめんなさい！　そういう意味じゃなくて‼」

あたふたと両手を胸の前で振りながら、依里佳はしどろもどろになる。対照的に、水科は若干の緊張感を残しつつも落ち着きを取り戻し始めていた。

「落ち着いて、蓮見さん」

「そ、そうだね、ごめんなさい……説明、します」

軽く息を切らせた依里佳は、胸に手を当て何度も深呼吸をした。

（子供じゃないんだからもう……恥ずかしい）

いい年をした大人なのに、今時中学生でもしないようなヘマをやらかしてしまい、ちょっと落ち込む。少し冷静になってきた頃、依里佳はようやく切り出した。

「あのね、水科くんって……爬虫類が好きなの？」

依里佳は、自分には爬虫類好きの甥がいること、この先もふくらみ続けるであろう彼の爬虫類愛と知識欲にどう対応するべきかと家族一同で悩んでいること、そんな中、一昨日レプタイルズで水科を見かけたこと。

よければそんな翔と爬虫類友達としてつきあってもらえたらと、考えたことを伝えた。

「……そういうことでしたか」

話を一通り聞いた水科は、はぁ、と大きなため息をこぼした。目元を緩ませたその様子は、依里佳の告白に困り果てていたが、間違いだと分かって安心した――そういった面持ちに見える。

（そ、そんなあからさまにホッとしなくても……）

少しだけ心が痛んだが、いつまでも傷ついてはいられない。可愛い甥っ子のためなのだ。こんなことで怯んでどうする。

「ど、どうかな……？」

依里佳は探るように水科の顔を見上げた。断られることも覚悟していたのだが、視界に入って来たのは、意外にも好意的な表情だった。

「いいですよ」

「ほ……んと？」

「俺でよければ喜んで」

水科はちょこんと小首を傾けて笑った。

「よ……かったぁ……。ありがとう！」

安心して笑みを浮かべる依里佳を見て、水科がクスクスと笑い出す。

「な、何……？」

「……いや、蓮見さんの意外な姿を見てしまったんで。子供みたいに大慌てしちゃって可愛いなぁ、と思いました」

「ご、ごめんね？　断られたらどうしよう、ってドキドキしてたから」

「いやいや、なんだか蓮見さんの秘密を知っちゃったみたいで、楽しかったです」

「楽しかったのなら……よかった……よ……うん」

からかうような眼差しで見つめてくる水科に、依里佳は照れを隠せない。

「それで、提案なんですけど、まずは俺がおすすめの爬虫類図鑑をプレゼントする、ってところから始めませんか？　俺みたいな見ず知らずの男がいきなり友達面して現れるのもおかしいですし、自分としても、甥っ子くんのご両親の信頼を得てからの方が、いろいろ誘ったりしやすいですから」

「あ、うん……実は私もそう説明しようと思ってたの。緊張してあんな風に言っちゃったけど」

「じゃあ蓮見さんさえよければ、今度の土曜日にでも、俺と一緒に図鑑を探しに行きませんか？」

「土曜日なら空いてるから大丈夫。ありがとう、わざわざ時間取ってもらっ……、あ」

ふとそこで、とても大事なことに気づいてしまった。

（うわぁ……忘れてたぁ……）

依里佳はほんの少し、眉根を寄せた。これだけは確認しておかねばならない。場合によっては、この話がなくなるのも覚悟しなくては。

「何ですか？」

先を促され、散々迷った末に、依里佳は恐る恐る切り出した。

「あの……水科くんって今、彼女いる？　もしそうなら、私と二人で出かけて彼女さんに誤解されちゃうとまずいな、と思って。それに、今後翔……甥と友達になってくれて、出かけたりする機会があったら、きっと私も同行することになると思うし……。困るなら、この件は断ってくれていいから」

「大丈夫です。今は彼女いませんから」

依里佳の問いに、水科は柔らかく笑う。

「あ、そうなんだ。……よかった」

「そういうわけで俺、最近は割とヒマなんで、そんなに気を使わないでください。とりあえず、蓮見さんの連絡先を教えてくれますか？　社用じゃなくてプライベートの方」

「ありがとう……じゃあ、送るね」

依里佳はスマートフォンで、自分の携帯番号とメッセージアプリのＩＤを送信する。

「――届きました。後で、アプリから俺の連絡先を送ります。時間とかはその時決めましょうね」

では俺、先に席に戻りますね――にこやかにそう言い残し、水科は正規のルートで社内に戻って行く。依里佳は彼に快諾してもらえた安堵感に胸を撫で下ろしつつ、その後ろ姿を見送った。

初めは水科が提案した通り、図鑑のプレゼントから。

「わぁ、素敵な本～。これは洋書なんだね？」

「でしょう？　前にネットで見つけたんですが、桜浜だとここでしか売ってなくて」

依里佳と水科は桜浜駅近くの大型書店に来ていた。彼のおすすめだという図鑑は、絵と写真がとても美しく、文字が読めない子供の視覚にも訴えかける作りになっていた。

「これは翔が喜びそうだなぁ」

依里佳は本を手に取り、パラパラとめくっては感心している。

「喜んでもらえたら嬉しいです。じゃあ俺、買ってきますね」

そう言って一冊手にすると、水科はレジへと向かった。

「あ、私、払うよ？」

彼の後を追いかけながら、依里佳は財布を出す。

「俺からのプレゼントなんですから、俺が払わないとカッコつかないですし。これくらい出させてください」

水科が眉尻を下げて笑った。

「分かった……じゃあ、お言葉に甘えるね。ありがとう」

(会社の子たちが騒ぐ気持ちが分かるなぁ……)

レジで支払いをする彼の後ろ姿を眺めながら、依里佳はほぅ、と感嘆のため息をついた。

お金を出す時も押しつけがましくない。あえて自分を下げてみせることで、女性に対して高圧的な印象を与えないようにしているのかもしれない。こういうことに慣れているのだろうが、それにしてもいちいちスマートだと、依里佳は感心した。

書店を出た後、二人は昼食のために駅ビルの洋食屋へ向かった。その間、水科へ視線を送る女性は後を絶たない。

（私が隣にいていいのかしら）

それだけのルックスなのだから仕方がないと理解しつつも、依里佳はそんなことを思ってしまう。けれど水科には逆に、『蓮見さんと一緒にいると、男たちの視線が痛いですね』と言われてしまった。しかし本人にその痛さを気にしている様子はさしてなく、平然としている。

「そ、それを言ったら、私だって、女の子たちの視線が痛いから！」

依里佳も慌てて言い返した。

「いやぁ……蓮見さんと張り合う度胸のある女性は、なかなかいないと思いますけど」

水科は肩をすくめて苦笑する。依里佳の美貌を褒め称える意味で口にしたのだろう言葉だったが、不思議なことに、過去デートをしたほとんどの男性が垣間見せてきた『依里佳を見せびらかして自慢したい』という思惑が、彼からは微塵も感じられない。だからだろうか。水科と一緒にいるのはとても居心地がよかった。

会社で人気だという事実に納得させられるほど、水科は気遣いの男だった。食事の間はいろいろな話を振ってくれ、また依里佳が何を言っても笑顔で受け止め、絶対に否定をしない。翔の話をしても同じ反応で、むしろ今後のために彼女の家族のことを知りたいとまで言ってくれた。

依里佳は図鑑のお礼に昼食はごちそうさせてほしいと頼んだが、それすら水科が支払ってしまった。

「せっかくこうして蓮見さんとデート出来たんですから、今日くらいは俺にいいカッコさせてほしいです」

申し訳なく思っているうちに、水科は穏やかな声音でそう告げ、依里佳を店外へとエスコートする。あまりにもスムーズでさりげなかったので、危うくお礼を言うのを忘れてしまうところだった。

その後二人はしばらく駅付近で話をしながら過ごした。あっという間に時は過ぎ、暗くならない内にと北名吉駅まで戻る。

「水科くん、今日は本当にありがとう。翔、きっと喜ぶよ」

「こちらこそありがとうございました。とても楽しかったです。甥っ子くんに気に入ってもらえることを祈ってます」

改札を出たところで立ち止まると、二人は互いにそう言い合って別れた。

「私も……楽しかったな……」

依里佳は足取り軽く自宅へと向かいながら、一人呟く。男性と一緒にいて楽しいと思ったのは久しぶりだった——いや、ここまで心地いいと思えたのは初めてかもしれない。

唯一の心残りは、今日かかった代金をすべて水科に支払ってもらってしまったことだ。

(今度、ちゃんとお礼しなくちゃ……!)

依里佳はそう決意しつつ、家の玄関を開けた。

案の定、翔は新しくきれいな図鑑に飛び上がって喜んだ。

「えりかのともだちがくれたの? すごい!」

翔は目を輝かせながら、カラフルな絵に見入っている。会社の後輩だとか同僚なんていう言葉はまだ理解出来るはずもないので、友人からのプレゼントであると伝えておいた。

その日以来、翔のおやすみのおともはその図鑑の役目となった。

水科は子供向けの爬虫類のサイトや動画を教えてくれたり、依里佳を爬虫類カフェの下見に連れて行ってくれたりと、何かと二人を気にかけてくれた。依里佳ももちろん、その都度『図鑑をくれたお兄さんが教えてくれたんだよ』と、翔に言い聞かせている。

それから平日に何度か、二人で食事に出かけた。

『翔くんよりご両親より、まずは蓮見さんに俺のことを知ってもらわないと、話になりませんから』と、水科からの申し出があったからだ。

彼はやっぱり気配り上手で、依里佳の話を上手く引き出してくれるので、いつも会話が弾んだ。それに話題の中にさりげなく水科自身の話も織り込んでくるため、彼のパーソナルデータや人となりも、依里佳は自然と把握することが出来た。

レストランでの支払いは、依里佳の気持ちを汲んで『じゃあ、今回は割り勘にしましょう』と、二回に一回は払わせてくれる。それでもおごられすぎなので食い下がってみると、笑顔でこう返してきた。

『じゃあ今度、昼飯おごってください。うちの社食、なかなか侮れないですし』

『俺が俺が』と自分の主張を押しつけることなど一切なく、依里佳に対してひたすら誠実で、律儀で、時には無邪気な顔を見せて。

彼女の中ではもう、すぐにでも翔と引き合わせたい気持ちが強まっていた。

食事をともにするたび、水科は依里佳をきちんと自宅まで送ってくれる。翔は寝ている時間帯なのでまだ紹介出来ていなかったが、陽子や俊輔との顔つなぎは済んだ。

『イケメンで性格もいい……これは優良物件じゃない？　依里佳ちゃん』

『欠点らしい欠点がないとか、そんな男いてたまるかよ～』

水科の真摯で爽やかな態度に、陽子はニヤニヤしながら依里佳を焚きつけ、俊輔は悔しがりながらも笑っていた。

水科は会社で見せる人当たりのよさを蓮見夫妻に対しても遺憾なく発揮し、いつの間にか依里佳のみならず、二人の信用を得ることにも成功していた。

そして——

「翔、準備出来た？」

「うん！　ずかんもった！」

「ちょ、ちょっと待って翔！　大きな図鑑はやめて。いつもの小さいやつにしなさい」

翔は両手に余る大きさの爬虫類図鑑を、胸の前で抱えていた。その姿を見て、依里佳は脱力する。普段出かける時はポケットサイズの図鑑を持ち歩いているのだけれど、叔母から『今日は図鑑をくれたお兄さんと一緒にお出かけするよ』と聞かされた翔はテンションマックスで、水科がくれた本を持って行こうとしていた。

「えー……わかったよぉ」

くちびるを尖らせながらも、ちゃんと言うことを聞いて小さい図鑑をリュックサックに入れる翔に、依里佳は相好を崩す。

（あー、今日も可愛いっ）

しばし甥っ子の愛らしい様子を堪能していた依里佳は、すぐにいかんいかんと我に返り、翔のリュックにハンカチ、ティッシュ、ペットボトルの麦茶が入っていることを確認する。そして自分の身支度の最終チェックに入った。

翔との初対面日が決まった日、水科から〝動物園に行こうと思うんで、歩ける服装でお願いします〟というメッセージが届いたので、今日はラフな服装を選んでいる。

そもそも、翔と出かける時は走ることも多いので、あまり気合の入ったおしゃれは出来ない。着るのはカットソーとカプリパンツとデッキシューズといった、カジュアルの代名詞のような服装ばかりだ。翔を引っかいてはいけないとほとんど伸ばしていない短めの爪に、薄いピンクのエナメルと、数本の指にほんの少しのラインストーンを乗せる程度に留めている。

今回も似たような格好だが、さすがに家族以外の人間もいるので、邪魔にならないくらいのアクセサリーを足してみた。

「依里佳ちゃ〜ん、スマホ鳴ってるわよ〜」

洗面所にいる依里佳を、陽子が呼びに来た。

「あ、はぁい」

リビングのソファに置いてあるバッグからスマホを取り出すと、水科からメッセージが届いていた。

〝家の前に着きました〟

「あ……陽子ちゃん、着いたみたい」

「了解！　息子がお世話になるんだから、ちゃんと挨拶しなくちゃね〜」

陽子がやたら上機嫌な様子で翔の手を引いて歩き出す。

三人で出かけるにあたり、『今度、水科くんと私で翔を連れて出かけてもかまわない？』と、前もって陽子に確認したところ、彼女は一瞬目を細めた。さすがにまずいかしらと義姉(あね)の顔をうかがうと、ニヤリと笑われる。

『ほんとは二人きりで出かけたいんじゃないの？　翔、お邪魔虫じゃない？』

依里佳は慌てて否定したが、その様子をさらにからかわれてしまった。

結局すんなりとOKをもらえたので、改めてそれを水科に伝え、今日の計画を立てたというわけだ。

三人で連れ立って家の外に出ると、そこにはブルーのスポーツワゴンが停(と)まっており、扉の脇にスマートフォンを手にした水科が立っていた。

「水科くんおはよう。今日はお世話になります」

「おはようございます。こちらこそ、よろしくお願いします」

相変わらず爽(さわ)やかに振る舞う水科の服装は、モノトーンでまとめられている。トップスが白のため涼しげで清潔感があるが、全体的に見ると落ち着いた佇(たたず)まいだ。図鑑を一緒に買いに行った時はさっぱりとしたブルー系でまとめていたし、レプタイルズで見た彼とも印象が違う。会うたびに異なった雰囲気をまとっているなと依里佳は思った。

「あ！　カメレオンのおにいちゃん！」

水科と依里佳がお互い挨拶をしている後ろから、突然翔がさけび声を上げた。水科を指差し、あんぐりと口を開けている。

「翔？　どうしたの？」

陽子が翔の顔を覗き込む。

水科も翔をまじまじと見つめ、それから目を丸くした。

「……あぁ！　君が蓮見さんの甥っ子くんかぁ」

それを聞いた依里佳も同様に目を見張る。

「え……水科くん、翔と会ったことあるの？」

「ええ。時々、レプタイルズで顔を合わせてて」

「そうなの？　翔」

「うん！　いつもね、カメレオンのところでおはなししてたの」

「……あぁっ！　そういえば翔言ってたね、カメレオンが好きなお兄さんがいるんだよ、って」

陽子が声を上げた。彼女曰く、翔は数ヶ月前から月に一、二度、レプタイルズ店内――主にカメレオンのコーナーで、同じ男性と顔を合わせるようになり、顔なじみになったそうだ。前回の来店時にも会話を交わしていたというから、依里佳は驚くほかなかった。

「そうなんだ……。ごめんね、私、全然知らなくて」

「いえいえ、俺もまさかこの子が蓮見さんの甥っ子くんだなんて知りませんでしたから」

「ねぇねぇ、カメレオンのおにいちゃんが、ずかんをくれたの？」

翔が依里佳の服を摘んで引っ張る。

「そうだよ。だからちゃんとお礼言って、翔」

「おにいちゃん、ありがとう！」

叔母に言われた通り、ニコッと笑ってお礼を述べる翔。水科はしゃがんで目線を合わせてくれた。

「どういたしまして。初めまして……じゃないか。こんにちは、翔くん。俺はね、水科篤樹です。依里佳お姉さんの友達だよ」

「みずし、なつき？」

水科の自己紹介に、首を傾げる翔。

「あははは、違うよ。み、ず、し、な、あつき。あつき、っていう名前だよ」

「わかったぁ、あつき。おれはね！　は、す、み、かける！　かける、ってなまえだよ！」

「翔、呼び捨てにしないの！　篤樹お兄ちゃん、って呼びなさい」

陽子が慌てて翔をたしなめる。

「あは、かまいませんよ、篤樹で。……じゃあ、俺も翔って呼んでいい？　友達になってくれる？」

「いいよ！　ともだちになろ！」

「分かった。じゃあ、よろしくな、翔」

翔の頭を撫でてから立ち上がると、水科は陽子に改めて『おはようございます』と、頭を下げた。

「ごめんなさいね、今日は主人が仕事でいなくて。水科くん、翔のこと、よろしくお願いします。……あ、あと、依里佳ちゃんのことも」

陽子はニヤニヤともニッコリともつかない、多分に含みのある笑みを浮かべた。

「お二人とも、責任持ってお預かりします」

水科はそれに応えるようにきれいに笑い、陽子から翔の携帯用チャイルドシートを受け取った。

＊＊＊

依里佳と翔を乗せた水科の車は、高速道路を通って県境をまたいだ。

「ねぇ水科くん。動物園って言ってたけど、どこに行くの？」

「それは到着してからのお楽しみです」

依里佳の問いを水科は笑ってかわす。その後は翔持参の戦隊ヒーローもののＣＤをかけながら、水科と翔はずっと爬虫類の話をしていた。悲しいかな、依里佳は三分の一くらいしか話についていけなかった。

一時間ほど車を走らせて着いた先は爬虫類の動物園だった。ここでは文字通り爬虫類を専門に飼育・展示しており、また繁殖施設も兼ねているので、卵から成体までいろいろな状態の個体を見ることが出来る。

「うわぁ〜、すごぉい！」

図鑑でしかお目にかかれないような珍しいトカゲ、猛毒で有名なヘビなどもいるので、翔は目を輝かせて展示ガラスに貼りついた。

触れ合い体験も用意されていて、ヘビやワニを手に乗せることが出来た翔は大興奮。ゾウガメに乗って記念撮影をした時には、『ふわぁ……』と、大喜びを通り越して感動に打ち震えていた。

さらに屋外ではカメレオンが放し飼いにされているとかで、現在翔と水科は、二人して探すのに夢中になっている。

依里佳は陽子に依頼され、翔たちの様子をハンディカメラでずっと撮影していた。時にはスマートフォンで撮ったものを、すぐさま俊輔と陽子に送信する。

すると翔が可愛らしくはしゃぐ姿を見て、俊輔が悔し紛れのメッセージを送ってきた。

〝次は俺がもっといいところに連れて行く……！〟

翔は水科に手をつないでもらったり肩車をしてもらったりと、終始彼にべったりだった。いつもは『えりかえりか～』なのに、まるで依里佳の存在など忘れているかのようだ。

「あつき～、つぎはあっち～！」

「あつき～、だっこして？」

「あつき、いっしょにカメレオンさがして？」

今まで依里佳に言っていた言葉を全て水科に向け、彼もまた、嫌がることなく翔のお願いを聞いてくれている。

「水科くん、私がやるよ？　疲れるでしょ？」

翔があまりにも文字通りのおんぶに抱っこなので申し訳なく思い、彼にそう提案したが、水科は翔を抱いたまま笑った。

「大丈夫ですから、蓮見さんは思う存分、撮影してください。俺たちのこと、カッコよく撮ってくださいね？」

年の差男子二人は、いかにも同好の士らしい親密さを依里佳に見せつけていた。

「お父さんお母さん、二人とも美男美女で、お子さんも将来が楽しみねぇ」

おかげで三人で歩いていた時、通りすがりの老夫婦に、そんなことを言われてしまった。依里佳は慌てて否定しようとしたが、水科は平然と、

「そうでしょう？　俺も楽しみで楽しみで」

などと余裕の笑みを浮かべながら、翔の頭を撫でていた。

そうして散々はしゃいで昼もだいぶ過ぎた頃、そろそろ帰ろうということになったが、案の定翔は『まだいる〜！』と、駄々を捏ねた。それを上手く収めたのも、もちろん水科だ。

「翔、今度はカメレオンとイグアナがいっぱいいるペットショップに行こう。な？」

爬虫類の中でも特にイグアナとカメレオンが好きな翔が、その言葉に食いつかないはずもなく。とどめとばかりに、依里佳が園内の売店でイグアナのぬいぐるみを買ったことですっかり気をよくした翔は、それ以上ぐずることもなく車へ乗り込み、すぐに眠ってしまった。

「水科くんって、いい意味で人たらしだよね」

翔が眠っている間、依里佳はそんなことを言ってみた。

「どういう意味ですか、それ」

「人の心をつかむのが上手いってこと。ほら、この間はあの佐々木さんたちも上手くあしらってたし、翔だってあっという間に水科くんに懐いちゃって。私が悔しくなっちゃうくらい」

実際、会社で水科のことを悪く言う人間はほとんどいない。時々、彼を妬むような言葉を吐く者もいないわけではないが、そういう場合は大抵その人物自身に問題があったりする。

当然女性にもかなりモテるのだが、女性社員に告白されても都度断っていたようだ。

彼女は社外の人間ばかりだったようで、水科が社内の女性とつきあったという話は、依里佳は今まで聞いたことがなかった。

「ん〜、人当たりよくするように心がけてはいますけどね。ただ、誰彼かまわず思わせぶりなことを言ったりはしないですよ？　勘違いさせたら嫌ですし。……蓮見さんもそうでしょ？　もし蓮見さんがそんなことしたら、社内で血で血を洗う争いが勃発しますよ」

「何それ、大げさだよ〜」

そんな話をしていると、陽子からメールが入った。

〝今日の夕飯、お寿司取るから水科くんも誘ってね〟

それをそのまま水科に伝えると、彼は『いやいや、申し訳ないんでいいですよ』と恐縮して断る。ところがその話を聞いて起きた翔が、首を傾けておねだりをすると状況は変わった。

「あつき、いっしょにごはんたべよ？」

それはもう、自分の魅力を熟知しているアイドルのように、可愛らしさを惜しげもなく発揮して。

（か、可愛い……っ。こんな天使の眼差しに逆らえる大人がいるかしら？　いや、いないわ）

依里佳の予想通り、水科も翔のこの仕草には勝てなかったようだ。


「すっっごくたのしかったぁ」

興奮冷めやらぬといった様子で、翔は玉子のにぎりを頬張った。蓮見家のダイニングテーブルの上には、現在にぎり寿司がみっちりと並んだ大きな桶が載っている。その脇には大根・水菜・トマト・豆腐の上にほぐしたチキンが散らされたサラダ、牛のたたき、それから蒸したタラバガニが鎮座していた。

「よかったね～、翔。水科くん、本当にありがとう。こんなに楽しそうな顔してる翔、久しぶりに見たわ」

「喜んでもらえたなら俺も嬉しいです。それよりすみません、こんな豪華な夕食をご馳走になってしまって」

水科が皿に置かれたカニの足を折りながら、申し訳なさそうに言う。

「いいのいいの！　どっちみち何か取ろうと思ってたし、カニは私の祖母から送られてきたものだから、遠慮なく食べてね！」

「はい、では遠慮なくいただきます」

陽子と水科が和気あいあいと会話しているその横で、俊輔が身を乗り出して向かいの翔に尋ねる。

「なぁなぁ翔、この間お父さんと一緒に行った動物園と、今日、篤樹お兄さんと行った動物園、どっちが楽しかった？」

「あつき！」

「く……っ、即答……っ」

「大人げないよ、お兄ちゃん」

悔しがる俊輔に、依里佳は哀れみの視線を送る。

食事を終えた後も、翔は水科から離れようとはしなかった。

「あつき、いっしょに『りゅううさ』みよ？」

どうしても彼と一緒に『りゅううさ』を観たいと言い出し、そのまま先日録画した劇場版の上映会が始まってしまった。当然のように、翔は水科の膝の上に乗っての観賞だ。

（そ、それは私の役目なのにぃ！）

ポッと出の男に可愛い甥っ子をかまい倒すポジションを奪われ、依里佳は悔しがった。

しかしそもそも自分が水科に『翔の友達になってほしい』と頼んだのだから、ここで彼に嫉妬するのはお門違いなのだ。分かっているだけに、何も言えない。

仕方がないので、依里佳は食後のお茶を淹れることにした。二人の目の前に紅茶と麦茶とフルーツを置くと、そのまま水科たちの側に座り、一緒に映画を観賞し始める。だが、それが間違いだった。

依里佳はうっかり画面に釘づけになり、いつものように物語に入り込んでしまったのだ。

「あ〜、えりかまたないてる〜」

だから、翔に指摘されるまで忘れていたのだ——水科がその場にいることを。

「え？……あ、ごめ……」

依里佳は両目からポロポロと涙をあふれさせ、ぐずぐずと鼻を鳴らしながら、慌ててティッシュを探す。すると大きな手が眼前に現れた。

「どうぞ」

見れば、水科がハンカチを差し出していた。ブルーと白のチェック柄がきれいなそれは、おそらく彼自身の持ち物だろう。

「あ、悪いからいいよ、ティッシュあるから……」

そう断ってキョロキョロとティッシュの箱を探すが、そんな時に限って見つからないのは何故なのか。焦る依里佳に水科は微笑んだ。

「俺のでよければ使ってください。大して汚れてないはずです」

「あ……ありがと……洗って返すからね」

手に握らされてはさすがに突き返すわけにもいかず、依里佳は彼のハンカチで涙を拭った。

映画を観終わった翔は、俊輔に連れられてお風呂に入ることになった。その間に帰宅しようとしていた水科に気づいた彼は、後ろ髪を引かれるように『またきてね、あつき。ぜったいきてね』と、着替えのパジャマを抱えたまま、何度も何度も繰り返していた。

「今日は本当にありがとう、水科くん。これに懲りずに、またつきあってやってくれる？　あと、これ陽子ちゃんから。今日の高速代とガソリン代」

水科を玄関の外まで見送りに出た依里佳は、義姉から預かった封筒を手渡した。それを見て水科は少し困ったような顔をする。

「そんなの受け取れませんよ、夕飯までご馳走になったのに」

「だめだよ。動物園の入園料とかお昼ご飯のお金も出してもらっちゃったのに。せめてこれくらいは受け取ってもらわないと、次なんて誘えないから。だからお願い」

依里佳が強く言うと、水科は『それじゃあ……』と、遠慮がちに封筒を手にした。その後、話を切り替えるように口調を変える。

「それはそうと、今日もまた、蓮見さんの意外な姿を見ちゃいましたね、俺」

『りゅううさ』を観て泣いてしまったことを指しているのだろう。気恥ずかしくて、依里佳は頬が熱くなるのを感じた。

「ごめんね、変な女だと思ったでしょ」

以前、男性と食事に行った時、よく子供向けアニメを観て泣いていることをポロッと漏らしたことがある。しかし、例のごとくドン引きされてしまった。それもあって、本当は水科の前であんな姿を見せたくはなかったのだが。

「こう言ったら失礼かもですけど、子供みたいで可愛いなぁ、と思いました。すごく得した気分になりましたもん。卵割ったら黄身が二個入ってた時みたいな？……ん？何か違うか」

水科が悪戯っぽく笑った。けれど馬鹿にしている雰囲気ではない、依里佳の一面をありのまま受け入れてくれている表情だ。心がふわふわの羽毛に包まれているような、じんわりとした優しい温もりを感じた。

「そ、それは褒め言葉として受け取っておくべき……？」

「もちろんです。……あ、あと、こうして会社の外で会う時は、依里佳さん、って呼んでもいいですか？ご家族とご一緒している場合、誰を呼んでいるか分からないじゃないですか。さっき陽子さんにも言われたんです。蓮見さんご夫妻は俊輔さん、陽子さん、って呼んでほしいって」

「そうだよね、当然だけどうちの家族みんな『蓮見』だもんね。――水科くんさえよければ、そう呼んで」

　俊輔にまで名前呼びを許されるほど、水科は蓮見家に受け入れられたようだ。普段、妹に関わる男性には厳しい目を向ける俊輔だが、段階を経て蓮見一家の信用を得たことや、翔がすぐに懐いたことで、水科には随分と好意的に接している。

『翔を一瞬にして手懐けるとかすごいな、水科くん。やっぱり欠点がないのか……』

　翔と仲睦まじくしている動画を見ていたためか、依里佳たちが動物園から帰宅した時点ですでに、彼を褒めちぎっていた。

　陽子も以前から水科のことを気に入っていたようだが、今日の件でますます株が上がったらしい。夕食を食べ終わる頃には、呼び名が『水科くん』から『篤樹くん』へと変わっていた。

「それにしても蓮見家は美男美女ファミリーですよね。俊輔さんもイケメンですし、陽子さんもきれいで、翔くんは可愛いし。……もちろん、依里佳さんも」

「あはは、ありがとう。でも、それを言ったら水科くんちもそうじゃないの？　きっとご両親も美形なんでしょ？」

　確かに俊輔たちも顔は整っているが、性格と雰囲気は庶民然としている。しかし水科は美貌に加えてどことなく品があり、それがことさら彼を美形に見せていた。きちんとした家庭で育てられたのだろうと依里佳は思っていたのだが。

「——まぁ……そう、ですね」

水科は一瞬言い淀んだ——少なくとも、依里佳にはそう見えた。が、そこは軽く流すことにする。

「っと、運転、気をつけて帰ってね」

「はい。おやすみなさい、依里佳さん。また月曜日」

そう言って依里佳を見つめる水科の視線は、夜の闇に溶けていきそうなほど柔らかだった。


それから依里佳と翔は何度か水科と出かけた。約束通りイグアナとカメレオンがいっぱいいるペットショップにも連れて行ってもらい、大好きな爬虫類たちに囲まれた翔は、きゃあきゃあ言いながら喜んでいた。

そんな幼子を毛嫌いすることなく、水科はいつも同じ目線で遊んでくれる。端から見れば、本当の親子に見えるくらいに仲良しだ。赤の他人にもかかわらず愛情を傾けてくれているのが、依里佳の目から見てもよく分かった。

「ねぇねぇえりか、こんどはいつ、あつきとでかけるの？」

翔は水科にますます懐き、今では毎日のように依里佳に尋ねてくる始末だ。あまりの執心ぶりに、『翔はさ、私と篤樹お兄ちゃん、どっちが好き？』と一度冗談で聞いてみたのだが、その時の翔は、真剣に悩んで答えを出しあぐねていた。依里佳が軽く落ち込んだことは、言うまでもない。

三人で出かける合間に、水科の誘いで二人きりで出かけることもあった。翔という口実がない逢瀬(おうせ)は、依里佳を複雑な気持ちにさせる。

(水科くんと私って……どういう関係なんだろう?)

名前がつけられない関係のまま二人で出かけることに、疑問がないわけでもない。けれどそれをはっきりさせたいとは、未だ思えなくて。

彼のそばが、居心地よすぎるせいだ。

気がつけば毎週のように水科と会い――そうして一ヶ月が経(た)つ頃には、彼は蓮見家で家族の一員として扱われるようになっていた。

＊＊＊

「操作画面(インターフェース)とかすごく使いやすくなったよ。社員からも評判いいしね」

「それはよかったです。でも、この度は申し訳ありませんでした。被害が出る前に気づいてよかったですが、ご迷惑をおかけしました」

「使う上ではほぼ影響のないバグだったから気にしないで。それに蓮見さんがそうやって先回りしてフォローしてくれるから、いつも助かってるよ。今回も気づいてすぐに修正依頼かけてくれてたんでしょ？」

「ありがとうございます」

今日の依里佳は営業先を回っていた。

二日前に最新版の製品を納品したのだが、その翌日に依里佳自身が自社内でシステムを一通り使ってみたところ、不具合（バグ）を発見したのだ。すぐに修正の手配をし、電話で顧客に報告した上で、本日不具合を直した修正ファイルをＳＥ（システムエンジニア）とともに届けに来ていた。

明らかにこちらの不手際なのだが、こうして『蓮見さんがケアしてくれるなら、安心して任せられる』と言ってもらえている。この顧客は依里佳の外見ではなく仕事自体を見てくれるので、とてもやりやすい。

見た目で判断されないようにと、頑張って仕事をしてきた結果だ。

「それでは、また何かありましたらご連絡ください」

そう挨拶し、依里佳は社屋を出た。

この辺りの会社は昼休みの時間が同じなのか、通りに食事処（どころ）を求めて行き交う会社員が増え出したのを見て、依里佳も適当な店で昼食を取る。

それからＳＥと別れて何ヶ所か顧客を回り、最後の客先を出て直帰する。駅の改札口を入ろうとしたところで、別のクライアントに会いに行っていた水科とばったり出くわした。

「お疲れ様です、蓮見さん」

「お疲れ様。直帰？」

「そうです。蓮見さんも？」

二人は当然のように並んでホームを目指した。

「うん。……あ、水科くん、今日これから空いてるかな？」

「空いてますよ。どうしました？」

「もしよければ、いつものお礼……と言ってはなんだけど、夕飯でもおごらせて？」

水科と一緒に出かけると、やっぱり彼が昼食代やその他もろもろを払ってくれてしまう。だから依里佳もまとまった額を封筒に入れて別れ際に渡すようにしているのだが、受け取ってくれないことがしばしばある。それが本当に申し訳ないと思っていた。

「喜んでおつきあいします。どこにしましょう？」

「私……おしゃれなお店、よく知らないの。水科くんのおすすめはある？」

依里佳は高級なレストランなどにはあまり興味がない。どちらかと言うと庶民の味、家庭の味が好みだ。それにB級グルメに目がなく、たこ焼きや焼きそば、もんじゃ焼きをよく食べる。酒のおともとしてたびたび登場するのは、たこわさびと七味かわはぎという有様だ。

もちろん、友達や会社の人間とのつきあいでおしゃれな店に出向いたりもするが、自分からはほとんど行ったことがない。

「俺は依里佳さんのおすすめのお店に行きたいです。何でもいいですよ？」

「え、おすすめ……はあるけど、おしゃれって感じのお店じゃないよ？　小料理屋なんだけど、それでもいい？」

「全然オッケーです。行きましょう」

依里佳が案内したのは、北名吉駅の近くにある小料理屋だった。名を『酒菜処はまゆう』といい、こぢんまりとしたたたずまいの、隠れ家のような店である。

「こんなところにこんなお店があったんですねぇ。知らなかったなぁ」

水科が驚いたように辺りを見渡した。

「お店は小さいけど、料理は美味しいの」

依里佳がそう答えるのと同時に、後ろから名前を呼ばれた。

「依里佳さん」

「あ……副園長先生、こんばんは」

振り返ると、関口がいつものにこやかな笑みを浮かべて立っていた。

「ちょうどよかった。おかげさまで、先日教えていただいた合気道の師範と連絡がつきまして。講師をご紹介いただけることになりました」

「そうですか！　それはよかったです」

「それでお礼をさせていただきたいのですが……今日はお忙しそうですね。また今度、お食事でもごちそうさせてください」

　水科の姿を認めた関口は、肩をすくめてそう言った。

「いえいえそんな、お礼だなんて」

「とても助かりましたので、今度是非。後ほど、メールをお送りしますので」

「あー……はい、分かりました」

「では、失礼します」

　関口は依里佳と水科に軽く会釈（えしゃく）をし、その場を後にした。

「――今の人、めちゃくちゃイケメンでしたね。お知り合いですか？」

　関口の後ろ姿を目で追いながら、水科が問う。

「翔の幼稚園の副園長先生なの」

「副園長？　……依里佳さんとも顔見知りなんですか？」

「私結構、園の行事に参加してるから。それにこの前、ちょっと頼まれて人を紹介したの」

「へぇ……副園長先生、ねぇ……」

　水科が小刻みにうなずきながら呟（つぶや）いた。

「じゃあ、入ろうか」

依里佳は焼杉板の引き戸を開けた。

「まぁ依里佳ちゃん、いらっしゃい。久しぶりねぇ」

「こんばんは、女将さん」

店主の妻である女将が、艶っぽい笑みを湛えて出迎えたのに続き、カウンターの中から店主も声をかけてくる。

「あら依里佳ちゃん、そちらは彼氏？」

「ち、違います。会社の後輩の水科くん、です」

意味ありげに尋ねられ、依里佳は思わずどもってしまう。

「初めまして、水科です」

水科は店主夫妻に対し、にこやかに頭を下げた。

「ふふふ、イケメンのお客様は大歓迎。とりあえず二人とも、おかけくださいな」

そう言って女将がカウンターの奥の椅子を二脚引いてくれた。

店主が好きな花から名づけたという店名の通り、はまゆうが描かれた絵が壁に幾枚も飾られている。皿や小鉢、そして割り箸の袋に至るまで、はまゆう柄で統一されていた。

この店が開店したのは、もう二十年も前のことだ。依里佳の両親が俊輔や依里佳を連れてたびたび訪れていたので、店主夫妻は彼女が幼い頃からの顔なじみである。

「今日は何にする？　依里佳ちゃん」

女将が熱いおしぼりと緑茶を二人の前に出してくれた。

「おまかせします。水科くんに美味（おい）しいものをごちそうしたいので、よろしくお願いします、大将」

「はいよ、了解」

「お酒は……どうする？　水科くん」

依里佳がアルコールのメニューを渡すと、水科はそれをしばらく眺めた後、『生ビール』の文字を指差した。

「最初は生ビールをいただいていいですか？」

「じゃあ私もそうしよう。女将さん、生二つで」

「はーい」

「そういえば依里佳さんと飲むのって初めてじゃないですか？　会社の飲み会だと他にも人がいるから、一緒に飲んでるって感じじゃないし」

メニューをカウンターの壁面（へきめん）に立てかけながら、水科が切り出した。

「あー、そうかも」

「依里佳ちゃんはね、お酒強いわよ～」

女将がそう言ってビールのジョッキを二人の前に置く。

「そうなんですか？」

「確かに……あまり酔わない、かも」

はっきり言って依里佳は酒に強い。亡くなった両親も強かったし、俊輔も酔わない体質なので、おそらく遺伝なのだろう。今まで誰と飲んでも酔いつぶれたことはなかった。そこがまた、男からしてみればつまらないらしい。昔の彼氏に『依里佳と飲んでも面白くない』と言われた記憶がある。

一緒に飲んで面白い、って一体どういうことだろう？　——かつてはそんな風に悩んでみたりもしたが、考えたところで答えが出るはずもなく、また、分かったところで自分にそれが出来るとも思えなかったので、いつの間にか解決するのを諦めてしまった。

「——って、そんなことはいいから、ほら、乾杯しよ」

「はい、乾杯」

二人はジョッキを合わせた。

出された料理を食べ始めた頃から、店内は客で賑わい始め、女将は忙しなく動き回っていた。

「このイワシの梅肉揚げ、ほんと美味いなぁ。これ絶対何か隠し味使ってますよね、普通のと少し違う」

「あら、分かっちゃった？　でも企業秘密よ」

水科の後ろを通りながら、女将が得意げに笑った。

「いつもそう言って教えてくれないの、女将さんは」

ビールを二杯消費した後、二杯目の冷酒を手にした依里佳がふふ、と笑う。

「っていうか依里佳さん、ほんとに酒強いですね。全然顔色変わってない」

「ん……そうだね。今まで二日酔いになったこともないし」

「これ、俺の方が弱いですね、確実に」

そう言う水科は、ほんの少しだけ目が潤み始めていた。

それから二人は数品の料理と日本酒をいくつか頼んだ。どれもこれも美味で、水科も絶賛しながらどんどん平らげていく。

「それにしても、依里佳ちゃんはますます可愛くなって。顔だけじゃないわよ、こう、全体的に。そう思わない？　水科くん」

少し客足が落ち着いたところで、女将がカウンター内のシンクで使用済みの食器を洗いながら、水科に問いかける。

「そうですね」

「依里佳ちゃんは……見た目が派手めだから誤解されやすいけれど、すごくいい子なのよ？　そういうのを分かってくれる男性が現れるといいのにっていつも思ってるの、私」

カチャカチャと食器がぶつかり合う音の合間を縫うように、女将が母親じみた言い方で語り始めた。水科はデザートに出された抹茶アイスをひとくち呑み込むと、話題に乗る。

「――確かに依里佳さんは見た目は華やかですけど、中身はなんていうか……可愛らしいですよね。それに思いのほか、あわてんぼですし」

口角をわずかに上げて女将に同意する彼に、依里佳はくちびるを尖らせた。

「それって、子供っぽい、って言いたいの？」

「そんなこと言ってません」

そういえばここ最近、水科の前では変なところばかり見せている気がする――と、依里佳は気恥ずかしさを覚えた。

「依里佳ちゃんのそういうところ、分かってる人はちゃんと分かってるのよ。……曜一朗くんとかね」

女将が水科をチラリと見る――あからさまに含みのある眼差しだ。

「曜一朗くん？」

初めて聞く名前に水科が首を傾げ、彼女に問いかける。

「翔くんの幼稚園の副園長先生よ。上品イケメンでいい人なの。あの人はうちに飲みに来るたびに、依里佳ちゃんのことをべた褒めしていくわよ？『依里佳さんは素晴らしい女性(ひと)だ』って」

ニコニコニコニコと、やたらわざとらしい笑みを貼りつけたまま、女将が言う。

「え……そうなの？　なんだか恥ずかしいな～」

「あと曜一朗くん、この間、ものすごくいい条件のお見合い話が来たらしいんだけど、写真も見ずにお断りしたんですって。相手は結構な美人だったみたいなんだけどねぇ」

「へぇ～、もったいないですよね、それ」

「そんな好条件のお見合いを蹴ってしかるべきいい子が……近くにいるのかもしれないわねぇ」

「そうかもしれないですね～」

女将の意味ありげな言葉がまさか自分を指しているとは夢にも思わない依里佳は、涼しい顔で話題を流す。それを見て女将はクスクスと笑い出した。水科の方に身を乗り出し、内緒話をするかのように小声で語る。

「依里佳ちゃんはね、今までの経験上、自分に対する悪意や不純な感情にはすごく敏感だけれど、本当に純粋に向けられる好意には全然気づかないのよ」

「あ、ひどい女将さん。私が鈍感みたいな言い方して」

「あら、みたいじゃなくてそのものよ。依里佳ちゃんの中にはね、敏感と鈍感が同居しているの。もう少し敏感な部分を抑えて、鈍感な部分を研(と)ぎ澄(す)ました方がよさそう。……ね？　水科くん」

「……ですね」

「水科くんまで！　ひどいなぁもう」

二人に何故か鈍ちん扱いされ、依里佳は頬をふくらませてすねてみせる。そんな姿を見て、水科と女将は笑ったのだった。


「ごちそうさまでした、大将、女将さん」

依里佳は宣言通り、水科の分も会計を済ませた。それから店主夫妻に挨拶をし、扉に手をかける。

「また来てね、依里佳ちゃん。それから――水科くん？」

「はい？」

水科を呼び止めた女将は、たっぷりと間を取った後、『……頑張ってね』と、彼の肩に手を乗せた。

「ごちそうさまでした。美味しかったです」

女将の言葉をどう受け取ったのか、水科は笑顔で一礼をし、依里佳の後に続いて店を後にした。

二人は店を出た後、同じ方向――つまりは依里佳の家へ向かった。水科が彼女を家まで送ると申し出たからだ。はまゆうから蓮見家までは歩いて十分ほどの距離なので初めは断ったのだが、水科がどうしてもと言うので、その言葉に甘えることにした。

道すがら、依里佳は翔のことを話題に出す。

「翔がね、毎日毎日水科くんのことを聞くの。『こんどいつあつきにあえるの？』って。もうほんとしつこい、ってくらい」

「あははは。そういえば、一昨日かな？　陽子さんのアカウントから翔くんらしきメッセージが来ましたよ。『こんどいつうちにきますか？　あつきとまたどうぶつえんいきたいです』って。文章だと敬語なのは、陽子さんが代筆してるからかな」

「陽子ちゃんにも水科くんと会いたいって、せがんでるみたいだからね～。そのせいでお兄ちゃんは『どうして俺には言わないんだ、翔』って、悔しがってた」

「俊輔さん、翔くんのこと溺愛してますよね。可愛がり方がさすが依里佳さんと兄妹って感じで似てます」

「そうかなぁ？」

「でも嬉しいです。俊輔さんと陽子さんにもいつも歓迎してもらえて」

「うちの家族みんな、水科くんのこと大好きだから。何故かお兄ちゃんまで『今度篤樹くんと宅飲みする！』って言い出してるし」

依里佳が満面の笑みを湛えてそう言った時、水科が黙り込んで歩みを止めた。あと数メートルで蓮見家の門柱、という位置だ。急な静寂に心配になった依里佳はその顔を覗(のぞ)き込むように尋ねる。

「どうしたの？　水科くん」

水科は眉尻を八の字に下げて目元をほんのりと染め――それからおもむろに口を開いた。

「……依里佳さんは？」

「え？」

「依里佳さんは……その、『うちの家族みんな』の中に入ってますか？　俺のこと、少しは好きでいてくれてます？」

凪(な)いだ海のように穏やかで、優しい声音だった。

「え……、っと……」

言葉を出せずにいる依里佳の前に進み出て、水科は両手をそっと取った。依里佳はビクリと身体を震わせる。

「俺は、あなたのことが好きです」

「す……き？　……え……」

「本当はまだ言う予定じゃなかったんです。でも、女将さんがあからさまに俺を煽(あお)るから……」

　まんまと乗せられた自分が悔しいとでも言いたげに、水科は眉根を寄せた。

「え、どういう……」

「俺はね、前から依里佳さんのことが好きだったんです。あなたが翔くんのことで俺を屋上に呼び出した時よりも前から」

（う、そ……ほんと……に？）

　突然の告白に、言葉が出ない。予想もしなかった展開に、理解が追いつかなかった。目をぱちぱちと瞬かせている依里佳に、水科はクスリと笑う。

「もしよければ、あそこで話しませんか？　ちょっと話が長くなりますから」

　そう言って彼は、蓮見家から十メートルほど離れた、小さな公園を指差した。


「俺って、顔いいじゃないですか」

「は？」

　ベンチに座るなり、水科が突拍子もないことを言い出した。しかし彼の表情はあくまでも真剣だ。

「だから、今まで彼女には不自由したことなかったんですよ」

　呆然とする依里佳をよそに、『自分で言うのもなんですが』というクッションすら挟まず、彼はいっそ清々しいほど平然と言い切った。

「……いいなぁ」

依里佳が思い切りくちびるを尖らせる。

「ん？　依里佳さんも彼女が欲しかったんですか？」

「っ、そ、そこが羨ましかったわけじゃないから！」

（頭はいいはずなのに、なんて誤解をしてるのよ、この人！）

咳払いを一つして、依里佳は話を続ける。

「——水科くんが自慢話をしても、誰も文句言わないと思うから」

水科であれば許されると、依里佳は思う。もしもここが職場だったなら——周囲は多少呆れつつも、『水科なら許せるわ、悔しいけど』と、口をそろえて言うに違いない。

もしも自分が同じことを言ったら……いやいや、考えたくない——と、依里佳は空恐ろしくなった。そこで水科は『その話は今は置いときましょうね』と、次の句を継いだ。

「——でもね、これくらいの年になると、つきあう子つきあう子、みんな結婚を意識してくるんですよね。それはもう、ほぼ漏れなく」

「そうなるよね。特に水科くんは、ほら、顔がいいから？」

依里佳はことさらおどけて返してみる。だが水科はそんな嫌味も意に介さず『あははは、そうなんですよねぇ』と笑った。

「——だけど俺の中で、結婚相手に望む絶対的条件が一つあって。……絶対に子供好きじゃないとだめなんです。これだけは譲れません」

　歴代の彼女にも、子供好きかどうかをさりげなく尋ねてきたのだという。もちろん皆、彼に迎合するように『好き』だと答えたらしいが、水科の認める真の子供好きはいなかったようだ。

　そこまで聞いて、依里佳は軽く眉根を寄せた。

「それって……独身の若い女の子に求めるには少し酷な考えだと思う。だって、自分で子供を持ってみるまで本当のことは分からないと思うもの。子供が好きじゃないって言ってた人でも、実際に産んでみたら可愛く感じて溺愛する場合だってあるし……」

　依里佳自身も、翔が生まれてくるまでは自分がここまで甥っ子ラブになるなんて、これっぽっちも思っていなかった。だから水科の彼女たちの心情をおもんぱかり、わずかながら擁護する。

「うん、俺もそれは分かってます。だから正直、諦めかけてたんですよ。妥協するしかないのかなって。でも……ここまで言えばもう分かってもらえると思うんですけど、そんな俺の理想の女性が依里佳さんだったんです」

「わ、たし？」

「ええ、それはもう、理想が服着て歩いてる、っていうくらいに」

「り、そう……？」

頬が赤くなるのが分かる。理想の女性なんて言われたのは生まれて初めてだった。

「初めて依里佳さんを意識したのは、去年の秋くらいだったかな。会社の屋上でさけんでるあなたを見た時です」

「えぇっ、それ見たの⁉」

「この前出くわした時は俺が先客でしたが、実は依里佳さんが先客だったこともあるんですよ。さけんでる姿を見て、何かすごく面白くて可愛らしいなぁ、って」

(は、恥ずかしいにもほどがあるんだけど……!)

あんな風にさけんでいる場面を、よりにもよって水科に見られていたとは……! 依里佳は羞恥で身悶えしそうになった。

以来水科は、ずっと依里佳の存在が気にかかっていたという。加えて、会社で毎日観察している内に、彼女が三女子が言うような奔放な女性ではなく、きわめて真面目で飾り気のない性格だと分かってきたと。そうしてだんだん依里佳を好きになっていったのだと彼は打ち明けた。

「それと、先月の初めくらいに、俺たち北名吉駅でばったり会ったじゃないですか。あれは本当に偶然だったんですけど、でも実は、俺はその前から依里佳さんが同じ駅を使っていることを知ってました。あの時は知らないふりをしましたけどね」

「そうなの……?」

「屋上で依里佳さんを見た日から、一週間後くらいだったかなぁ。駅で翔くんの手を引いて歩いている依里佳さんを見たんです。そのまま、お二人は電車に乗っていって」

おそらくそれは、あの『りゅううさ』のイベントに行った日のことだろう。最近翔と二人で電車に乗ったのはその時だけだ。かれこれ半年以上は前になるだろうか。

「実はあの頃、俺の同期が『蓮見さんに隠し子がいるんじゃないか』って話を振ってきたことがあったんですよ。どうやらそいつも、依里佳さんと翔くんが一緒にいるところを見たらしくて」

「えぇっ、そんな噂があったの⁉」

依里佳は目を剥いた。自分に関する噂は今までもいろいろ聞いていたが、隠し子がいるというのは初耳だった。水科曰く、噂になったわけではなくてあくまでもその同期が目撃しただけだったらしいのだが。

「だから俺、翔くんと一緒にいる依里佳さんを見て、あの話は本当だったのかって、落ち込みかけたんです」

しかし、依里佳や翔と同じ車両に乗って二人の会話を聞き、彼女たちの関係が叔母と甥だと知ったらしい。

「自分の子供じゃないのに、あんなにしっかり愛情を持って面倒を見ているのを見て、依里佳さんは本当に子供が好きなんだなぁって、感動すら覚えました。甥っ子くんでさえあんなに可愛がるなら、どんなに素敵なお母さんになるんだろう、って」

（確かに私は子供好き……というより、翔ラブなだけだけど）

甥っ子でこれだけ溺愛しているのだから、自分自身に子供が生まれたらどうなってしまうのだろうと考えたことは、実は一度や二度ではない。

自分の子は可愛いだけじゃ済まない――とはよく聞く。だが、翔の夜泣き対応、おむつがえ、沐浴はもちろんのこと、ミルク作りもこなし、子育ての苦労をある程度経験しているので、マタニティブルーを差し引いたとしても、自分の子を溺愛する自信はあふれるほどにある。

でもまさか、この異様とも言える甥っ子バカぶりを敬遠されることはあっても、評価してくれる男性が現れるとは、ついぞ考えたこともなかった。けれど今、こうして自分を認めてくれた相手が目の前に現れて。しかも他の誰でもない、翔が懐きに懐いている水科だなんて――

依里佳は嬉しく思うのと同時に、信じられない気持ちになった。

「そっか……アレも見られてたんだ……ちょっと恥ずかしい」

それこそ恋人に尽くすがごとく、甲斐甲斐しく翔の世話を焼く依里佳の姿は、滑稽だったに違いない。

「美人なのに可愛らしくて面白くて……その上、子供好きなのかぁ……。そう思った瞬間にはもう、完全に好きになっちゃってました」

水科は優しく誠実そうな笑みを浮かべながら、自分の想いを語り続ける。

依里佳はこれまでの経験から、男をあまり信用していなかった。会社でも、男性社員に対してはつい身構えてしまい、三女子の目もあったことから、水科を含む男性陣にはなるべく自分からは接触しないようにしていた。

そんな頑なな依里佳の態度に、普通に告白しても本気と受け取ってはもらえないだろうと、水科は苦慮していたそうだ。

「――そんな時に、依里佳さんから呼び出されて……翔くんの友達になってほしい、って言われて。俺、すごく嬉しかったんです。だからとにもかくにも、依里佳さんにはまず俺のことをよく知ってもらって信頼を得て……それから告白しよう、って決めたんですよ」

その言葉の通り、水科はこれまで依里佳にあからさまな好意を示したことがない。必要以上にちやほやすることもなく、自然な扱いをしてくれた。

年下だというのにやけに包容力があり、依里佳を包み込んでしまう大きなオーラをまとっているようで、その温もりに、依里佳の心も少しずつ溶かされていった。

「それなのに今日、副園長先生とやらが登場するし、女将さんにはそのことで思い切り煽られるし……。依里佳さんの本質を知ってる他の男に先を越されるなんて冗談じゃない、って思って。こうして好きだと伝えることにしました」

そう締めくくった水科がその顔に湛（たた）えていたのは、いつかと同じ、職場では絶対に見せないしっとりとした色香を滴（したた）らせた笑みだった。

（っ、その笑顔はずるいよ……）

図（はか）らずも胸を高鳴らせてしまったが、次の瞬間、ふと頭に浮かんだ光景について依里佳は問い質（ただ）す。

「で、でも！　翔のことで屋上に呼び出した時、私、間違えて告白もどきをしちゃったでしょ？　あれが誤解って分かったら、水科くん、ホッとしてたじゃない？」

そう、あの時の顔が依里佳に告白をされて困った、と言いたげな表情だったから。だからまさか、水科が自分のことを好きだったとは思いもしなかったのだ。

それを告げたところ、彼はその表情を一変させた。

「あ……れは、依里佳さんが悪いんですよ！　思わせぶりなこと言うからもう！　『つきあってください』って言われた時、俺が心の中でどれだけ喜んだか分かります？　あと二秒訂正（ていせい）されるのが遅かったら、俺、ガッツポーズしてましたからね？　でも、依里佳さんが違う違うって言うから……先走って喜ばなくてよかった、って思って。そういう意味での安堵ですよ、あれは」

「そ、そうだったんだ……ごめんね……」

あれは依里佳にとっても非常に気まずいひとときだったので、水科が責める気持ちはよく分かる。目に見えて落ち込んだ彼女に、水科は、ふっと笑った。

「でも俺、割と分かりやすい態度を取ってたと思うんですけどねぇ。前に言いましたよね、『誰彼かまわず思わせぶりなことは言わない』って。依里佳さんにはちょいちょい好意を匂わせていたつもりなんですよ？　俺、普段から周りに愛想よくしてるから、誰にでもそういう態度を取っていると勘違いしているかも知れませんけど、『会えて嬉しい』とか『距離が近づいて嬉しい』なんて、依里佳さんにしか言ってませんからね」

　言われてみれば、水科は依里佳といる時、そういう甘い言葉を、ところどころでさりげなく口の端に乗せていた気がする。しかしそれは彼が普段から口にしているリップサービスにすぎないのだと思っていた。

『鈍感な部分を研ぎ澄ました方がよさそう』

　依里佳はさっきはまゆうの女将に言われたことを思い出した。

（うぅ……否定出来なくなってしまった）

「――さて、こうして気持ちを伝えてしまったからには、俺のことをもっともっと知ってもらうために、これからはどんどんアピールしていこうと思います」

「ア、アピール……？」

　この告白自体がもう密度の濃いもので、胸が詰まっていっぱいいっぱいなのに。これ以上、一体何をするつもりなのだろう。依里佳は心臓が逸るのを抑えきれずに、瞳を潤ませた。

「そんなに可愛らしい表情しないでください。もっと好きになっちゃいますよ？」

その眼差しが饒舌に『愛おしい』と伝えてくるから――恥ずかしくてたまらない。

これまで数え切れないほどの告白を受けてきたけれど、ここまで真摯に想いを伝えてくれた人はいなかった。

今、心の中をじわじわと侵食していくこの気持ちは、いったい何だろう。どうやってこの心情を彼に伝えたらいいのだろう。

「み、ずしなくん、わ、たし……」

「あ、今はまだ、返事をしないでください。俺、本気の本気で行きますから――依里佳さんも本気で考えてくださいね」

「う、ん……」

二人の間に静寂が訪れた。依里佳は頭が混乱して言葉を紡げずに、うつむいたままだ。

「……依里佳さん」

「何？　……っ」

わずかな沈黙の後、色づいた声音で名前を呼ばれた。弾かれるように顔を上げると、頬にそっと手を添えられる。

――それは、ほんの一瞬の出来事だった。

くちびるに柔らかく押しつけられたそれは……アルコールが回ったせいか、とても熱くて。自分の身に何が起こったのか理解する頃には――もう離れていた。

ちゅ……という音を立てて。

「――これは、依里佳さんへの予告状です。俺のこと、好きにさせてみせるので覚悟してくださいね、っていう」

依里佳は熱の残ったくちびるを押さえる。なんだか、酔いが移りでもしたかのようにぽーっとして、頭がクラクラした。

「あ……の」

「今日のところはもう、帰りましょうね」

水科が依里佳の手を取り、立ち上がった。

＊＊＊

「ど、どうしたの、陽子ちゃん……お兄ちゃんまで」

依里佳が朝の準備を終えてダイニングへ入ると、陽子と俊輔がニコニコ……というよりニヤニヤしながら彼女を迎えた。翔はテーブルについて朝食の納豆ご飯を頬張っている。

「どうしたの、って、決まってるじゃない！　篤樹くんのことよ！」

「いやぁ……俺もその場にいたかったなぁ。翔と一緒に寝ちまったのが残念だわ」

「あぁ……そのこと」

昨夜、告白を受けた後、依里佳はそのまま自宅へ帰った。まだ起きていた陽子に水科に送ってもらったことを告げると、彼女はすぐさま玄関から顔を出し『篤樹くん、いつもありがとね』と、挨拶をした。すると——

『先ほど、依里佳さんに「好きです」と、俺の気持ちをお伝えしました。これからはそういうつもりでこちらにも伺いますので。陽子さんもなにとぞご承知おきください』

水科はニッコリと優秀すぎる笑みを浮かべ、朗（ほが）らかに言い放ったのだ。陽子は一瞬呆気に取られたのち、嬉々とした様子で口角を上げ、両手で水科の手を握ってぶんぶんと上下に振った。

『えぇぇぇ、承知しましたとも！　なにとぞ！　依里佳ちゃんをよろしくお願いね！』

『え、ちょっ、私、まだ返事とかしてない……』

『いいからいいから、依里佳ちゃんはお風呂に入ってとっとと寝なさい！　私はちょっと篤樹くんとお話があるから、ね？』

そう言って陽子は依里佳の背中を押して家の中に追いやった。その後、二人が何を話したのかは聞けていない。

「依里佳、俺はな、篤樹くんなら大歓迎だぞ。翔が懐きすぎて嫉妬する時もあるけどな。子供があれだけ懐くってことは、少なくとも悪いやつではないと思うんだ」

塩鮭を箸でほぐしながら、俊輔がいつになく真面目な声で言うので、依里佳は思わず背筋を伸ばした。普段はそんなところを微塵も見せない兄だが、人を見る目は確かなのだ。伊達に依里佳より八年も長く生きていない。

依里佳が大学生の頃、つきあっていた彼氏とデートをしていた時、町で俊輔とばったり出くわしたことがあった。その場では当たり障りのない挨拶をして別れたのだが、その夜依里佳が帰宅するや否や、俊輔は『俺はあいつのことは気に入らない』と言い出した。その時は兄の言葉に軽い反発を覚えた依里佳も、その後、二股をかけられていたことが判明し、ようやく俊輔の正しさを思い知った。兄を疑ったことで落ち込む依里佳に、当の本人は気にした様子もなく、『それでよかったんだ。あいつはだめだ』と、ただ慰めてくれた。

そんな俊輔が、水科に関しては手放しで褒めるものだから、依里佳は苦笑せざるを得なかった。

「大歓迎も何も、まだ私、返事もしてないから……」

「こう言っちゃなんだけど、依里佳ちゃん今までほんと男運なかったもの。その分の幸運が今まとめて来てるんじゃないかしら。篤樹くんなら私も大歓迎！　もちろん、翔だってそうよ。ね？　翔」

「なぁに？　あつきがどうしたの？」

「篤樹お兄ちゃんが、翔の家族になってくれたら嬉しいよね？」

「かぞく？　あつきがおにいちゃんになるの？」

「ん〜、まぁそんなところよ。嬉しいでしょ？」

「うん！　そしたらまいにちあつきといっしょに、イグアナとカメレオンのことおはなしするんだ！」

口元に納豆の粒をつけたまま、翔は満面の笑みを見せた。

当の依里佳がまだ困惑の渦から抜け出せていないというのに、家族が皆こんな調子なので、なんだか脱力してしまう。

朝食後に歯磨きをしながら、水科が昨夜言っていたことを思い出してみる。途端、顔がかぁっと熱くなった依里佳は、自分自身に問うてみた。

（私、水科くんのことどう思ってるんだろう？）

大事な甥である翔の友達になってほしいと自分から頼んだくらいだから、信頼出来ると思っているのは明白だ。一緒にいて居心地のよさを感じる時点で、好意があるのも間違いない。ただ、それが恋愛感情かと聞かれると分からないのだ。

色気のある笑顔にときめいてみたり、告白にドキドキしてみたり――ここ何年も男性に対して抱けなかった感情が、今現在、依里佳の心を占めているのは間違いないけれど……

（そっか、私……）

要は、怖いのだ。

見た目と中身のギャップで『何か違う』と言われることには、もう慣れた。そもそも水科はそんなギャップを見ても引いたりせず、『秘密を見ちゃったみたいで、楽しかったです』と、笑って言ってくれたし、叔母バカな自分を『理想の女性です』と、認めてもくれた。

けれど、今の位置から一歩踏み出すにはエネルギーが足りない。

昔の苦い経験が心を錆びつかせて小さな穴を開け――いくら注ぎ足しても、そこからエネルギーが漏れていってしまう。

恋愛にいまいち入り込めないのは、そのためだ。

今の依里佳は、家族からの惜しみない愛情と、本当に数少ない友達に対する信頼だけで、心のエネルギーを賄っている。

もしも水科が、その小さな穴を塞いでくれたなら……

（ううん、頼りすぎちゃだめ）

とりあえず、今は冷静になって水科と向き合ってみよう。
依里佳はそう決めた——はずだった。

第三章

「……みさん、蓮見さん」

「っ、は、はい！」

何度も名前を呼ばれて、ようやく依里佳は我に返る。声の方を向くと、橋本が苦笑しながら手を上げていた。

「神長通商さんから、プレゼンの日を延期してほしいって連絡があったんで、改めて日程を調整してくれる？」

「あ、はい、分かりました」

依里佳はそばにあった付箋にサラサラとメモを取り、ＰＣのディスプレイの端に貼りつけた。

「珍しいね、蓮見さんがぼうっとしてるの」

「すみません……」

「じゃあ、気分転換がてら、これを購買三課に届けてくれる？」

　橋本が書類を挟んだクリアケースを依里佳に手渡した。

「はい……行ってきます」

　ばつの悪い声で返事をして部署を出ると、後ろからポン、と肩を叩かれる。振り返ると、同じ企画一課である美沙が依里佳の隣に立っていた。

「何だ、美沙か」

「私、教育支援部に用事があるからさ、一緒に行こ？」

　教育支援部と購買部は隣り合わせなので、ついでとばかりに後を追ってきたのだろう。

「教育支援部？　珍しいね、何があるの？」

　普段あまり縁のない部署名に、依里佳は首をひねった。

「海外赴任研修の講師としてお呼びがかかったんだ。ほら、私一応、帰国子女だし」

　美沙は中学三年間をロンドンで過ごした経験があるため、これから海外に駐在する家族に対し、経験者としてアドバイスをしてほしいと要請があったらしい。

「へぇ～。でも美沙、そんな昔のこと覚えてるの？」

「でしょ～？　私だって言ったんだよ？　昔とは制度も変わってるだろうし、参考になるか分からないって。でも心構えだとか、向こうにいた時の経験とか、そんな簡単なことでいいから話してくれだって。もう、めんどくさい！」

「あはは。まぁ、美沙は話すの上手いからいいんじゃない？　そういうの向いてそう」

社交的な美沙は、人前で話す時にまったく緊張しない。あがりやすい依里佳はそんな彼女を羨ましいといつも思っていて、スピーチのコツなどを尋ねたりしていた。

「ま、そんなのはいいとして。……依里佳、何かあった？」

「え？　何かって？」

「んー……、例えばぁ……水科くんと？」

「ちょっ、美沙……っ、なんで……!?」

何故知っているのかと、依里佳は焦って問いかける。

「んふふ〜、この美沙さんに隠しごとなんて出来ないんだからね」

「ねぇちょっと、どうして……」

とぼける美沙に、依里佳はなおも食い下がろうと声を上げた。しかし目的地に到着してしまい、美沙がひらひらと手を振りながら離れて行く。

「っと残念、時間切れ〜」

「あっ、待って美沙……っ」

「また今度ね〜」

美沙はニヤリと笑いながら、教育支援部の扉をくぐっていった。

「もう……」

依里佳は釈然としないまま、隣の購買部の扉を開く。書類の引き渡し相手を探したが、あいにく不在だったので、資料を机の上に置き、購買部を後にする。

部署に戻りながら、依里佳はほぅ、とため息をつく。

美沙の指摘通り、確かにさっきは頭の中が水科のことでいっぱいだった。仕事中にこれは大失態だ。冷静に向き合うどころか、これでは彼に生活を侵食されていると言わざるを得ない。

あれから『アピールします』という宣言通り、水科は日々容赦ないほどストレートに気持ちをぶつけてきた。戸惑う依里佳だったが、そういった水科の行動を嬉しく思う自分もいる。

昨日も食事に誘われて、一緒にタイ料理を食べに行ったのだが、依里佳が上げた手を見つめて、ふと水科が言った。

『依里佳さんの指って細くて長いですね』

『あ……うん、指が長いっていうか、手が大きいの。ほら』

そう言って手をパーに広げて、水科に向ける。

依里佳の手は女性にしては大きい。指は細いのだが、手の平も大きいせいか目立つのだ。昔から周囲の人に指摘されることが多く、自分でも少し気にしていた。

それを伝えると、水科は依里佳の手に自分のそれをそっと重ね、指を絡ませた。

『っ！』

柔らかなスキンシップに、依里佳の鼓動が少し速くなる。

『――でもこの手で、今まで翔くんの子育てに一役買ってきたんでしょう？　素敵な手だと思います』

『そ……かな……？』

ふいに思いがけない言葉を紡（つむ）がれ、頬が赤く染まる。

他の女の子の小さくて可愛らしい手を見るたびに、内心羨（うらや）ましく思っていた。けれど、初めてそんなことを言われ、嬉しくて嬉しくてたまらない自分がいる。

『それに、陽子さんから聞きましたけど、翔くんのために爪も伸ばしてないって』

『うん……翔を引っかいちゃうと困るし、それにあの子につきあって動き回ってると、結局折れちゃうから……』

『短いのにちゃんと手入れが行き届いてて、控えめだけどきれいにネイルもしてるし。依里佳さんのそういう可愛らしいところ、大好きです』

水科が、握った依里佳の手の指先にキスをした。

『えっ、ちょ……水科くん！　こんなところで……っ』

極力声のボリュームを落とし、依里佳が抗議する。

『こんなところじゃなければいいんですか？』

小首を傾けて依里佳を見つめる水科。甘くとろけたその視線に、いたたまれなくなる。

『水科くん……ずるい』

『必死なんです。依里佳さんを他の男に取られたくなくて。……だから、早く俺のことを好きになってくださいね？』

さらに糖度を増して甘ったるく笑む水科に、依里佳の心臓は切なく疼いた。

（水科くん……ほんとにほんとに、本気……？）

陽子の前であんな宣言をするほどだ。多分嘘や遊びではない……と思う。依里佳の本性を知っても失望しなかったし、翔とも仲良くしてくれる。俊輔や陽子との仲も良好だ。

水科との時間を重ねれば重ねるほど依里佳の心は解けていき、そこに出来た隙間に彼の存在と、寄せてくれる好意がじんわりと心地よく入り込んでくる。

それを拒絶する理由なんて、今のところこれっぽっちも存在しない。

（そうだよね……私、何を悩んでるんだろう）

きっと恥ずかしくて、また悶絶してしまいそうになると思うけれど、少しずつでもいいから近づいてみよう。歩み寄ってみよう。

よし！　と自分に気合を入れ、依里佳は一歩を踏み出した。しかし――

「っ、きゃあっ」

大きく踏み出した途端、パンプスのつま先がタイルカーペットに引っかかり、依里佳は前につんのめってしまう。

転ぶ！　――目をぎゅっとつぶって衝撃に備えるが、誰かの胸に飛び込む形で受け止められた。

「っと。……大丈夫ですか？　蓮見さん」

（こ、この声は……！）

顔を見なくても分かってしまった。今、自分を翻弄して止まない人物の声に違いなかった。依里佳は慌てて離れ、服装を整える。

「あ、ありがとう……、み、ずしなくん」

（な、何というタイミング……）

おずおずと顔を上げると、上機嫌な後輩がそこにいた。どうやら近くの小会議室から出て来たところだったようだ。片手に資料とペットボトルを抱えた姿勢で依里佳を抱きとめてくれたらしい。

「依里佳さんの方から俺の胸に飛び込んできてくれるなんて、感激して泣いちゃいそうです」

水科は辺りを見回し、人気がないのを確認すると、小声でそっと言った。途端に依里佳の頬がかぁっと赤くなる。

「なっ、ちっ、違うから！　そういうんじゃないから！　不可抗力だから！」

慌てて言い募ると、水科はクスクスと笑い出す。

「分かってます。冗談です」

「もう……からかわないでよ」

目を潤ませて睨めつけると、水科は依里佳の耳元にくちびるを寄せ、色気をたっぷり含んだ声音で囁いた。

「そんな無防備な顔して歩いていると、狼に襲われちゃいますよ？　……俺みたいな」

「……水科くん、ここ会社だから」

かろうじて冷静な口調を装いながら、依里佳は水科の胸を押す。

「――じゃあ、一緒に部署に帰りましょうか、蓮見センパイ？」

水科があはは、と笑いながら、隣に並んで歩き出した。依里佳は横目で彼を見つつ、コホン、と咳払いをする。

「水科くん、打ち合わせだったの？」

「ええ、五分前には終わってたんですけどね。ほら俺、一番下っ端じゃないですか。だからいろいろ後片づけがあって。やっと終わって出てきたら、蓮見さんとばったり。やっぱり俺ってば、ついてるなぁ」

心底嬉しそうな表情と弾んだ声――依里佳への好意を隠すつもりは毛頭なさそうだ。場所が場所だけにヒヤヒヤしてしまうが、いつものひまわりのような明るい笑顔なので、周囲も違和感は覚えないだろう。

——ところが。

「水科くん、蓮見さんなんかと一緒にいたらだめだよ～」

「誘惑されなかった～？　あの人何するか分からないんだから、近寄らない方がいいよ～」

「何だったら、私たちから蓮見さんに言ってあげようか～？」

昼休みに食堂に向かおうとした依里佳は、トイレの前で水科が三女子に捕まっている場面に出くわした。二人が一緒に職場に戻って来たのをめざとくチェックしていたのだろう。まるで『あなたのためを思って言っているのよ』とでも言いたげに、水科を説得している。

依里佳はため息をついて、少し離れたところで立ち止まった。水科は彼女よりもさらに大きなため息を吐くと、片手はポケットに突っ込んだまま、空いている手で頭をガシガシとかき回す。

「まいったなぁ……佐々木さんたちは、俺にどうしても蓮見さんから誘惑されてほしいんですね？　でも残念ながら……今のところ蓮見さんに誘われたことなんて一度もないですし、あの人が男をたらし込んでる場面も見たことないんですよねぇ。いやぁ、一度拝(おが)んでみたいなぁ。あれだけの美人だし、どんな手練手管(てれんてくだ)を隠し持ってるんでしょうね？」

誰が聞いても『これっぽっちも思ってないことを言っているな』と分かる芝居がかった口調で、水科は三女子に言い放つ。そのまま彼女たちの方へずい、と一歩進むと、声のトーンを少し下げた。

「――っていうか、そこまで言うからには、佐々木さんたちはもちろん見たことあるんですよね？　蓮見さんが男を誘惑しているところ。どんなことを言って誘っていたのか、一言一句再現してくれませんかね？　……もしそれが本当ならね」

ほんの一瞬だけ目を細めた威圧感のある表情に、三女子はビクリと身体を震わせた。

「あー……、ま、また今度ね……！」

焦った様子でそう告げて、走り去っていく三女子。水科は肩をすくめてきびすを返す。そこに依里佳の姿を認めると、悪戯（いたずら）が成功した子供のようにニッと歯を出して笑い、それからペロリと舌まで出した。

側を通り過ぎる時、水科は気遣うように依里佳の肩にそっと触れた。その瞬間に見えた柔和（にゅうわ）な眼差しに、心臓が大きく鳴る。

「……っ」

（あー……もう、無理。ほんと無理っ。今、心臓がきゅん、って……っ）

水科の後ろ姿を目で追った後、依里佳は火照（ほて）った顔を両手で覆（おお）った。

＊＊＊

フルタイムで働いているとはいえ、出来る家事はしなければと、夕食後、陽子と翔に入浴を促した依里佳は、その間に洗い物を食洗機にセットし、シンクやコンロ回りを拭き上げた。

その後、自室でハーブティを飲みながらスマートフォンをいじっていると、メッセージの受信音が鳴る。

「あ……副園長先生だ」

〝こんばんは。先日、合気道の師範の先生と、講師をしてくださる予定の方にお会いすることが出来ました。特に先生はお年の割に矍鑠としてらして、とてもお元気な方ですね。依里佳さんのこと、べた褒めでしたよ。私も賛同しておきました〟

「懐かしいなぁ〜」

合気道を習っていた頃を思い出しながら、返事を打つ。

〝そうですか〜。合気道、無事に始められるといいですね。私も翔に勧めてみようかと思います。それと、先生もお元気そうで何よりです〟

当時すでに結構な年齢だった師範に、孫のように可愛がってもらっていたことを思い出した。彼が未だ健勝であるのを嬉しく思う。

〝あとは今日、翔くんが園で依里佳さんのことを話していましたので、私がもっと聞きたいと言ったら、いろんなことを教えてくれました。楽しかったです〟

「翔……一体何を話したの？」

本人がいないのをいいことに、話さなくてもいいような内容をペラペラと口にしているのではないかと、ヒヤヒヤした。

〝恥ずかしい話とかしていませんでしたか？〟

そう返すと、またすぐに返信が届く。

〝依里佳さんの話なら、どんな恥ずかしい話でも小さなことでも知りたいです〟

その文言を読んで、思わずドキリとしてしまった。

「副園長先生……」

ふと、はまゆうでの女将の言葉を思い出した。

『あの人はうちに飲みに来るたびに、依里佳ちゃんのことをべた褒めしていくわよ？「依里佳さんは素晴らしい女性だ」って』

（もしかして……あれは保護者として褒められていたわけじゃなくて――）

一人の女性に対する言葉だったのだろうか。

そういえば水科から告白された時も、彼は関口に先を越されたくないから――そう言ってはいなかったか。

あの時は水科に告白されたことでいっぱいいっぱいで、関口についての話はすっかり頭から抜けてしまっていた。

今こうして考えてみると、他にも思い当たる節がないわけでもない。

携帯番号やメッセージアプリのIDを聞かれた時、『個人的な内容を送ったりしてもいいですか？』と尋ねられたのもその一つだ。あの時は関口が礼儀正しいからだと思ったが、普通ならわざわざそんな許可を取ったりしないだろう。

それ以前にも、幼稚園の行事に参加した時のことだ。園児の保護者から参加者を募り、園内を清掃するボランティア活動があるのだが、依里佳は『いつも翔がお世話になってるんだから！』と、当然のように張り切って参加した。教職員から指示されるまま、一心不乱に掃除に励んだのを覚えている。

そうして清掃を終えた後、参加者にはペットボトルのお茶が配られた。それを持って帰宅しようとしたところ、依里佳は関口に呼び止められたのだ。

『余ったので、よかったらお持ち帰りください』と渡された百貨店の紙袋に、残ったお茶が数本と高級なチョコレートの箱が入っていた。

『貰いもので申し訳ないのですが、うちでは誰も食べないので、お持ちいただけると助かります。でも、他の保護者の方には内緒ですよ？』

さすがにチョコレートは貰えないと遠慮したのだが、そう笑って渡されてしまったのだ。

他にも何かにつけて話しかけられている気がするが、自意識過剰と言われてしまえばそれまでだ。

（それに、直接何か言われたわけじゃないしなぁ……）

ただ単に、園児の叔母が保護者活動に積極的に参加しているのが、物珍しいだけなのかもしれないし。

「まさか……ね」

依里佳は気のせいだろうと自分に言い聞かせた。

＊＊＊

梅雨真っ只中の今日も、しとしとと雨が降り続いている。依里佳は水科に誘われ、桜浜にある美術館に来ていた。

前回の食事の時にも心に引っかかってはいたが、告白の返事を保留にしたまま誘いを受け続けるのに、いったんは悩んだ。けれど――

『俺としては今はアピール期間だと思ってるんで、返事に関してはまだ気にしないでください。もし依里佳さんが嫌じゃなければ、デートしてくれませんか？』

水科は電話でそう言ってくれたのだ。さらには陽子たちにも文字通り背中を押されてしまったので、こうして彼の言葉に甘えてしまった。

そしていざ会ってみると、水科は相変わらずの笑顔で迎えてくれたので、依里佳は安心した。

「まさか水科くんと一緒に美術館を訪れる日が来るなんて、思わなかったなぁ」

「意外ですか？」

「あー……でもそれほど意外じゃないかな。水科くん、いろんなことに詳しそうだし」

今まで一緒に過ごしてきて、その話題の豊富さから、彼が様々な知識を持っていることは分かっているつもりだ。だから美術に造詣が深いと聞いても特に驚きはしない。

この美術館は収蔵作品数が多く、海外の名画が来日展示される時などは、建物の周りを何周もするくらいの行列が出来ることでも有名だ。今はそういった特別展示がない時期だったので、客足はさほどなく、比較的ゆったり鑑賞出来ている。二人は並んで歩いては立ち止まり、作品を思い思いに堪能していた。

「実はこの中に、うちの祖父が寄託している絵とか彫刻があるんですよ。……あ、あれがそうです」

ふと、水科が数メートル先を指差す。

それは有名な印象派の画家の作品だった。けれど誰もが知っている名のある作品ではないようだ。キャンバスも小さめだが、見る人が見れば、とんでもなく価値のある代物なのだろう。小さくとも歴史とエネルギーを感じさせる。光り輝き、名作の香り漂う絵画だと依里佳は感嘆した。

「わぁ……素敵な絵……」

「俺の父方の祖父は、美術品、芸術品収集が趣味なんですよ。でもこういうのって維持管理が大変じゃないですか。だから所持品の大半は、こうして美術館とか博物館に寄託してるんです」

「すごいね……」

絵に見入りながら、依里佳はうなずく。

「小さい頃はそういうものの価値なんて分からなかったんで、結構手荒く扱ってたりして。それで祖父にこっぴどく叱られたりもしましたよ」

骨董茶碗でままごとをしてみたり、家の中を走り回って、飾ってあった値打ちものの壺を割ってしまったり、著名な画家の山水画に色鉛筆で木を描き足してみたりと、祖父の美術品にまつわるやんちゃなエピソードにはこと欠かないそうだ。

「あははは、確かに小さい子にしてみれば、美術品も遊び道具になっちゃうかもね。……でも、そんなこと私に話していいの？」

「え？　どういう意味ですか？」

「だって、今のお話を聞く限り、お祖父様は資産家みたいだし。これで私がお金目当てで水科くんの告白にＯＫしちゃったらどうするの？」

ほんの少し、意地悪な気持ちが湧いてきて、思わずそんなことを聞いてみた。ニヤニヤと水科の顔をうかがう。

「俺も話す相手はちゃんと選んでますから大丈夫ですよ」

ニッコリと笑って、投げられた球を打ち返す水科。

「どうして私は大丈夫だって分かるの？」

「分かりますよ。だって、依里佳さんくらいの美人ともなると、きっと今までにもすごくいい条件の見合い話があったり、めちゃくちゃハイスペックな男からアプローチされたりとか、いろいろ経験されてるでしょう？　でも過去のそういったことを全部辞退してきたからこそ、今こうして俺とデートしてくれてるわけですし。依里佳さん自身、ステータスにはあまりこだわってないんじゃないかって思って」

「……」

依里佳は息を呑んだ。水科の言ったことに心当たりがあったから。俊輔たちや親戚から持ち込まれる見合い話の中には、超有名企業の創業者一族の本家からなどという、この上なく好条件なものもあった。

相手は軽く数百年、連綿と続いてきた由緒正しい家柄で、本人も相当なエリートらしく、釣り書を見た俊輔が卒倒しそうになったくらいだ。けれど依里佳が『私には無理』と、首を横に振ったことでご破算になった。一般人の彼女には荷が重すぎたのだ。

今の会社に入社した後も、イケメンと呼ばれる社員や、取引先の社長の子息など、彼女を見初めた男性は複数いた。

だが依里佳は、つきあう男性に対して過分な経済力を求めていない。自分も働いているのだからと、浪費家やギャンブル好きなどの問題さえなければＯＫで、年収にはこだわっていなかった。

依里佳にとっては収入の良し悪しよりも、ありのままの自分を受け入れてくれる人を探す方が困難なのだから。

――けれどそんな男性が、今まさに隣にいて。

「依里佳さんならどれだけ高望みしても許されるのに、欲が全然ないですよね。でもそういうところが、すごくあなたらしくて好きだな、って思います」

赤面するようなことを水科は口端に乗せ、彼女の手をそっと取った。

「……ありがとう」

照れてしまうけれど、素直にそう告げる。水科は目元を甘く緩ませて、

「知れば知るほど、どんどん依里佳さんを好きになる」

と、依里佳の手にきゅっと力を込めた。

「……スルメじゃないんだから」

「噛めば噛むほどって？　あは、可愛いスルメだなぁ」

それから二人はずっと手をつないで歩いていた。途中から依里佳も握り返していたことに……水科は気づいただろうか。


美術館デートの後、水科は依里佳を車で送ってくれた。そのまま帰ろうとしていたのだが、蓮見家に到着した途端、中から俊輔が勢いよく出て来て『篤樹くん！　今日こそ俺と一緒に飲んでくれ！』と、水科の腕を引っ張って家に引き入れてしまった。しかも容赦なく酒を飲ませたのだ。

「篤樹くん、今日うちに泊まっていきなさい。お布団、客間に出しておくから、依里佳ちゃん、布団乾燥機かけてあげてくれる？」

「俺、歩いて帰りますから大丈夫ですよ」

「だめよ。ここからそう遠くないとは言っても、歩いたら結構時間かかるし、雨も降ってるじゃない。俊輔が飲ませちゃったんだから、泊まってって？　なんなら依里佳ちゃんの部屋にお布団敷いたっていいんだからね？」

「っ、ちょっと！　何てこと言うの陽子ちゃん！」

目を剥いて焦る依里佳を見て、翔がくちびるを尖らせる。

「え〜、えりかいいなぁ。おれもあつきといっしょにねたいなぁ」

「い、一緒になんて寝ないよ？　私は自分の部屋で一人で寝るよ？　翔」

「翔、邪魔しちゃだめよ？　翔はお母さんと一緒だよ。寝る時に恐竜の絵本読んであげるからね」

「ほんと？　わかったぁ、おれおかあさんとねる〜」

ニッコリと笑って息子を誘導する母親。そしてその口上に素直に乗せられる四歳児。

「えーっと……本当にいいんですか？　泊めていただいて」

水科が陽子と俊輔の顔を交互に見て問う。

「俺は、元々うちに泊まってもらうつもりで飲ませたから、全然問題なし！　一度も使ってないTシャツとか下着とかあるから、後で出しておくよ。ってことで心置きなく飲もうぜ、篤樹くん」

そう言って俊輔は水科のグラスにビールを注ぎ足した。

俊輔も依里佳と同じ体質のため大して酔えはしないはずなのだが、終始上機嫌で水科と酒を酌み交わし、水科も時折声を上げて笑うほど、俊輔との晩酌を楽しんでいたようだ。

その後彼は風呂上がりに翔に捕まり、恐竜の絵本を読まされていた。翔はよほど嬉しかったのか、まだ眠くないとしばらく渋っていたが、陽子がなだめすかしてなんとか眠りについた。

俊輔は『二次会やろうぜ、篤樹くん！』と言って、再び飲み始め、最終的には翔を寝かしつけた陽子や依里佳も巻き込まれていた。

「蓮見家は……本当にいいご家族ですよね。優しくて楽しくて温かくて。理想的な家庭って感じがします。そんなご家族の幸せの時間をシェアしてもらえて、俺はすごく嬉しいです」

水科が布団乾燥機のプラグをコンセントから抜き、客間に敷かれた布団の反対側に正座をしている依里佳に渡す。

「そんなに褒めてもらっても、これ以上何も出ないからね」

依里佳はコードを畳みながらクスクスと笑い、それから、少し切ない表情で、ぽつりと言った。

「……うちが水科くんの言う温かい家庭なのは、陽子ちゃんのおかげ」

「陽子さん？　確かに彼女は明るくて優しい方ですよね」

「うちの両親、私が高校生の時に亡くなったでしょ？　いきなりお兄ちゃんと二人きりになって……。頑張ってお父さんの役目もしてくれたこと、本当に感謝してる。でもね、やっぱり淋しくて。そんな時、私のことを励ましてくれた男の子がいたの」

高校で同じクラスの男子だった。なかなか立ち直れないでいた依里佳にずっと寄り添い、親身になって話を聞いては、『俺がいるからな』と楽しい話をして笑わせてくれた。すっかり心を許した依里佳は、彼を頼り、そうしてつきあい始めた矢先、彼が教室でクラスメイトにこう話しているのを聞いてしまったのだ。

『蓮見依里佳をおとすなら今がチャンスだ』

両親が死んで落ち込んでいる今なら、あの蓮見依里佳だってちょろいだの、近い内にセックスまで持ち込めそうだの――彼はそう得意げに言い放っていた。

それを聞いた時、依里佳は自分の耳を疑った。そして全身の血が下がるのを感じた。怒りだとか悲しみだとか、そういったものをあっさり通り越して、何の感情も湧かなくなる。

ただただ、吐き気がした。

『この機会を利用しないでどうするよ？　相手はあの蓮見だぞ？』

『あんなエロい見た目だったら、どんなセックスしても許してくれそう。つか、どんなこと要求してもやってくれそうじゃね？』

『っていうか、あいつ絶対処女じゃないよな』

周りにいた男子は『不謹慎だろ』とたしなめていたが、当の本人は、悪びれることなく話し続ける。

軽い貧血と吐き気をこらえつつ依里佳が教室に入ると、今までの勢いはどこへといった様子でしどろもどろになりながら言い訳を始めた。だが彼女は当然ながらそんな戯言は一切聞かず、その場で別れを言い渡した。以降、彼とは卒業するまでひとことも話していない。

彼は悔し紛れに依里佳の悪口を吹聴し始めたが、現場には彼の友人のみならず、依里佳の友人もいたため、最終的にはその男子が非難を受けることになった。

その日、帰宅後もまだ呆然としてリビングのソファに座っていた依里佳。たまたま蓮見家を訪れていた陽子が、そのただならぬ様子に事情を尋ねてきてくれたのだ。躊躇ったけれど、話を聞き出すのが上手い陽子に乗せられ、結局すべてを話してしまった。

『ひどい……許せない！　最低な男よ！　身内の死につけこんで女の子をおとそうとするなんて！　しかも自分のじゃなくて相手の身内よ？　依里佳ちゃんを何だと思ってるのよ！』

面と向かって非難出来なかった自分の分まで、陽子はまるで自分のことのように怒ってくれた。その姿を見て、依里佳はようやく泣くことが出来たのだ。陽子はしゃくり上げる彼女をずっと抱きしめていてくれた。

それ以来、二人の距離は急速に縮まった。俊輔がいなくても遊びに来てくれる陽子と、依里佳は友情のような姉妹愛のような不思議な関係を育んでいった。

そして俊輔と陽子の結婚が決まり――

「――陽子ちゃんがお嫁に来る時、私、家を出ようとしたんだけど、陽子ちゃんが止めてくれてね。一緒に暮らそうって言ってくれたの」

『依里佳ちゃんを一人暮らしさせたくない！　……なんてのは建前よ。本音は、私に子供が出来たら、依里佳ちゃんにも面倒見てもらわなくちゃ！　って思って。だって私一人じゃ大変だし、俊輔は頼りにならなさそうだし。もう義妹を使う気まんまんなのよ。鬼嫁だからね！』

陽子は、おどけてそう言った。

「――でもね、本当は、私が家族愛に飢えているのを知って、わざとそう言ってくれたんだって分かってる。普通なら、新婚生活を小姑なんかに邪魔されたくないはずなのにね。……陽子ちゃんはね、私に家族をくれたの」

布団乾燥機の蓋をパチン、と閉じた後、依里佳はそれを押入れの中にしまった。

「いいお姉さんですね、陽子さん」

「だからね、陽子ちゃんが翔を産んだ時、私は『陽子ちゃんが結婚前に言った通り、面倒を見るから何でも言ってね』って言ったの。翔が夜泣きした時は抱っこで家中歩き回ったし、陽子ちゃんがインフルエンザにかかった時は、三日間ずっと翔の面倒を見たんだよ？　お宮参りも、お食い初めも、初めて歩いた時も、全部全部見守ってきた。でこんな叔母バカが出来ちゃったってわけ」

依里佳は泣きそうな顔で、それでも笑った。水科はそんな彼女を見守るように薄く微笑む。布団を挟んだ向こう側とこちら側で、黙ったままだったけれど、何となくお互いが考えていることが通じ合っている気がして。

気まずいという気持ちはまったくなく、それどころか心地よさすら感じていた。

最初に沈黙を破ったのは水科だった。

「——依里佳さん、俺の噂、聞いたことあります？」

「噂……って？」

依里佳は首を傾げて続きを促す。

「俺が海堂ホールディングスの社長の息子だ、隠し子だ、っていう」

「あー……うん、聞いたことは、あるよ」

先月、美沙やミッシェルと一緒に社食で聞いたあの話だ。水科と屋上で出くわした時に思い出したきり、すっかり忘れていた。

「あれは……デマです」

「そ、そうだよね……」

（やっぱり……）

噂は噂でしかない——改めてそう思った矢先、続く水科の言葉に依里佳は目を見張った。

「甥です」

「え？」

「海堂ホールディングスの社長は、俺の伯父なんです」

そういえばあの時、社長と水科がどことなく似ている、という突拍子もない話も出ていた。けれどそれはあながち間違ってもいなかったのかと、妙に感心してしまう。

「そう……」

「ついでに言うと、俺、小学二年の時まで『海堂篤樹』だったんです」

「っ！」

（海堂……社長と同じ苗字……そっか、親戚なんだもんね）

水科は先ほどの依里佳のように、切なげに眉根を寄せて語り出した。

「俺はね、実の母親に愛されなかった子供だったんですよ」

曰く、水科の実母・留美子は、他に心を寄せる男性がいたにもかかわらず、親に決められて彼の父親である海堂嘉紀と結婚をしたのだという。

二人の間にはかろうじて子供が二人――水科の兄と水科が生まれたが、彼女は彼らに愛情を注ぐことはなく、子育ては使用人に任せっきり。しかしそれに飽き足らず、次第に虐待をするようになった。

『少しは愛想よくして媚びてみたらどうなのよ！　この役立たず！』

母親のその言葉が、今でも水科の脳裏にこびりついているのだと彼は語った。

それ以来、水科は実母を怖がるようになったという。彼の異変に気づいた使用人が虐待の証拠を集めて訴えたことで、嘉紀はようやく留美子との離婚を決意し、兄弟を引き取った。水科が小学校に上がる前の年のことだった。

その一年後、嘉紀は、とあるパーティで、後に水科の継母となる水科百合子と出逢った。初めは警戒していた子供たちだったが、彼女の優しさと誠意に触れる内に、心の傷はだんだんと癒えていき、顔合わせから半年が過ぎる頃には、百合子のことを実の母親以上に慕い始めた。

その後、嘉紀と百合子の結婚が決まったのだが、彼女が有名総合繊維メーカー『ミズシナ』社長の一人娘だったため、嘉紀が婿養子に入ることになった。そのため子供たちも『水科』と姓が変わったらしい。

「その後もいろいろあって……実母の実家もそれなりに大きい会社をやっていたんですが、跡取りと目されていた親戚たちが、病気と事故で相次いで亡くなってしまったんですよ。そしたら母方の祖父母が、俺を寄越せと言い出して」

水科が中学一年生の時のことだったという。もちろん、嘉紀と百合子はそれを拒否し、一悶着あったものの、彼らの尽力のお陰で、彼はこうして水科家の息子として生活することが出来ている。

「継母はね、とっても優しい女性で、兄と俺のことを実の息子のように可愛がってくれてます。結婚してから妹も生まれたんですけど、分け隔てなく育ててくれたんですよ」

百合子は初婚でいきなり二人の母になったにもかかわらず、懸命に兄と水科を育て上げ、妹が生まれた時も、

『正真正銘、血のつながったあなたたちの妹よ。可愛がってあげてね、お兄ちゃんたち』

と、真っ先に二人に抱かせてくれたらしい。

「実母が俺を引き取るって言い出した時も誰より怒ってくれて、泣きながら俺を抱きしめて抗議してくれたんですよ？　兄や俺と特別養子縁組をしたいとまで言ってくれたんですけど、それは家や会社のこともあるからなかなか難しくて。でも親バカって言うのかな、今でも週一で電話がかかってくるんです。『たまには実家に帰って来なさい』って。そういうとこ、ちょっと陽子さんに似てるかも」

水科が思い出したように笑う。

依里佳の中で、水科にまつわるいくつかの疑問が解けた気がした。

いつも笑って愛想よくしているのは、実母から受けた仕打ちが根底にあるからだったのか。ひょっとしたら、ある種の強迫観念みたいなものがあるのかもしれない——何と

なく、そう思う。

そして――

（そっか。だから水科くん、結婚するなら子供好きな人が絶対条件なんだ……）

これまでの水科の翔に対する愛情深い関わり方、そして『子供好きの女性』に対するこだわりの核となるものが分かり、腑に落ちた。

依里佳を理想の女性だと言ってくれる水科――そんな今の彼を形成していたのが実の母親からの冷たい仕打ちだったとは、何という皮肉なのだろう。

心臓がぎゅっと締めつけられる。

「水科くん……」

依里佳の中で、水科に対する愛おしさにも似た、切なくて甘い感情が急速に育っていくのを感じた。元々心の中に芽吹いていたものが、彼への同情の気持ちを吸って大きくなったのだとしても――それでも今、目の前にいる水科を抱きしめたいと、心が疼いてたまらなくなった。

「依里佳さん……そんな目、して。だめですよ」

「え？」

「そんなにとろけた目をしてたら、いくらアピール期間とは言っても、俺に襲われちゃいますよ？」

水科が柔らかく目を細めた。

「——たとえ依里佳さんが感じているのがただの同情でも、俺はそこにつけこみますし、あなたが俺と同じ気持ちでいてくれてるんだ、って勝手に解釈しますからね？」

「……っと、あの……」

（水科くんの方がよっぽどとろけた表情してる……）

糖度の高い瞳に見つめられ、困ってしまう。依里佳はわずかに目を泳がせて、火照る頬を手の甲で押さえる。

そして——こくん、と、一度だけうなずいた。

水科はくしゃりと顔を歪める。

「——ったく、あなたって人は……」

手首を軽くつかまれて引き寄せられ、互いの顔が近づく。彼の吐息がくちびるに届くのと同時に、依里佳は目を閉じた。

少しだけアルコールの匂いをまとった熱いくちびるが押しつけられた。柔らかいのに少し強引で——それだけで身体に甘く響く。数瞬の後、濡れた塊が依里佳のくちびるをそっとなぞった。誘われるように薄く口を開くと、すかさずそれが入ってきて。

「ん……」

（熱い……）

舌の温度に翻弄される。口の中が火が点いたように熱くて、頭の芯が溶けてぼうっとしてくる。

水科はくちづけたまま、依里佳の身体を布団の上にそっと倒した。

ほんのりと温かさが残る布団の上で、依里佳は水科から深いキスを受ける。頬の内側を舐られ、歯列をくすぐられ、上顎をなぞられ、舌を弄ばれて、痺れが四肢を走る。

(あぁ……もう、どうしよ……)

こんなに気持ちのいいキスは、生まれて初めてだった。全身から力が抜けていくのを感じる。

「っ!」

ビクン、と身体が反応した。水科が依里佳のルームウェアの上から胸に触れてきたのだ。そっと手を乗せてきたかと思うと、包み込むように撫で、そして捏ねるように揉み始めた。

「っ、ん……」

重ねたくちびるの隙間から、声が漏れる。水科はなおも手を止めず、つつっと依里佳のウェアの裾をたくし上げ、そのまま肌に触れてきた。ウェストや腰の辺りをやんわりと撫で、それから上に向かう。ブラジャーの縁を辿り、胸元から手を差し入れ、両のふくらみを直に手中に収める。水科の大きな手の平に包まれた乳房が、彼の意のままに形を変えた。

頭の中が痺れて、息をすることさえ忘れてしまいそう。

「はぁっ」

酸素を求めて首を反らした瞬間、胸の天辺を指先で優しく押し潰すように擦られて、思わず声が上がる。いつの間にかブラのホックは外され、ふくらみのすべてが空気に晒されていた。

恥ずかしさで顔を逸らす瞬間に視界に入った水科の顔は――情欲にまみれた目で自分を捉えていた。全身から雄の色気を立ち上らせ、今にも依里佳に食らいつきそうな、獰猛な眼差しを湛えている。

（こんな顔、初めて見た……）

いつも爽やかに笑っている水科が、今はこんなにも男臭くて捕食者のようにギラギラしていて、依里佳の心臓が跳ね上がる。ドキリとしたのもつかの間、水科は彼女の胸に顔を埋め、ふくらみの先端を口に含んだ。

「ぁ、やぁ……っ、んっ」

どうしても声が出てしまうのを、手で押さえる。じゅる、と音を立てて吸われ、舌で舐られれば、柔らかかった頂は芯を持ち、ますます敏感に快感を受け取ってしまう。同時に乳房を絶妙な加減で揉みしだかれて、否応なく熱が高められていく。

その後、水科の手は依里佳の身体を辿り、そのままルームウェアのショートパンツの中にゆっくりと入っていく。そのままパンツを下ろされてしまい、彼女の秘めた部分を覆うのはショーツだけになってしまった。

（や……ほんとに……？）

このまま水科とつながってしまうのだろうかと不安になったその時、水科の指が依里佳のショーツのクロッチをなぞった。刹那、胸とは比べものにならないほどの震えが全身を襲う。内腿の奥がきゅっと締まる。

「っ、あんっ」

自分でも信じられないほど甘く、高い声が出た。

「……もう濡れてますね」

「や……っ」

水科が布越しに指で秘部を押し、そのまま往復させる。そこにじんわりと水気が滲み出ているのが、依里佳にも分かった。恥ずかしくてたまらなくて、色づいた声を上げながらもいやいやをするように頭を振る。

布地の上からカリカリと引っかかれ、微妙な快感を掘り起こされてもどかしくなってしまう。

（あ……どうしよう……もう……っ）

「……かわい、依里佳さん」

　舌舐めずりをし、水科はクロッチの隙間から指を忍び込ませた。

「あ、やだぁ……」

「やだ？　……でも濡れてますよ？」

　クロッチがずらされ、依里佳の密部がそっと撫でられる。そこはもうたっぷりと潤み、ショーツだけでなく水科の指をも濡らしていた。

「だ、だって……」

「だって？」

　色気を孕んだ瞳に意地悪さを添えて、水科は依里佳を見つめる。その間も、指はゆっくりと彼女の秘裂を行き来していた。そのたびに新しく蜜液が湧き、水音に艶が増していく。

「あぁ……っ」

　与えられた刺激が脳髄を支配して、何も考えられない。水科の問いにも答えられず、ただただ息を乱しながら、与えられる舌と指を受け入れるしかない。

「……これ、邪魔ですね」

　水科はいったん指を引き抜き、最後の砦とも言えるショーツに手をかけた――刹那。

「っ!!」

二階からトイレの水を流す音が聞こえた。この静かな時間帯、その音はやけに大きく周囲に響く。

水科は我に返ったように何度も頭を左右に振った。大きく息を吸い込み、そして依里佳の上に身体を落とすと、肩口に顔を埋める。ゆっくりと息を吐くのが聞こえた。

「──マジやばかった……」

「み、ずしな……くん？」

「ご家族がいる場所で、これ以上はまずいですよね、やっぱ」

小声で呟きながら、依里佳の乱れた衣服を直していく水科。

「……ん……そう、だ……ね」

ホッとしたというか、ほんの少しだけ残念というか──複雑な気持ちが燻る。水科は口元を歪めて笑い、彼女の脚にチラリと視線を送った。

「すみません、正直言うと依里佳さんのパジャマ姿にかなりムラッときてました。生脚がっつり出ちゃってますし、もうね……」

確かに依里佳は、普段あまり脚を大胆に露出するような格好はしない。でも今は自宅で入浴後だ。いつもパジャマ代わりに着ている薄いピンクのルームウェアは、上は七分袖のカットソー、下は脚の大部分が出ているショートパンツで。

「ご、ごめんね……」

何となく謝ってしまった。

「謝らないでください、俺的には大歓迎でしたから。……でも最後にキスだけ、していいですか？」

「……うん」

水科は重なった体勢のまま、依里佳にくちづけた。

触れ合うだけの、優しいキスだった。

＊＊＊

「ごめん、水科くん、ちょっといい？」

一枚のコピー用紙を持って、依里佳は水科のデスクへ赴く。営業会議の議事録に不備らしき箇所を発見したのだが、作成した本人が出張で不在のため、直属の後輩である水科なら分かるのではと聞いてみることにしたのだった。

「はい、何でしょう？　蓮見さん」

「この議事録のここなんだけど、数字が微妙に合ってない気がして……どうかな？」

依里佳が手にしていた書類を指差すと、水科が覗き込む。『あぁ、これですか……』と、引き出しからファイルを取り出し、パラパラとめくった。他部署からの情報と議事録を並べて調べているようだ。

くちびるを尖らせ、ペン尻をそこに押し当てながら『んー……』と、文言を読み込んでいる。

（きれいな横顔……）

その顔を至近距離で見てしまった依里佳は、図らずも、そんなことを思ってしまった。

鼻筋はまっすぐだし、くちびるも――

（キスした時、気持ちよかった……）

無意識にそう考えてしまったらもうダメだった。あれからもう三日も経っているというのに、あの日の出来事がぶわりと鮮やかに脳裏によみがえり、全身が痺れてしまう。

依里佳の口の中を余すところなく奪っていったキス。

はちみつのように甘くてねっとりとした愛撫。

短い時間だったけれど、瞬く間に全身を支配した快感。

水科がくれた艶かしいひとときを鮮明に思い浮かべてしまい、依里佳の顔はたちどころに真っ赤に染まる。

（どうしてこんな時に～っ）

就業時間中にこんなピンクなことを考えてしまうなんて、不謹慎だと思うやら恥ずかしいやらで、それがことさら依里佳の頬を熱くしてしまう。

「あぁ……これ多分、テスト側の記載ミスだと思います。後で正確な数字を聞いて訂正版出すよう先輩に伝えておきますね。……蓮見さん？」

「え？　あ、ごめんね、じゃあ、お願いしますっ」

我に返った依里佳は、慌てふためきながら水科のもとから離れた。

（もう……ほんとバカ……）

机に戻り、自分の不甲斐なさに肩を落とす。

あれからたびたび、水科とのあの場面を思い出しては、かぁっと頬を染めている。自室にいる時に至っては、人目がないことをいいことにベッドの上でゴロゴロともんどり打っている始末だ。

恥ずかしくて、でも彼がくれたあの甘い感覚が忘れられなくて。

仕事中なのに、隣でそんなことを考えていたなんて知られたら、水科に引かれてしまうだろう。

（あんなに慌てちゃって、変だと思われちゃったかな……）

そんな心配をしていたら、昼休み開始のチャイムが鳴った。ハッと我に返って机の上を整理していると、スマートフォンがメッセージの受信を告げる。

〝今日、もしよければ帰りに食事に行きませんか？　北名吉にベトナム料理レストランが出来たんですけど、ビーフフォーが美味いらしいです〟

水科からだったので思わずドキリとしたが、至って普通の内容に、依里佳はホッとする。

昼食中も依里佳は先ほどのことを考えていた。

すぐ近くで感じた水科の表情、声、匂いに、意識は囚(とら)われて、身体は震えてしまった。

今や彼を形作るすべてが、依里佳の心身に甘い影響をもたらしている。

それはきっと、紛(まぎ)れもなく――

(好きだから……だよ、ね……?)

自分自身に問いかける。

『あなたが俺と同じ気持ちでいてくれてるんだ、って勝手に解釈しますからね?』

あの日、そう尋ねられてうなずいた時にはすでに、心は固まっていたのだと依里佳は気づいた。

自覚した途端、自分の中でみるみる育ってゆく甘い想いに、少しだけ戸惑う。

こんな気持ちになったのはいつ以来だろうか――

その日は軽く残業し、水科とは北名吉駅で待ち合わせをした。こういう時、住所が近いと便利だなと思う。同じ部署で北名吉に住んでいる社員は他にいないし、大きな駅でもないから、わざわざ降りる人もいないだろう。二人でいるところを見られて変な噂を立てられることも、多分ないと思う。自分は慣れているからいいけれど、水科が悪(あ)し様(ざま)

に言われてしまうことだけは避けたかった。

彼に連れられて行ったベトナム料理レストランのフォーは、噂通りとても美味しかった。スープには牛肉独特の出汁が出ており、思わず飲み干してしまうほどコクがある。生春巻きもパクチーがほどよく効いていたし、添えられていたピーナッツソースも日本人の口に合うようアレンジされているのがいい。以前タイ料理レストランで食べたことのある生春巻きは、スイートチリソースをつけるタイプだったので、ピーナッツの風味が効いたソースは依里佳にとって新鮮だった。

出されたものをすべて美味しく完食した依里佳は大満足で、店を出るなり、水科に言った。

「ほんと美味しかったね～。お店教えてくれてありがとう。また来たいな……水科くん、一緒に来てくれる？」

「もちろん。翔くんが一緒だと、こういうお店はなかなか来られないでしょうしね」

どこの店にももちろん子供用メニューはあるが、翔は慣れない匂いで敬遠してしまう。だから家族みんなで行くところと言えば、ファミリーレストランか、カジュアルなイタリア料理店、もしくはラーメン屋くらいだ。

二人は蓮見家に向かって歩き始めた。依里佳は一人で帰れると遠慮したのだが、水科はいつも心配だと言って送ってくれるのだ。家までの道のりで、二人は手をつないでいる。

昼間、自分の気持ちを自覚したばかりの依里佳にとっては、こんな風に水科がくれるささやかなスキンシップも、道すがら話す他愛のない話題も、暗闇に響く二人の足音でさえも、愛おしくてたまらない。

隣を見れば、いつも水科は色づいた笑みで見つめ返してきて。

好きな人がそばにいて甘い感情を捧げてくれる——これほどまでに幸せなことは他にない。それを実感しながら歩いていると、ふいに水科が切り出した。

「依里佳さん、今日俺のところに議事録の不備を指摘しに来たでしょう？　……どうしてあの時、顔が真っ赤だったの？」

「っ、……え？　そ、そうだった？」

もうすっかり忘れていたことに触れられてしまい、心臓が縮み上がる。しらを切るつもりだったけれど、しどろもどろになってしまっているのが自分でも分かった。

「ええ、耳まで真っ赤でしたし……俺の横顔見てうっとりしていたでしょう？　息遣いまで感じるくらい至近距離で見てたからかな……この間のこと、思い出しちゃった？」

色づいた瞳で、真正面から探るように見つめられる。催眠術にかかってしまったかのごとく、視線が逸らせない。自分の奥に燻る色欲を見透かされているようで、恥ずかしさのあまり、また顔に朱がのぼってしまった。頬が熱を持って火照り、両の目は潤み始める。

「……っ」

いたたまれなくなり、思わず立ち止まって手の甲で顔を隠すと、ふいに腕をつかまれた。そのまま引っ張られ、依里佳はビルとビルの隙間に連れ込まれる。

壁に押しつけられたかと思うと、すぐにくちびるが落ちてきた。強引に歯列を割られ、舌が腔内を舐め上げていく。

「ん……っ」

水科が腕で視界を遮ってくれているので、依里佳から通りは見えない。彼のもう片方の手が彼女の身体に触れた。肩から二の腕にかけて撫でられ、そして胸のふくらみにそっと手の平を重ねる。ゆっくりと回すように手を動かされ、快感を与えられた。

こんなところでそんな風にされたら——

「っ、ん……」

（や……だめ、なのに……）

濃密なキスと柔らかい愛撫で全身が痺れ、足元が覚束なくなってきた。身体がふるふると震える。

胸はすっかり敏感になり、水科の手から快感をしっかりと受け取っている。キスも激しさが増すばかりで、舌は搦め取られて弄ばれ、強く塞がれたくちびるは感覚を失いかけていた。

時間の感覚さえ麻痺して、それがどれくらい続いているのかもはや分からなくなった頃、水科がようやくくちびるを解き放った。二人の間に、銀の糸がつぅっと渡り、すぐにプツリと切れる。解放はされたけれど、中途半端に火を点された依里佳の肢体はまだ震えていた。

「……今日のこれも、会社で思い出しちゃうかな？」

舌舐めずりをした水科が、意地悪く目を細める。その声には壮絶な色気が宿っていて、依里佳をゾクリとさせた。

「う……」

なんだかいたたまれなくなり、悪いことをしてしまった子供のように、眉尻を下げてうつむいてしまう。けれどすぐに顎に指がかけられて、つい、と、上向かされる。

「ほんと依里佳さん可愛い……大好き」

そう囁いて彼女を見つめた水科の瞳は、甘ったるくとろけていて。

もう一度キスをされたけれど——さっきのとはまったく違う、優しく柔らかいくちづけだった。

＊＊＊

　水科と食事に行った日から数日が経った。その間もほぼ毎日メッセージや電話でいろいろな話をしている。そして都度甘い言葉を送られて……多少恥ずかしく思いつつも、素直に受け取っている自分がいた。

　依里佳の日常に水科が存在することは、ごく当たり前になっている。

「陽子ちゃん、大丈夫？」

　昨日、事務所に出向いた陽子は数時間後に帰って来るなり『ちょっと具合悪いかも』と訴えて早めに就寝した。しかし朝になっても体調はよくなるどころかますます悪化し、翔は念のため隔離されている。

「頭痛いし気持ち悪いしお腹下してるし……事務所で風邪もらってきたのかなぁ……」

　陽子の額に手を当てると、少し熱い気がした。

「寝っててよ。今日は私が全部やるから、ね？」

「ごめんね……依里佳ちゃん。テーブルの上に買い物リスト置いてあるんだけど、食事のメニューとかは依里佳ちゃんに任せるから……」

「ん、分かった」

　今日が日曜日だったのは不幸中の幸いだった。翔はとりあえず俊輔に任せ、依里佳は陽子の分も家事をすべく、買い物に出た。

車をショッピングモールの駐車場に停めた後、依里佳は久しぶりに翔と三人で出かける約束をしていた水科にメッセージを送信した。

〝陽子ちゃんが体調崩して寝込んでるから、今日は行けそうにありません。私も家事でちょっと忙しくて。ごめんね〟

車から降りてモールに入ると、すぐに着信音が鳴る。

〝陽子さん大丈夫ですか？　お大事にってお伝えください。依里佳さんに会えないのは、淋しいけど我慢します。あ、もし男手や翔くんの相手が必要になったら遠慮なく言ってくださいね〟

とりあえずお礼だけを返信し、食料品売場へと向かう。

数日分の食事の材料、そして陽子の看病に必要だと思われる飲み物やゼリーなどを買い込んで、依里佳は帰宅した。

「えりか、おかあさんだいじょうぶ……？」

家に着くや、翔が心配そうに尋ねてきた。

「大丈夫だよ。お母さん、ちょっとお仕事で疲れちゃったみたい。治るまで寝かせてあげようね。翔はお父さんと遊んでてね」

その後は、家事と翔の面倒、陽子の看病を俊輔と割り振り、日曜日はこうして慌ただしく過ぎていった。

そしてさらに一週間が経過し――

「おめでた？　陽子さんが？」

水科は目を丸くして、湯呑みを口に運びかけた手を止めた。

「そうなの。予定日は来年の二月だって」

「それはおめでとうございます。もしかして体調崩してたのって……」

「うん、妊娠の初期症状だったみたい」

陽子が病気ではなかったと判明した週末、依里佳と水科は映画を観に来ていた。前から観たかったSFファンタジーを楽しんだ後、昼食のために立ち寄った和食レストランで、依里佳はここ一週間の出来事を水科に報告している。

先週の日曜日の夕方、吐き気が治まらない陽子が、体調不良は妊娠から来るものではないかと言い出したのだ。それで妊娠検査薬で調べたところ、見事に陽性反応が出たのだった。

『病院でちゃんと診断してもらうまでは、俊輔と翔には内緒にしたい』と陽子が言うので、依里佳が彼女を産婦人科へと連れて行ったところ、妊娠九週目だと診断された。九週目というのは、いわゆる『妊娠三ヶ月』に当たるわけで、そんな長期間生理が来なかった時点で気づいてもいいものだが、陽子は『元々そんなに規則正しいわけじゃなかったし、最近忙しかったから気にも留めてなかったわぁ。それに、翔を妊娠した時はつわりとかも全然なかったのよ。まさかこんなにきついとは思わなかったわ……』と言いながら、時折込み上げる吐き気に耐えていた。

夕飯時に俊輔と翔に妊娠を発表すると、二人は大喜びだった。

『次は女の子……！　あぁでもまた翔みたいな男の子でもいいなぁ……。まぁ、どっちでもいいや、母子ともに健康なら……』

『うちにあかちゃんがくるの？　いつくるの？　おれ、しんたろうくんみたいにおにいちゃんになるの？　あかちゃんきたらイグアナかカメレオンかってくれる？　おれグリーンイグアナかエボシカメレオンかいたい』

俊輔は陽子を抱きしめた後、ひとりごとのように呟き、翔は最近弟が生まれた幼稚園の友達を引き合いに出しつつ、何故かどさくさに紛れてペットを飼うことを要求していた。

「新しい甥っ子くんか姪っ子ちゃんが生まれたら、依里佳さんの叔母バカがますます進行しちゃいますね」

水科は笑いを堪えながら、サバの味噌煮に箸を入れた。その言葉を受けて依里佳は少しすねてみせる。

「進行、って、病気じゃないんだから……」

「あ、でも、俺なんかに言っちゃってよかったんですか？　こういうことって、あまり早々に他人に知らせたりしないものでしょう？」

「陽子ちゃんが、水科くんにも報告しておいてって。……その、もうほとんど……家族みたいなものだから、って」

口にするのを少し躊躇ったが、陽子からそう言われているのでそのまま伝えると、水科が頬を緩ませた。

「特別扱いされてるみたいで嬉しいです」

「あはは。実際、我が家では特別扱いされてるしね」

依里佳は肩をすくめ、それからエビの天ぷらをつゆにつけて口に運んだ。

「――依里佳さんは？　俺のこと、特別扱いしてくれてる？」

サラッとさりげなく、それでいて確かめるような口調で水科が尋ねた。

「……ん」

依里佳はほんのりと頬を染め、うなずいた後、照れ隠しに緑茶に口をつけた。

「……嬉しいな」

そう聞こえたので、チラリと水科を見ると――彼もまた照れながら笑っている。

依里佳は自分の心の穴が着実に埋まってきているのを感じた。

「蓮見さん、例の実機エラーの件、再現性なし、って回答来てるみたい」

「社内デモの時にあれだけエラーが出たからヒヤヒヤしましたけど、製品の方のエラーでなくてよかったですね」

「しょうがないよね、たまにはこういうこともあるよ」

「ですね」

適当そうにも聞こえる橋本の台詞に、依里佳も笑って同意する。

ある日の午後、彼女は自身が担当した顧客のシステムについて報告を受けていた。

先日、実際のコンピュータを使用した社内デモンストレーションを行ったのだが、その際、同じ箇所で不具合が繰り返されたため、調査を担当部署に依頼していたのだ。しかし、なぜか調査時はエラーがまったく出ず、デモに使用した機器の方に異常が見つかったことで、この件はひとまず落着した。

「ってことで、明日の送別会はみんな出席出来そうだね」

橋本が安堵の表情で言う。

実は企画一課の先輩社員である蔦川佐那が産休に入るため、課内で送別会を開くことになっていたのだが、このエラーの件で一時は開催自体が危ぶまれていたのだ。けれどこれで、どうやら無事に行われる運びとなりそうだ。

「一年後には戻って来るんだから、わざわざ送別会してもらわなくてもよかったのに〜」

大きなお腹を擦りながら、蔦川が笑う。

「蔦川さんにはお世話になったので、私も個人的に送別会開きたいくらいです！　絶対戻って来てくださいね！」

「お〜、頑張って戻って来るから、蓮見もいろいろ頑張るんだよ」

蔦川は依里佳が新人として配属された時から、よく面倒を見てくれた先輩だ。三女子や他の女子にいろいろ言われたり、一部男性社員から下世話な話をほのめかされたりした時、『蓮見！　図師エステートさんから電話！　相当お怒りみたいなんで、早く出た方がいいよ!!』などと、たびたび切羽詰まった様子で依里佳を呼び戻しに来る。慌てて戻るとこう言うのだ。

『あぁ、あれウソ。蓮見が下手打ったぞ〜な体で行く方が、あっちだって引き止めにくいじゃん？』

ケラケラ笑って彼女の肩を叩き、美沙やミッシェルとはまた違った庇い方をしてくれた。仕事では厳しかったけれど、それ以外のことでは決して後輩を貶めたりしない、内面がとても男前なこの先輩社員を、依里佳は尊敬していた。

だから彼女が出産を控えたこの時期、心残りのない状態で会社から送り出したかったわけで。何とかそれが叶いそうで依里佳も安心した。

気が張っていたせいかすっかり肩が凝ってしまい、依里佳はリフレッシュするため、例のごとく倉庫から屋上へと向かった。外へ続く扉を開けると、今にも泣き出しそうな空模様だが、かろうじて雨は降っていない。依里佳は少し蒸し暑い中、屋上へ一歩踏み出した。

「――よ、その待ち受け、信じらんねぇ、篤樹」

「うるさいよ」

とその時、二人の男の声が聞こえた。どうやら一人は水科のもののようだ。給水塔の陰で話し込んでいるらしい。

（あ……誰かと話してる、のかな）

引き返した方がよさそうだと判断し、依里佳がきびすを返しかけた時、会話の内容が耳に入ってきた。

「そもそも篤樹はさ、そういう爬虫類、両生類、昆虫系、昔から大っ嫌いじゃん。それも尋常じゃないレベルで。高校の時なんか、教室にハチが入って来ただけでわざわざ保健室まで避難して『いなくなったら呼んでくれ』って俺にメール寄越してさぁ」

「昔の話なんか忘れろよ」

「そんなに昔の話じゃねぇよ。去年だってゼミの同期旅行で沖縄行った時、ホテルの壁と窓にヤモリが大量にいたの見てすごいじんましん出ちゃってたし。急遽病院に行ってさぁ……大変だったじゃん。……あ、そうだ。一昨年の夏休みにグアム行った時だって、ホテルのプールサイドで放し飼いされてたイグアナに気づいた途端、室内プールとフィットネスにしか行かなくなっちゃったしさ。……その篤樹が、カメレオンを待ち受けにしてるんだから、頭おかしくなったんじゃね？　って思うじゃん」

（え……どういうこと？）

二人の会話の内容を理解するのに時間がかかった。依里佳の頭が、その言葉を処理するのを拒否しているようだ。

今の話は、本当に水科についての内容なのだろうか。

「頭おかしい……って、譲治おまえ、失礼すぎ」

「この際、失礼でも何でもいいよ。マジでそれどうしたん？　……あ、分かった。おまえ、それで爬虫類好きの女でも籠絡すつもりだろ？」

「……まぁ、そんなとこ」

「あー、おまえは昔からそうだったよな。やたら運がいい上に、周りを自分の思い通りに利用するのが上手くてさ。それで興味がなくなったら、物だろうが彼女だろうが後腐れないよううまく切り捨てるし。ついに大嫌いな爬虫類まで利用するようになったか……やれやれ」

「あのなぁ……人聞きの悪いことを言うな。誰がいつ切り捨てたよ？」

「えー、だって篤樹、彼女と半年以上続いたためしがないし。特に会社入ってからは顕著だよな。いいとこ三ヶ月だろ？　その都度、運のよさを利用してうまく別れてるしさぁ」

「運のよさについては否定しない。思い切り神様に愛されてる自覚もある」

「くっ、これだからイケメンは……っ！　まぁおまえは、彼女と別れたところで、次の女捕まえるなんてちょろいわけだし？　どうせ今回もその運のよさをフル活用して、気に入らなくなったら捨てるんだろ？」

「っ！」

そこから先の会話は、耳の奥がキーンと鳴り始めたことで聞こえなくなった。次々に地雷を踏み抜くようなフレーズに吐き気が込み上げ、手の平に脂汗まで滲んでくる。

あの時の言葉が頭の中で何度もリフレインした。

『両親が死んで落ち込んでる今なら、あの蓮見依里佳だってちょろい――』

『この機会を利用しないでどうするよ――』

手が震える。心がまた錆びついてくるのを感じる。

（落ち着いて、落ち着いて……）

自分に言い聞かせ、深呼吸を繰り返す。そしてようやく耳鳴りが治まった頃――

「――っていうか、咲ちゃんはどうするんだよ？　ケンカ別れしたまんまなんだろ？」

「……あいつのことは、どうにかするよ」

苦々しい口ぶりで水科は吐き捨てた。

「咲ちゃん、泣くだろうな……ていうか、怒り狂うかもな」

「譲治おまえ、咲には絶対このこと言うなよ？　俺からちゃんと話すから」

「ハイハイ。罪作リナ男デスネー、篤樹クンハー」

貧血の時のように目の前の景色がうっすら白くなり、身体がふらついた。足がもつれてパンプスが脱げ、コンクリートの上でカツンと高い音を響かせながら転がっていく。

「え？　誰かいる？」

給水塔の向こう側から、譲治と呼ばれた男が顔を覗かせた。

「あれ、企画一課の蓮見さん？」

「っ……！」

一瞬彼と目が合ったが、何も言わずに立ち去ろうとした――けれど。

「依里佳さん！」

水科が駆け寄り、両肩をつかんで依里佳の顔を覗き込む。

「大丈夫ですか？　顔色すごく悪いです」

「っ、触らないで！」

反射的に身体全体で水科をはね除ける。その瞬間、水科が傷ついたような表情を見せた。

（どうしてそんな顔するの……？）

まるで私がひどいことしてるみたい――依里佳はくしゃりと顔を歪めた。

「依里佳さん、俺の話聞い――」

「聞きたくない！」

水科を遮り、きっぱりと言い放つ。そしてパンプスを拾って履き、地面を踏み込んだ。

「……何を言われても、今は冷静に受け止められる自信ない」

水科の顔を見たくなくて、視線を逸らしたまま、無理やり両脚を動かした。音を立てて階段を下り、配線スペースを走り抜けて倉庫に入る。

「こんなこと……慣れてるし……」

ぽつりぽつりと口にしながら、なんとか棚を元の位置に戻した。

高校生の時に少しだけつきあった彼氏は、依里佳を手に入れるために親の死を利用した。

大学生の時につきあっていた彼氏は、二股をかけていた。

つきあう寸前までいった男もいたが、彼らは皆、依里佳を連れて歩いて周囲から羨望を集めたいだけだった。

派手な見た目だからって、お手軽に扱っていいはずがない。もちろん依里佳もそれを望んだことなんて一度もなかった。

本質なんてまるで無視されてしまうから、耐えるしかなかった――慣れざるを得なかっただけ。

（絶対、泣かない）

依里佳はくちびるを噛みしめた。

「うわ依里佳、顔色悪っ」

企画二課の側を通った時、すれ違ったミッシェルが依里佳の顔を見てギョッとした声を上げた。

「……ミッシェル」

「もう～依里佳ってば。男に裏切られたみたいな表情しちゃってぇ」

妙に軽い口調でかけられたその言葉は、依里佳の心に重く重くのしかかった。

「……っ」

「……あれ、もしかして図星指しまくり？」

ミッシェルの口元が引きつった。依里佳のそれはさらに歪んだ。

「ミ、ミッシェルのそういう、容赦のないとこ、好き……」

「あらぁ……ごめぇん。お詫びに私がきっちり水科くんしばいとくから！」

「っ、ちょっ、ミッシェル……なんで……」

えへっ、と舌を出すミッシェル。今一番聞きたくない名前を耳にしたことよりも、彼女の口から水科の名前が出たことに依里佳は驚く。

「このミッシェルさんに隠しごとするなんて、百万年早いから～」

（これと同じような台詞をついこの間も聞いたような……）

ふふん、と笑うミッシェルをよそに、依里佳は首を傾げた。

「顔色悪いし、今日はもう早退しちゃえば？　急ぎの仕事はないんでしょ？」

ミッシェルは依里佳の手を引いて企画一課まで行くと、橋本に直談判してくれた。

「そう言われると、蓮見さん、顔真っ青だね。今日はもう帰ったら？　明日の送別会に来られなくなったら蔦川さんも淋しがるし」

「はい……すみません」

貧血気味なのと吐き気がするのは事実だったので、橋本の言葉に甘えさせてもらうことにする。

荷物をまとめた後、残る課員に向かって『お先に失礼します』と、小声で会釈したが、水科の方を見ることは出来なかった。

ミッシェルは社屋の玄関までつき添ってくれ、依里佳の頭を何度も撫でた。

「もし途中で動けなくなったら、うちのお母さんに連絡しなね。家にいると思うし、メッセージ入れておくから」

ミッシェルが気遣ってそう言ってくれたが、具合が悪くなった理由が理由だけに、それはあまりにも申し訳ないと辞退する。

「ありがとね、ミッシェル。多分大丈夫だから」

依里佳は彼女に手を振って駅に向かった。

電車に乗り込む直前、家にいるであろう陽子に『具合悪いから、これから家に帰るね』と、メッセージを送る。陽子は驚いて『車で迎えに行く！』と返信してきたが、つわり真っ只中、かつ安定期前の妊婦にそんなことをさせるわけにはいかず、こちらも大丈夫だからと断っておく。

帰宅ラッシュ前だったので電車で座ることが出来たのは幸いだった。

北名吉駅に着き、自宅へ向かってゆっくりと歩いていると、後ろから声をかけられる。

「依里佳さん！」

「……副園長先生」

関口が早足で依里佳の隣に並んだ。珍しくスーツ姿なので、経営しているという会社の方に寄ったのだろうか。

「今日はお早いお帰りなんですね……って、依里佳さん、顔色が優れないようですけど、どうされました？」

「え、ええ……ちょっと……」

あまり顔を見られたくなくて、思わずうつむいてしまう。

「ここからご自宅まで結構あるじゃないですか。歩けますか？　うちはすぐそこなので、車でお送りしますよ」

（副園長先生、珍しく慌ててるような……）

チラチラと視界に入る関口の様子をうかがいながら、ぼんやりとそんなことを思う。

「だ、大丈夫ですから……っ」

口にした途端ふらついてしまった依里佳の身体を受け止め、関口は辺りを見回した。

「大丈夫じゃなさそうですね……あぁ、あそこで休ませてもらいましょう」

商店街の中ほどにあるドラッグストアに目を留め、関口は依里佳を支えながらそこに向かった。

「でも、ご迷惑、じゃ……」

「大丈夫です、あそこは私の幼馴染のお店ですし。ちょうどいいのでいろいろ買いましょう」

店に入って関口が事情を話すと、店主は快く場所を提供してくれた。バックヤードの休憩室は床から一段高い畳敷きになっており、横になるには十分なスペースがある。

「布団を敷きますので、少々我慢してくださいね」

「あの、本当に大丈夫、ですから。ちょっとだけ休ませてもらえれば、それで……」

「ええ、分かってます。だから、少しだけ横になりましょう」

関口はクローゼットから仮眠用の布団を取り出し、畳の上に敷いた。依里佳をその上に横たわらせ、ブランケットをかける。

「ちょっと失礼しますね」

断ってから、彼は依里佳の額に手を当てた。

「熱はないみたいです。……人がいると休めないでしょうから、私は店の方に行ってます。何かありましたら携帯で呼んでください。それから、ご自宅に連絡しておきますね」

「何から何まで、すみません。ご迷惑をおかけします……」

「迷惑だなんて思ってませんから、安心して休んでください」

優しく笑って言い残し、関口は休憩室から出て行った。

（すっかり迷惑かけちゃった……）

とは言え、正直なところ助かった。あのまま歩いていたら、家に辿り着けるような気がしなかったから。

(少しだけ寝かせてもらおう……)

依里佳はスマートフォンでアラームを三十分後にセットしてから、目を閉じた。

水科のことはなるべく考えないようにした。


パチリと目を開けると、関口がそばにいた。そんなに経っていない気がしたが、見るとアラームの時刻まで一分を切っていた。

(結構、寝ちゃったんだ……)

「店にいると言いながら、すみません。これだけお持ちしようと思ったものですから」

彼が手で示した方向を見れば、枕元に栄養ドリンクやゼリー飲料などが何種類も置いてあった。中には貧血に効くというものまで用意されている。

「ここがドラッグストアでよかったです。もしよろしければ」

「あ、ありがとうございます。おいくらでしたか?」

「大丈夫です、ご心配なく。それより具合はいかがですか?」

申し訳なさでいっぱいの依里佳だが、一方、関口はどこか嬉しそうにも見える。

「こちらで横にならせていただいて、だいぶ回復しました。ありがとうございます」

「あぁ、顔色もよくなりましたね。よかったです。動けそうですか? 車、外に停めてあるのでお送りします」

依里佳の顔を覗き込んだ関口は、安堵したように笑う。

「え、もしかして、私のために車を取って来てくださったんですか？」

「すぐ近くなので。お義姉様には私が責任持って送り届けると連絡しておきましたから」

「お忙しいのに、本当にすみません」

「一時的にでも具合がよくなったのなら、今の内に移動した方がいいですね。またいつ悪化するか分かりませんし。起きられそうですか？」

「はい、大丈夫です」

少しだけでも眠ることが出来て、体調もだいぶよくなった。本当は歩いて帰れそうだと思ったのだが、せっかくの厚意を無下にするのも悪いと思い、関口の言葉に甘えることにする。

関口は依里佳を店の外に停めてあった濃紺のミニバンまでエスコートした。助手席の扉を開け、彼女を乗せる。

「副園長先生、本当に何とお礼を言ったらいいか……」

シートベルトをしながら、依里佳は頭を下げる。

「困った時はお互い様ですし、依里佳さんにはいつも幼稚園のボランティアに積極的に参加していただいてますから、お礼を言いたいのはこちらの方ですよ。……あ、でも一つだけお伺いしたいことがあるのですが、いいですか？……答えたくなければかまわないのですが」

「何でしょう？」

続きを促す依里佳に、関口はエンジンをかけた後、言葉を継いだ。

「唐突にこんなことを伺うのは、不躾であると重々承知しています。しかも依里佳さんの体調も芳しくないのに。……でもこんな機会でもなければと思いますし、恥を忍んで。……最近、特定の男性と一緒にいらっしゃるところをよくお見かけするのですが、あの方は恋人なのでしょうか？……以前はまゆうの前でお会いした時と同じ方、ですよね」

申し訳なさげに尋ねてくる関口。その質問に、依里佳はドキリとした。

「っ、い、え……あ、の人、は……」

ほんの少し前までなら、今の質問にも『彼氏のようなもの、かもしれません』くらいは答えていただろう。けれど――

（もう、分からないよ……）

たとえ今まではそうだったとしても、もう終わってしまうかもしれない。そしたら、彼は一体、私の何なのだろう――答えを導き出せずに目を泳がせてしまう。

明らかに動揺しているのが伝わってしまったのか、関口は一瞬目を細めた。

「……依里佳さんの今日のその状態は、もしかして、その男性のせいでは？」

「……っ」

そんなに分かりやすい表情（かお）をしていたのだろうか。恥ずかしくなり、思わず自分の顔をペタペタと触ってしまう。

そんな依里佳を見て、関口は、ふっと笑って宣言した。

「申し訳ありません、私はこれから卑怯なことをしようと思います」

「え？」

「相手の男性と何があったかは存じませんが……つけ入る隙があるのなら、遠慮はしません」

「どういう……ことでしょう？」

ここでようやく顔を上げた依里佳は、首を傾（かし）げながら関口に問う。彼はしばらく沈黙を守ったまま車を走らせ、そして、蓮見家の前で車を停（と）めた。

「私は……依里佳さんのことが好きです。出来れば、結婚を前提としておつきあいしていただきたいと思っています」

「……え、あ、あの……え？」

突然の出来事に、一瞬具合が悪いことも吹き飛んでしまった。

「いきなりで申し訳ありません。でも、もうずっと好きでしたから。あなたはいつも翔くんのために一生懸命で、その上お美しくて……こんな女性が私の妻になってくださったらと思っていました」

関口からの愛の告白——思いがけないことではあるけれど、今までのことを鑑みれば『やっぱり……』という気持ちもあった。

（気のせいじゃなかったんだ……）

あの時は自分にそう言い聞かせたけれど、こうして彼の気持ちを知ってしまえば、いろんなことが腑に落ちた気がする。

「副園長先生……」

「出来れば私のことは曜一朗と呼んでいただきたいのですが……それは、まだ尚早ですよね」

（あ、返事しなきゃ……でも）

関口の気持ちは嬉しく思う。けれど、今この場ですぐに答えは返せない。それを上手く言葉に出来ずに、依里佳はとりあえず何かを話さなければと、口を開けたり閉じたりを繰り返した。

「——あの……」

「返事は急ぎません。今、その状態で答えなんて出せないでしょう？　よく考えて、後で聞かせてください。——ただ」

どうにか声を絞り出したところで、関口が言葉を重ねてきた。そして不安げに見上げる依里佳を見つめ、優美に笑んだ。

「私は、依里佳さんを泣かせたりしませんし、幸せにする自信があります。それだけは、覚えておいてください」

「依里佳ちゃん！　大丈夫？　熱はあるの？　副園長先生がいてくれてほんとよかったね！」

玄関を開けるなり、陽子が駆け寄ってきて依里佳の額を触ってきた。

「あ……大丈夫だから。熱もないよ。休ませてもらってもうだいぶよくなったし。でもまだちょっと横になりたい」

「そうよね。じゃあ夕飯は軽いものを作るから、それまで寝てらっしゃい」

「ん……ごめんね。陽子ちゃんだって体調よくないのに、家事手伝えなくて」

「いいのいいの。翔も今昼寝してるから、今の内に部屋で寝ちゃって。翔には依里佳ちゃんが帰って来たこと、内緒にしとくから」

寝てるところを翔が邪魔しちゃうと困るしね――陽子が依里佳の背中を擦りながら言った。

「分かった、ありがと」

階段を上り自室に入ると、依里佳はバッグを放り投げてベッドに横になった。

「何か……いろいろあって疲れちゃった……」

仕事のあれこれはともかくとして。

思いも寄らないところで水科の本心めいたものを聞かされた挙句、その直後に関口から告白され——心が右往左往する。

男性に心を振り回されてばかりのこんな自分に、一体どんな魅力があるというのだろう？

——車から降りる前、依里佳は関口に尋ねた。

『副園長先生は、私のどこがいいんですか？』

『先ほども申しましたが、まず、翔くんのために一生懸命なところ……でしょうか。お忙しいのに、幼稚園のボランティア活動にも嫌な顔一つせず参加してくださって』

『そんな……大したことない、と……思います、けど』

『いいえ、園児の本当のお母さんですら嫌がることもあるのに、甥御さんのために出られるなんて、なかなか出来ないことです。それに翔くんだけでなく他のお子さんとも仲良くされていて……。それからもちろん、お美しいところもとても素敵ですし——』

その他にもひたすら褒めちぎってくれたが、依里佳としては恐縮するばかりだった。

『——いいお返事を期待しています』

関口は依里佳の手を取ってそう結び、帰って行った。

確かにその場で返事は出来ないと思ったし、口にもしなかった——けれど、依里佳の中ではもう答えが出ているも同然だった。

（だって……）

関口から告げられた『お美しい』よりも、水科に言われた『可愛い』の方が嬉しかったから。

関口の優しい瞳よりも、水科の色っぽい笑顔にドキドキさせられてしまうから。

それに——関口から告白された嬉しさよりも、水科に裏切られていたのかもしれないと疑うつらさの方が大きくて。

心臓がしくしくと痛みを訴えてくる。

（水科くん……爬虫類(はちゅうるい)嫌いって本当なのかな……それに、他にもつきあってる女性(ひと)がいるの……？）

今こうして考えてみると、依里佳と水科の関係にははっきりと『恋人』という名前がついているわけではなかった。けれど水科は何度も彼女に好きだと言ってくれたし、依里佳だって彼のことが好きだ。相思相愛だと思っていた。

この前家に泊まった時も、邪魔が入らなかったら……きっとあのまま抱かれていただろう。

でももし、屋上での話に出て来た『咲』という女性が水科の恋人だったとしたら——

水科は二股をかけようとしていたことになるわけで。

（彼女……いないって、言ってたのに）

やはり水科も今までの男と同じように、依里佳をお手軽な女だと思っていたのだろうか。

まぶたが熱くて、泣きたくなったけれど、ぐっと堪える。

「泣かない……絶対泣かないもん……」

呟きながら、依里佳はいつの間にか意識を手放していた。

＊＊＊

「それでは、蔦川さんが無事ご出産されることを祈って、乾杯！」

「乾杯！」

橋本の音頭で、企画一課の面々がグラスを傾ける。

送別会は、橋本の知人が経営するバルを貸し切って行われた。さほど広くはないが、海をイメージした明るい店内は、船の帆が天井に張られていたり、しっくいの壁に大小様々な貝殻が埋め込まれたりとおしゃれな雰囲気だった。各テーブルにはガラスの浮き球で出来た照明まで吊られている。

店の中央に机を寄せて作られた即席の長テーブルに、参加者全員が着席していた。蔦川はもちろん、真ん中だ。その隣に課長の橋本がいる。

依里佳は蔦川の斜め前に座っていた。本当は端っこにいたかったのだが、片側には三女子の内の二人、佐々木と高橋が固まっていた上、もう片側には水科がいたので、必然的にそこになってしまったのだ。ちなみに美沙はどうしても外せない私用があり、参加出来なかった。

魚介のカルパッチョや牡蠣の香草焼き、シーフードサラダ、ローストビーフにオニオンブロッサムなど、見た目にも華やかな料理が次々に運ばれてくる。

依里佳はビールに少しずつ口をつけた。本当はソフトドリンクにしたかったけれど、いつも飲んでいる自分が遠慮すると蔦川に要らぬ気を使わせてしまうかもしれないと、とりあえず最初の一杯だけは皆に合わせる。

今朝起きた時、貧血と吐き気はすっかり治まっていたが、気分は最低だった。思い出すのは水科のことばかりで、出勤してからは仕事に集中しようと努力していたものの、昼休みやふとした時にどうしたって視界に入り、そのたびに胸が痛くなってしまう。水科の方に依里佳を気にする様子がまったく見られないのも、地味に彼女の心を抉る。

このまま、水科とは疎遠になっていくのだろうか――もしそうなってしまったら、翔には何と説明したらいいのか。

きっと淋しがって何度も依里佳に事情を問い質すに違いない。翔には可哀想なことをしてしまう——それが一番の心残りだ。

そう、それが一番……

そこまで考えた時、思考が一瞬ストップした。翔のため、翔に、翔が——そう自分自身に言ってはいるけれど、思い出してしまうのはまったく別のことだ。

甘い言葉、手の温もり、熱いキス——すべて水科が依里佳だけにくれたもの。

（私……ずるいなぁ）

こんなにもつらいと思うのは、依里佳自身がこの状況を受け入れたくないせいだ。

翔のためだなんて嘘だ。それなのに、大事な甥っ子をダシにして自分の感情をごまかそうとしていた。

（こんなんじゃ、ダメ……って、今、考えることじゃないや）

「——蓮見、全然食べてないし、飲んでないじゃん。まだ調子悪いの？」

気がつくと、蔦川が心配そうにこちらの顔を覗き込んでいた。お世話になった人の送別会に水を差してはいけないと、依里佳は慌ててかぶりを振る。

「あ、いえ！　大丈夫です、すみません」

箸を取り、小皿に乗ったカルパッチョを一切れ口にしたところで、長テーブルの端に固まっていた佐々木、高橋の二女子が不遜な笑みを交えつつ、わざとらしく労りの言葉をかけてきた。

「蓮見さん、無理しない方がいいよぉ〜」

「そうそう、身体は大事にしなくっちゃいけませんよねぇ〜」

「は、はぁ……」

彼女たちは一体何が言いたいのか。戸惑いを隠せない依里佳に、佐々木がさらに畳み掛ける。

「お酒なんて飲んだら、お腹の子に悪いんじゃないの〜？」

「え……どういうこと……？」

唐突な発言に、その場が一瞬どよめいた。

何を言われているのか分からず、依里佳はうろたえる。

「だって、蓮見さん、妊娠してるんでしょ？」

追い討ちをかけるように継がれる言葉に、依里佳は首を傾げるしかない。

「……はい？」

「だぁって、私、見たもの。蓮見さんがドラッグストアで妊娠検査薬買ってるところ」

「私はこの間、産婦人科から一人で出て来るところを見ましたよ？」

「だから心配してあげてるんじゃない。妊娠してるならお酒飲まない方がいいんじゃない？　ってね。私たち、優しいからぁ」

「それに、時々小さな男の子と一緒にいるところも見ますけど、あれ、蓮見さんの子供じゃないんですかぁ？」

「え、ひょっとして蓮見さんってシングルマザーなのぉ？　たぁいへ〜ん」

二人の口から次々に出て来る発言には、当然優しさの欠片（かけら）もない。ただただ、依里佳を貶（おとし）めるためだけに吐き出されている言葉だ。

確かに依里佳は、彼女たちの言う通りの行動を取っている。

けれど自分は何一つ後ろめたいことなどないし、それに関して、明確な答えも証拠も用意出来る。いつもならばそれを使って『違います、それは――』と、一つ一つ疑いを潰（つぶ）していくのだが――

「そういえば蓮見さん、昨日も体調不良で早退したよね……」

「実は俺も蓮見さんが小さい男の子と一緒に歩いてるの、見たことある……」

「妊娠って、マジで……？」

そこここから依里佳に対する疑惑の言葉が上がり、反論する力を振り絞（しぼ）ることは困難だった。普段ならすぐ助けてくれる美沙も今はいない。

思わずすがるように水科を見るが――彼は依里佳に視線を向けるどころか、何の関心もなさそうな表情でスマートフォンをいじっていた。

「……っ」

自分から突き放したくせに、今さら頼ろうなんて虫がよすぎる――暗にそう言われているようで。

(そ、うだよね……頼る方が間違ってる……)

それが分かった瞬間、絶望にも似た怖気が彼女の肌にまとわりついた。思わず目を閉じてうつむいてしまう。同時に、理不尽な仕打ちに対する憤りが彼女の中で湧き上がってきた。スカートを握りしめる手が震える。

(どうしていつもいつも、こんな風に言われなきゃならないの？　私が一体何をしたって言うのよ？　ただただ、真面目にやってきただけなのに……っ)

「ほんとのことだから言い返せないのかしらぁ？」

離れた席では、二女子が未だに彼女をあげつらっている。

「ちょっと、さっきから――」

「おい君たち、やめ――」

蔦川と橋本が同時に苛立った声を上げた次の瞬間、依里佳は勢いよく立ち上がった。

「いい加減にしてよ!!」

座っていた椅子が倒れ、ガタンと音を立てる。

水科を含めたその場の全員が、その声にビクリと身体を震わせた。

「――確かに私は、妊娠検査薬を買いました。でもそれは……同居している義理の姉のために買ったものです。……こう言えば次の答えも分かると思うけど、産婦人科には、義姉を連れて行きました。私一人で病院から出て来たのは、義姉には中で待っててもらって、近くに停めてた車を取りに行ったから。……それから小さな男の子は、私の可愛い可愛い……世界一可愛い……甥っ子なの」

依里佳は激情を抑えつつ、冷静な話し方を心がける。

「――あなたたちは、一体私に何の恨みがあるの？　私が男をたぶらかしたり、とっかえひっかえしてるとこ、見たことあるの？　……っ、もう、あることないこと……噂されるの、うんざりなの。……ここまで、聞いても、それでもあなたたちは、私のこと……尻軽とか、ふしだらって……っ」

（もう無理……）

だんだんと声が上擦ってきた。まともに言葉を紡げなくなり、身体が震えてくる。

今まで、会社で何を言われても決して泣かなかった。泣けば相手の思うつぼだと考えていたから。美沙に鍛えられ、ミッシェルに励まされ、随分と強くなった――強くなったと思い込んでいた。実際、ある程度は冷静に言い返せていたから。

けれど、水科に裏切られたかもしれない――そう思っただけで、こんなにも心がもろくなってしまう。いつの間にか、彼が自分の中の大事な部分をこれほどまでに大きく占めていただなんて。そんな状態では、最後まで冷静でなんていられなくて――今、この時だけは、涙を堪えきれそうになかった。

「……っ」

長いまつ毛に縁取られた大きな瞳から、ポロポロと涙がこぼれ落ちた。それは涙腺が壊れたかのように次々とあふれ、頬を伝い、顎の先から滴り、テーブルを濡らしていく。

(全然、強くなれてない……っ)

依里佳は再びうつむいて、さらにスカートを握りしめた。

「――依里佳さん、よく頑張ったね」

刹那、ぬくもりに頭が引き寄せられた。次いで耳元で穏やかに慰める声が聞こえる。その温度の正体が水科の腕と胸元であると依里佳はすぐに気づいたけれど、思わぬ展開に呆けてしまい、すぐに動くことが出来なかった。

「助けるのが遅くなってごめんね。ちょっと助っ人呼んでたから」

水科は倒れた椅子を戻して依里佳を座らせ、スーツのポケットからハンカチを取り出して彼女の涙を拭った。

「み、ずしな、く……」

涙が邪魔してよく見えなかったが、どうやら微笑んでいるようだ。しかし依里佳にハンカチを握らせて立ち上がった彼は、表情を一変させた。

「佐々木さん、高橋さん——自分たちがどれだけ最低なことをしているか、いい加減気づいてくれませんか」

今まで誰に何を言われても笑みを絶やすことのなかった水科が、憤怒の感情を滾らせて鋭く言い放つ。そこにいた誰もが初めて見る彼の姿に驚き、息を呑んだ。

「まずこれは、一般論として言っておきますけど。女性の妊娠を、そうやって面白おかしく話すこと自体が、もうすでに非常識なんですよ？　分かってます？」

水科の言葉にうなずく者半数、顔色を悪くする者数名、呆気に取られる者数名——誰も彼を止めようとはしなかった。

「しかもこれはただの飲み会じゃなくて、送別会ですよ？　産休に入られる蔦川さんを送る場なのに、何、水を差しまくってるんですか。蓮見さんにだけじゃなくて、蔦川さんにも失礼なことをしてるって、ちゃんと自覚してくださいね」

その言葉に、蔦川が『そうだそうだー』と小声で加勢した。

「それから……肝心の蓮見さんのことですが。さっき彼女も言っていましたけど、おめでたなのは蓮見さんじゃなくて義理のお姉さんの方です。あと——」

水科は、つい、と顎を上げ、不敵な笑みを浮かべながら言葉を継いだ。

「——甥御さんのことも、もちろん本当ですから。もうマジで可愛いんですよ〜、翔は。俺もあんな子なら何人でも欲しい、と思うくらいにはね」

依里佳は涙混じりのぼやけた視界のまま、自分を擁護する水科をただぼうっと眺めていた。何が起きているのか分からない。脳が状況を処理しきれていないようだ。水科はそんな依里佳を見て目元を緩ませると、攻撃を再開する。

「そもそも、良識ある大人が集っているはずの会社内でいじめとか、恥ずかしくないんですか？　しかも事実に反することを堂々と触れ回るとか、タチが悪いにもほどがありますよ。訴えられたら確実に負けますからね、佐々木さんたち」

「い、いじめなんて、そんなこと……証拠だってないし……！」

佐々木がふてくされたように吐き出すと、水科は再び笑った。

「証拠？　ありますよ。だって俺が集めましたし。社内の有志にも協力をお願いしてね。俺がただニコニコしてあなたがたのえげつない悪口を聞いていただけだと思ったら大間違いですよ？　もし実際に裁判にでもなれば証人も山ほどいますしね。それに蓮見さんには超優秀な弁護士もついているんですよ……ねぇ？　陽子さん？」

大仰な仕草で肩をすくめ、水科は店の入り口へ視線を送る。扉の前のパーティションから顔を出したのは、彼の指名通り、パリッとしたパンツスーツに身を包んだ陽子だった。

「篤樹くん、ありがとう。待ってる間、気持ち悪くて死ぬかと思ったけど」

「ご負担をおかけしてすみません。お待たせしました」

「え……陽子……ちゃん？」

突然姿を現した義理の姉に、依里佳は目を見張った。そのはずみで、彼女の瞳に残る涙が、つぅっと頬を伝っていく。

依里佳の涙まみれの頬を見た瞬間、陽子の顔から表情が消え失せた。が、すぐにニッコリと笑みを貼りつけ、つかつかとテーブルに近づき、その場にいた課員に名刺を配り始める。

「皆さん、お楽しみ中のところ申し訳ありません。少々お時間いただけますでしょうか」

「弁護士、蓮見陽子……蓮見さんのご家族？」

課員の一人が呟いた。

「初めまして。蓮見依里佳の義理の姉で、弁護士をしております蓮見陽子です。どうやら私の可愛い可愛い義妹（いもうと）が会社でいじめに遭（あ）っているようだと水科くんから報告を受けまして、こうして馳（は）せ参じた次第です」

そう言って、冷えた目で二女子を見渡す陽子。

「私が言いたいことは水科くんにほぼ言われてしまったので、これだけ――」

コホン、と陽子が咳払（せきばら）いをし、依里佳の肩に手を置いた。

「――私の義妹（いもうと）は、まぁこのようにとてもきれいで可愛くて、性格までいいものですから、私にとっても主人にとっても、息子にとっても、自慢の家族なんです。私は義妹をここの誰よりもよ～く存じ上げておりますが、学生時代からこの上なく品行方正で、およそ男遊びなど出来るタイプではありません。そんな義妹をよくもまぁ、尻軽だの男をたらし込むだのと嘘八百並べ立ててくれて……すぐにでも法廷で訴えて差し上げたいのを堪えるのに必死なんですのよ、私」

陽子はそう締めくくった末に、二女子を眼光鋭く睨めつけた——その背中に青白く燃え盛る光焔を負って。後に企画一課員たちに『阿修羅がいた』と言わしめたほどの凄烈さをまとった眼光に、彼女たちは顔色を失い、すくみ上がっていた。

「——とまぁ、そういうわけですので。今後もし、蓮見依里佳に関してないことないこと触れ回ったり、尻軽呼ばわりなんてされましたら、水科くんの言う通り法的手段も辞さないどころか、海堂エレクトロニクスの顧問弁護士も敵に回すと思ってくださいね」

高らかに放たれたその言葉に、そこにいた全員が再び陽子の名刺を見た。その左上には、『大石総合法律事務所』と明記してある。

「そういや、大石って、うちの会社の顧問弁護士と同じ名前だなぁ」

橋本があまり驚いた様子も見せずに呟いた。

「へぇ～、蓮見のお姉さん、大石弁護士の事務所に所属してるんだ？」

蔦川がニヤニヤと口元を緩ませる。

「大石先生は私の叔父です。自分の弟子のお嫁さんにしたいーなんて常々申しているくらい、義妹のことが大のお気に入りなので、今回の件を知ったら、多分私の十倍は怒るでしょうねぇ。警告もなしに訴訟を起こしかねませんよ。そうなった先生は私にも止められませんので、覚悟しておいた方がいいかもしれませんねぇ……」

そう、陽子の叔父である大石とは、俊輔と陽子が結婚する時に、依里佳も顔を合わせている。その時、彼女の見た目と中身のギャップがえらく気に入られてしまったらしい。

それからというもの、ことあるごとに自分の弟子や懇意にしている弁護士との見合いを依里佳に持ち込み、陽子を困らせているのだ。

「――ということで、こちらは送別会の席に乱入したお詫びに、会費の一部としてお納めください。――以上！　篤樹くん、後は任せたわよ！」

テーブルに封筒を置くや否や、陽子はハンカチで自分の口元を押さえた。

「え、えりがぢゃ……ドイレどごぉ……ぎもぢわるぅ……」

「……あ、はい！」

依里佳は慌てて立ち上がり、えずき始めた陽子をトイレへと連れて行った。

「……はぁ。えりかちゃ……もう、大丈夫。ありがと」

背中を擦る依里佳にそう告げ、陽子が立ち上がった。

「陽子ちゃん……ありがとう」

洗面台でうがいをする義姉の背中に向かって、依里佳はぽつりと言った。振り返った陽子の表情は少しだけ切なげだ。

「依里佳ちゃん、何も相談してくれないんだもん……私ちょっと、悲しかったよ？」

「……ごめんね。今までずっと、大したことないと思ってたから」

「っていうかさぁ！　美沙ちゃんとかミッシェルちゃんから聞いてたけど、何なのあのゲスい女どもは！　依里佳ちゃんのこと尻軽とか言ってたらしいけど、自分にブーメランもいいとこじゃない！」

気分が戻ったのか、いきなりテンションを上げて陽子が憤慨する。

「陽子ちゃん、あまり怒ると赤ちゃんによくないよ……。それより、どうしてここが分かったの？」

「そんなの決まってるじゃない、篤樹くんから聞いたのよ。実は前からね、私がお願いしてたの。依里佳ちゃんが会社でいじめに遭っているようなら、すぐに私に連絡してね、って」

「そ、そうなの……？」

陽子が水科と個人的にコンタクトを取り始めたのは、初めて依里佳たちが動物園へ行った日だという。水科に渡した交通費の封筒の中に、陽子は名刺を入れておいたらしい。そこにメッセージアプリのIDと、『依里佳ちゃんのことでお願いがあるので連絡ください』という文言を書き添えておいたそうだ。水科はすぐにメッセージを返信し、二人のやりとりが始まった。当然ながら内容は主に依里佳のことだ。会社でいじめられていないか、セクハラに遭っていないかなど、陽子が心配していることを水科に知らせ、彼は会社でのことを報告したり、逆に自分の心の内を相談したりしていたそうだ。

また水科は、いじめの件で法的手段も視野に入れた証拠収集を行うことを陽子に提案してくれていた。

「今日のお昼頃だったかな。篤樹くんから電話があったのよ」

水科曰く、依里佳が妊娠検査薬を購入しているところや産婦人科から出て来たところを目撃した三女子が、それをネタに依里佳の本性を暴いてやろうと画策している会話を耳に挟んだそうだ。

おそらく聴衆の多い送別会の時にやらかすであろうことは推測出来たので、水科は陽子に連絡を取った。それを聞いた陽子は、もし本当に彼女たちがそのネタを持ち出したらすぐに連絡してほしいと水科に頼み、翔を実家に預けて俊輔とともに送別会場近くのカフェでずっとスタンバイしていたそうだ。

そして送別会が始まり——予想通り、彼女たちが依里佳をねちねちと攻撃し始めたので、水科はスマートフォンで陽子を呼び出したというわけだった。

「水科くんが……」

自分の与り知らぬところで進行していた二人の作戦に、依里佳は驚く。

「……依里佳ちゃん、本当にごめんね。私、依里佳ちゃんに頼りすぎだったよね。すごく反省してる。これからは頼りすぎないように頑張るわね、私」

表情を歪めながら放ったその言葉からは、依里佳に対するあふれんばかりの愛情が滲んで見えた。そんな陽子を見て、彼女はまた泣きそうになる。

「陽子ちゃん、何言ってるの？　私、全然負担になんて思ってないんだよ？　だって家族でしょ、私たち。だから今まで通りでいいの」

「……もうこの子はほんとに！」

頬をふくらませながら、陽子は依里佳を抱きしめた。

「――依里佳ちゃん、我慢強いところはあなたの長所でもあるけれど、その忍耐力は時として自分に対する毒にもなるのよ？　あんな目に遭った時は、今日みたいにブチッと切れちゃっていいんだからね。あと、これからは困ったことがあったら、すぐに俊輔と私に相談すること。私たちは家族なんだから」

「ん……分かった。ありがと、陽子ちゃん」

「それから、篤樹くんとちゃんと話し合うこと。私は本人からいろいろ聞いてたから、いくらでも彼を弁護出来るけど、こればかりは当人同士で話さないとダメだからね。……だから、篤樹くんの話も聞いてあげて？」

陽子は依里佳を解放すると、顔を覗き込んで諭すように言った。依里佳は素直にこくん、とうなずく。

「じゃあ私は帰るけど、依里佳ちゃんはどうする？　送別会に戻る？」

「うん、戻るよ。ほんとにありがとう。お兄ちゃんにもありがとう、って言っておいて？」

トイレから出ると、陽子はもう一度課員に謝罪と挨拶をし、店を後にした。

「皆さん、本当にお騒がせしました。蔦川さん、せっかくの送別会に申し訳ありませんでした」

依里佳も深々と頭を下げた。すると蔦川が、ケラケラと笑う。

「あははっ、何言ってんの～。こんな言い方するとつらい思いした蓮見に悪いとは思うけど、お義姉さんの啖呵なんて、最高の余興だったわ。私、絶対彼女とは気が合うと思うのよね～。一度飲みに行きたい、って言っておいて！」

ふと見ると、佐々木、高橋両名の姿がない。『あれ？』と呟く依里佳に、橋本がテーブルに置かれた紙幣を指差して苦笑した。

「あぁ、彼女たちなら戦々恐々としながら帰って行ったよ。蓮見さんが切れたことと、蓮見弁護士に言われたことがよほど効いたんだろうね、このまま送別会は続けてください、って言い残して、ちゃんと会費も置いていったよ」

「そうなんですね……なんだか悪いことしちゃいました」

「蓮見ぃ、お人好しにもほどがあるよ。今日のことはいくら何でもひどかったもん。あれくらいお灸を据えられてしかるべきだって。……ねぇ？　水科？」

蔦川が呆れたようにため息を吐き、それからチラリと水科を見る。話を振られた本人は、しれっとした顔で、うなずきながらビールを呷った。

「そうですよ、蓮見さんを泣かせた罪は重いです」

「いずれにしても、改めて蓮見さんには謝罪する、って言ってたから。待っててあげて」

橋本の言葉に、依里佳はうなずいた。

彼女たちに同調してぼそぼそと話していた課員たちも依里佳に謝罪し、送別会はそのまま敢行された。そうして最後は、『蔦川さんの産休明けの歓迎会の時に、課員みんなで仕切り直ししよう』という、橋本のひとことで締めくくられたのだった。

「水科、蓮見をちゃんと家まで送るんだよ～？」

蔦川がニヤニヤとからかうように笑い、水科を小突いた。

「まさか水科くんと蓮見さんがつきあってたとはねぇ」

「いっそ清々しいくらい美男美女のカップルですなぁ～」

「結婚式には課員全員呼んでよ～」

送別会でしこたま飲んだ課員たちは、二人がすでにつきあっていると思い込み、勝手に盛り上がっている。

「あ、いえ、まだそういうわけじゃなくて……」

「違いますよ、俺が蓮見さんのことを好きなだけです」

そろって釈明するが、酔った彼らがそれを信じた様子はなく。『あとはお二人でごゆっくり～』と、こぞって二人から離れていった。

店の前で残された依里佳と水科は、しばらく沈黙を持て余し――

「……俺が依里佳さんを好きなこと、課の人たちにすっかりバレちゃいましたね」

水科が苦笑しつつ頭をかいた。依里佳はその言葉に何と答えたらいいのか分からずうつむいてしまう。

「――水科くん、ありがとう。……その、助けてくれて」

しばらく口を噤んだ後、そう告げるのと同時に顔を上げた。痛々しく笑う依里佳を見て、水科は何故か口元を押さえて逡巡した様子を見せた後、神妙な面持ちで切り出す。

「ほとんどは依里佳さんの頑張りですよ？　俺なんて、陽子さん呼んだだけですし。でも……自惚れじゃないって確信してるから言いますけど、今日、依里佳さんが泣いてたのって、俺のせいですよね。申し訳ありません」

「……うん、そう、かも」

謝罪する水科に頭を上げてと言いつつも、彼のことで涙腺が緩んだのは事実なので、依里佳は素直に認める。

「昨日の屋上でのこと、全部お話しするんで。これからちょっとつきあってもらえますか？」

「え……どこに？」

「俺が言い訳しただけじゃ多分信じてもらえないだろうと思って、今日二人目の助っ人を呼んであるんで」

「す、助っ人……？」

水科はニッコリ笑って依里佳の手を引き、駅に向かって歩き始める。少しだけ身体が震えたけれど、今日はその手を振り払わなかった。

「っと……その前に。屋上での話、どの辺まで聞いてました？」

探るように見つめられ、依里佳はドキリとしながら、あの日のことを思い出す。

「あ……の、水科くんが爬虫類が嫌いだ、っていうところと、あと、彼女と長続きしない、ってことと……それと……咲さん、って人の話……」

「……長続きしない件と咲の件の間の部分は？」

「え？　あ……その辺、ちょっと頭真っ白になっちゃってて、聞いて、ない」

ちょうど耳鳴りがして、話の内容が聞こえなくなっていた頃だ。吐き気に加え、頭の中でトラウマワードと必死に闘っていたので、水科たちが何を話していたのか全然覚えていない。

「マジですか……そこを一番聞いててほしかったのになぁ……」

水科は悔しそうに夜空を仰ぐ。

「聞いててほしかった？」

「その話は後でするとして……この二つだけは言っておきますね。まず、俺は依里佳さんを裏切ってなんかいません、信じてください。それから……屋上で話していた相手、二宮譲治って言うんですけど、あいつは俺の中学時代からの同級生なんですよ。腐れ縁で会社まで一緒になって。あの日は、俺が屋上に行くのを偶然見られて、ついて来られちゃったんですよ」

せっかく依里佳さんと二人だけの秘密の場所だったのにね？　――水科はそう言って握った手に力を込めた。

水科は『これ以上は、目的地についてから話しますね』と断って、その後は駅までの道のりや電車の中で、ずっと二宮の話をしていた。

それによると彼は高校の修学旅行の時、他校の男子にナンパされたことがあるらしい。

『篤樹は他校の女子から逆ナンされてんのに、どうして俺は男からナンパされなきゃなんねぇんだよ！』

と、憤慨していたと言うが、それを聞いた依里佳が、『確かに、可愛いタイプの人だったね』と笑いながら返すと、水科がほんの少しだけ眉を上げ、釘を刺してきた。

「あ、依里佳さん、譲治のことは好きになっちゃダメですよ？　ああ見えてあいつには、もう彼女がいますからね？」

「な、ならないから！」

依里佳が慌てて否定すると、クスクスと笑われた。

水科は北名吉駅で依里佳とともに降り、それから蓮見家とは反対方面の西口に進んだ。見覚えのありすぎる地元の道のりに、依里佳はどこへ連れて行かれるのか逆に予想がつかず、困惑する。

幹線道路に出て少し歩いたところで、ようやく水科が止まった。

「着きましたよ、依里佳さん」

「……え、ここって」

辿り着いたのは、依里佳もよく知っている場所だった。

二人の関係が始まるきっかけを作ってくれたところ——閉店時間をとうに過ぎ、店内もほぼ真っ暗になったレプタイルズだった。

「水科くん、君って男は本当に人使いが荒いよね、知ってたけどね」

レプタイルズのバックヤードにある休憩室で、店長の中務が呆れながらもコーヒーを出してくれる。彼はカフェも経営していて、豆にはこだわりがあるらしい。淹れてくれたコーヒーはとても美味しかった。

前もって連絡しておいたのか、閉店後一時間近く経っていたにもかかわらず、店内に残っていた中務は水科の顔を見た途端、口元を歪めながらバックヤードの扉を開けてくれた。

「夜遅くにすみません、店長」

なんだか申し訳ない気持ちになり、依里佳は思わず頭を下げる。

「蓮見さんが謝ることじゃないよ」

中務とは翔が爬虫類を好きになってからのつきあいだが、こうして個人的に話すのは初めてだ。

休憩室はこざっぱりとしていて、ミニキッチンの他にはロッカーがいくつかとテーブル、それから椅子が四つ置かれていた。その内の二つに依里佳と水科が隣り合って座り、中務が水科の前の席につく。水科は依里佳と向き合い、口を開いた。

「依里佳さん。さっき俺、依里佳さんを裏切っていないって言いましたけど、一つだけ隠しごとがあって、嘘も一つだけついていました」

「隠しごとと嘘?」

「まず隠しごと、というのは、俺が以前爬虫類を嫌いだった、という話です。これは本当で、譲治が言っていた通り、過去にはじんましんが出て病院に行ったこともあります」

そう言って水科は中務をチラリと見る。中務は、はぁとため息をついて、話を引き継いだ。

「去年の秋ぐらいかな。水科くんがね、店に来て僕に言ったんだよ。『何が何でも爬虫類を好きになりたいんですが、どうしたらいいですか?』って。その時はもうね、顔色が悪くて今にも倒れそうだったよ、彼」

「ようやく店内に入れるようになったのは、ここに通い始めて五回目の時です。それまでは店の前で具合が悪くなっては引き返してましたから」

そう言う水科は、とてもばつが悪そうに眉根を寄せている。

「僕が『爬虫類なんて嫌いなままでも生活に支障はないのに、どうしてそこまでして克服したいの?』って聞いたら、彼、何て言ったと思う?」

『とある爬虫類好きの女性を、どうしても手に入れたいんです。出来れば結婚したいと思っています』

水科はすぐにでも吐きそうな青白い顔で――それでも強い意志を感じさせる声でそう言い放ったそうだ。爬虫類好きなのは実際は翔なのだが、説明を簡略化した結果、こういう台詞になったらしい。

「その女性が誰のことか……分かりますよね？　依里佳さん」

「……」

わずかに躊躇した後、依里佳はぎこちなくうなずいた。

「それから水科くん、週二、週三くらいでここに通って、徐々に慣れていって。爬虫類の知識とか飼育の方法とか、ぜ～んぶ僕が教えたんだよ？　まぁ彼、元々頭がいいから、あっという間に吸収しちゃったけど、もう授業料徴収しようかと思ったからね、僕」

「俺、ちゃんとお礼したじゃないですか」

商品券とか菓子折りとか、実家の株主優待券とか色々――と、水科が笑う。

「あと、初めて三人で動物園に出かけた日、俺は翔くんのことを『依里佳さんの甥御さんとは気づかなかった』と言いましたが、あれが俺がついた唯一の嘘です」

水科が初めて翔を認識したのは、以前彼が話していた、依里佳と翔が『りゅううさ』のイベントに行った日だったらしい。その時に翔の顔を覚えた水科は、後にレプタイルズで翔と出逢った時に、すぐに依里佳の甥であると気づいたそうだ。

「――僕、残務整理で少し店の方にいるよ。でも二十分で帰って来るからね。その間に話すこと全部話し終えてよ？　水科くん」

立ち上がって扉に向かう中務の背中に水科が声をかける。

「中務さん、ありがとうございます」

「……ま、貸しは返してもらったからね」

そう言って笑うと、中務は休憩室を出て行った。

「店長が『二人目の助っ人』だったの？」

貸しって何のことだろうと思いつつ依里佳が尋ねると、水科が『そうですよ』と、答えた。

「私……いくつか聞きたいことがあるの」

「何ですか？」

「そもそも水科くんはどうして私……っていうか、翔が爬虫類好きなことを知っていたの？　爬虫類嫌いなんだからレプタイルズで見かけてっていうのはありえないし……」

どこからその情報を得たのか、とても不思議だった。爬虫類好きと爬虫類嫌いに接点があるとは思えない。もちろん依里佳も会社でそんな話をしたことなどほとんどないはずなのだが。

「あー……それはですね、はい。実は、及川さんと松永さんから聞きました」

「……っ」

答えを聞いて、やっぱりそうだったのかと、何とも複雑な気持ちになった。会社で翔のことを知っているのは、確かにこの二人だけだ。

「依里佳さんを好きになって、普通に告白したんじゃ無理だろうなって思ったので、お二人に相談したんですよ。『蓮見さんのことが好きなんですが、どうしたら上手くいきますか？』って」

八ヶ月ほど前、水科は美沙とミッシェルを食事に誘い、依里佳のことを相談したそうだ。その時に二人は、彼の真意を根掘り葉掘り尋ねたらしい。

「あなた方は依里佳さんの保護者ですか、っていうくらい、いろいろと聞かれて。俺が本気かどうか見定めようとしたんだと思いますけど……とにかく、真剣だって訴えました。そしたら——」

『見かけたことあるなら多分分かると思うけど、依里佳はとにかく甥っ子ラブだから、そこから攻略していくのが近道だと思うわ』

と、美沙が言ったそうだ。さらに翔が爬虫類好きであると聞いた水科は、自分が爬虫類が心底苦手であることを正直に告白した。

『あー……爬虫類嫌いじゃお話にならないよねぇ。とりあえず、翔くんがよく行くペットショップがあるから、そこで少しずつ慣らしていったらどうかなぁ？』

ミッシェルの提案に乗った水科は、そうしてレプタイルズに通うことになった。

（だから美沙もミッシエルも、私と水科くんの関係にすぐ気づいたのか〜！）

二人から以前ほのめかされたことを思い出し、依里佳は少し悔しくなった。

「だから俺は、まずは翔くんに好かれようと考えたんです。『将を射んと欲すれば先ず馬を射よ』ってやつですね。幼い翔くんを利用したことは本当に申し訳ないと思ってます……でも俺は、あの子のことが本当に大好きです。俺に随分懐いてくれて、時々自分の子供かと錯覚してしまうくらい」

そう呟いた水科の顔は、とても穏やかだった。

「あの……水科くん？　もう一つ聞きたいことが……」

「何ですか？」

「どうして爬虫類が嫌いだったってことを、初めから打ち明けてくれなかったの？　私、別にそれで水科くんを嫌いになったり……しないよ？」

依里佳はおずおずと水科の顔を覗き込む。彼はぐっと言葉を呑み込み、困ったように眉根を寄せた。そして不承不承といった様子で口を開く。

「……っ、だって、カッコ悪いじゃないですか！　あんなに小さい翔くんだって平気なものを、じんましんが出るほど苦手で必死で克服した、なんて言えませんよ！　俺のそんな情けないところ、依里佳さんに知られたくなかったんです。……好きな女性の前ではカッコつけたい、っていう男の心理、少しは分かってください」

珍しくすねたようにくちびるを尖らせる水科に、依里佳は口元を緩めた。

さすがにこれ以上レプタイルズに長居するわけにもいかず、二人はいったん話を切り上げて店を出ることにした。

「またいつでも翔くんと一緒に来てね。待ってるから」

帰り際、何度も頭を下げる依里佳に、中務は笑って手を振ってくれた。

蓮見家に向かってゆっくり歩きながら、水科が話を再開する。

「――爬虫類嫌いを克服して。さて、これからどうやってアプローチしていこうかって思案していた時に、依里佳さんの方から俺に近づいて来てくれたんですよ。俺はほんとに運がいいなぁって思いましたね。神様に愛されてるなぁ、って」

翔の爬虫類仲間になってほしいと屋上に呼び出した件を言っているのだろう。依里佳としては神様に導かれたなんて思っていないし、それを運命などというきれいな言葉に置き換えるつもりもない。でもレプタイルズで水科を見かけたことが、依里佳の日常を大きく変えるきっかけになったのは間違いなかった。

あの時はまさか、こうして水科から愛情を寄せられることになるとは、想像もしていなかったけれど。

「水科くんが昔は爬虫類嫌いだったなんて、翔が聞いたらびっくりしちゃう」

「そうですよねぇ。ここまで好きになるなんて、自分でも思いませんでした。前は大嫌いだったって普通に話したら、多分信じてもらえなかったですよね」

　確かに、水科から『こう見えても俺、前は爬虫類嫌いで――』などと言われたところで、今までの依里佳なら笑って受け流していただろう。屋上で盗み聞きのような形で耳にしたからこそ、その事実にショックを受けたのだ。

「そうそう、屋上で依里佳さんが聞き漏らした話ですが……実は依里佳さんについて話していたんですよ。譲治には相手が誰とまでは言ってませんが」

　水科は二宮にカメレオンの待ち受け画面の件を問い詰められ、今回の女性は今までの彼女とは違い、本気で結婚まで考えていること、その女性が爬虫類好きなので努力して克服したということ、本当に好きな女性なので、大切にしたいことを説明したそうだ。

　これが水科の言う『一番聞いててほしかったところ』だったようだ。それを聞いた二宮は、『篤樹がそんなこと言うなんて……頭に変なウィルスでも回ったのか？』と、本気で彼の変化を心配していたらしい。

「あいつは本当に失礼なやつなんですよ。俺は彼女と別れるために運のよさを利用したことなんてないのに、勝手にそうだと決めつけるし。しかもあんな時に咲の話題なんて出すから、依里佳さんに誤解されちゃうし……。空気を読め！　って殴りたくなりました」

「あ……」

一番心に引っかかっていた『咲』という女性の話題が出てきて、思わず身構えてしまう。しかし水科は依里佳を安心させるような穏やかな表情と声音で、こう告げた。

「咲はね、俺の妹なんです。腹違いの」

「妹……さん？」

「ええ、水科咲、正真正銘、兄貴と俺の妹です。今、中二なんですけど――」

そこまで言って水科は言い淀み、ため息を一つついた。

「妹さんがどうしたの……？」

「あいつは……咲は、尋常じゃないブラコンなんですよ。しかも兄貴と俺、分け隔(へだ)てなく平等に、均等に」

「ブラコン……？」

咲は水科が小学四年生の時に継母(はは)の百合子が産んだ妹なのだという。『可愛がってあげてね』という彼女の言葉の通り、水科と彼の兄は、咲のことをそれはそれは可愛がった。依里佳にとっての翔に匹敵するほどの溺愛(できあい)ぶり、と言っても過言ではなかったらしい。

そんな他人(ひと)も羨(うらや)む美形の兄たちに、蝶(ちょう)よ花よと甘やかされた咲の末路は――

「俺はいつも彼女と長続きしない、って譲治が言ってましたけど、あれ、半分は咲のせいなんです。俺に彼女が出来ると、どこで嗅ぎつけてくるのか邪魔をしまくるんですよ。デートについて来たり、嫌がらせしたり、彼女の前で俺にベタベタしたり。それで嫌気が差した彼女の方から離れていくんです。まぁ、あとの半分はフォローしきれなかった俺のせいですけどね」

　また彼は、つきあう彼女が子供嫌いだと知ったり、また子供に対する態度が悪いのを見たりすると、潮が引くように気持ちが冷めてしまうそうだ。それで別れる時はあっさりしているので、友人には『女に飽きると捨てる』と思われていた。

　時には、相手に冷めたタイミングと咲が邪魔するタイミングとが絶妙に合いすぎてしまい、そのせいで二宮には『妹を利用して女と別れている』と勘違いされていたらしい。

「でも俺は、実家を出られたんでまだいい方です。兄貴は一応『ミズシナ』の跡取りなんで、未だに実家に住んでて。もし結婚なんてしようものなら、同居している咲が小姑根性出して嫁いびりするんじゃないかって、俺は今から心配してるんです。……っていうかそれより、依里佳さんのことを知られたらと思うと、俺は気が気じゃなくて！　自分の妹をこんな風に言うのもなんですが、可愛い顔してるくせに悪魔みたいな女なんですよ？　小悪魔じゃなくて悪魔ですからね？　依里佳さんが何かされるんじゃないかと不安で、あいつには絶対内緒にしておきたかったというか！」

　水科曰く。今年の正月に実家に帰った時、咲があまりにもべったりまとわりついたり、今彼女はいるのか、いるならどんな女か、一回会わせろ、などとうるさく問い質してくるので、うんざりした水科が『いい加減に兄離れしろよ、もう中学生だろ』とたしなめたところ、泣き出してしまったそうだ。言いすぎたかと謝ると、今度はありえないわがままばかり言い出した咲と、ついには口ゲンカになり、仲直りしないまま現在に至るという。

「そのことを譲治がケンカ別れだと揶揄したんですよ」

やれやれ、といった様子で水科が肩をすくめた。

「……でも、咲のことで心配させちゃった依里佳さんには、俺の潔白を証明するためにも一度会ってもらわなきゃならないですね。いずれは通らないといけない関所みたいなものですから。でも依里佳さんのことは絶っ対に俺が守りますからね！」

水科は依里佳の手を強く握ってそう主張し、屋上での話は、これがすべてです――と締めくくった。

依里佳は大きく息をついた。ここ数日、彼に対して抱いていた疑心を一つ一つ丁寧に解いてくれた水科に、胸がいっぱいになる。

「他に何か聞きたいこと、ありますか？　依里佳さん」

「私……水科くんがそんなに私のことを好きでいてくれるのが、ちょっと信じられなくて……」

水科を信じていないわけではない。ただ、実感が湧(わ)かないだけだ。

彼がくれた愛情に散々のぼせ上がっておきながら、この期(ご)に及んで何を言っているのだろうと自分でも思うけれど、今までの経験が依里佳を必要以上に及び腰にさせているのも確かなのだ。そのせいで今も頭の中がふわふわとしていて、これが現実なのだと感じることが出来ないでいた。

おそらく水科も、そのことは分かってくれているのだろう。

「実感はおいおいしてもらうとして。せっかくの機会なんで、俺が言いたいこと、全部言わせてもらいますね」

こうなったらどんなに小さな不安でも、とことん払拭(ふっしょく)してみせます――そんな熱い口調で前置きし、水科はつないだ手をいったん解(ほど)いた。かと思うと握り直して恋人つなぎにし、それを自身の口元に寄せる。

「前にも言いましたよね、俺は今まで彼女に不自由したことがないって。だから言い方は悪いですが、相手をしてくれる女性ならそこそこいるんですよ、俺」

本人は『そこそこ』という表現に留めているが、水科ほどの男なら、女性の方からいくらでも声をかけて来るだろうことは想像に難(かた)くなかった。依里佳はうなずいて、水科が言葉を継ぐのを待つ。

「――だからね、ただの身体目当てとかひやかしなら、わざわざ大っ嫌いな爬虫類(はちゅうるい)を克服するなんて手間暇をかける必要もないんですよ、俺は。……この意味、分かります？」

あなただから、面倒くさい手順を踏んででも欲しかったんです——そう言外に示して、水科が言葉を紡（つむ）ぐ。

「どうして……そこまでするの？　私なんかのために」

依里佳は戸惑いながら小声で尋ねた。それを受けた水科は、心外だと言わんばかりに眉を吊り上げる。

「なんか？　あなたねぇ……もう少し自分の価値を自覚したらどうなんですか。俺にとって依里佳さんは、奇跡のような女性なんですよ？　——どうしてそこまでするかって？　あなたが好きだからに決まってるじゃないですか」

その口調は確かに依里佳を責めているのに、何故か嬉しくてたまらない。少しすねたような水科が、可愛らしく見えるから不思議だ。

「実は……いざこうしてあなたと一緒にいられるようになって、俺の中で突然変異みたいな変化が起こったんですよ。どんどん依里佳さんの好きなところが増えていって、あなたなら——子供好きじゃなくてもいいと思えるくらいに、好きになってしまった。いつの間にか、翔くんに嫉妬（しっと）すら覚える自分がいたんです。信じられます？　この子供好きな俺が、好きな女性を子供に取られたくないなんて、初めて思ったんですよ？　毎週のように依里佳さんだけを誘っていたのは、そのためです」

　水科はいったん言葉を止め、大きく息を吸う。そして今度は静かに告げた。

「――必死だったんです……あなたをまるごと搦め取って、俺から一生逃げられないようにしたくて」

「水科くんは……私と、その……結婚したい、って思ってるの？」

　依里佳は遠慮がちに尋ねてみる。

　今まで『蓮見依里佳は恋人としてならいいけど、結婚となると……』と、見た目だけで判断されてきたから、彼の言葉を素直に受け止めるのは少し怖い。

　水科はそんな依里佳の問いに、当然のようにうなずいた。

「当たり前じゃないですか。あなたの人生ごと貰い受けるつもりだから、俺だって人生かけたんですよ。二十年も嫌いだった爬虫類だって好きになりました。今まで誰にも打ち明けたことがなかった生い立ちだって話しました。あなたを手に入れるためなら、苦手なものも、自分の過去も、他人も……何だって利用します。それだけ、本気なんです。……依里佳さんはもうとっくに、俺の人生の一部なんですよ？」

　温かな声音で囁くように紡がれた最後のひとことを聞いた時、もうダメだと思った。

　今まで、こんな風に依里佳の何もかもを柔らかく包み込んでくれるような、深い愛情を注いでくれる男性に出逢ったことはない。

　男性から向けられる甘い感情が気が遠くなるほど心地いいなんて、知らなかった。

一人の男性に対して、全身が痺れるくらい熱い気持ちを抱いたことももちろんなくて。初めてづくしをくれた水科を、受け入れない理由がどこにも見つからない。

「水科くん、ほんとずるい――」

多分、私はもう……この人がいないと――

依里佳の手は震えていた。その手をしっかりと握り、水科は歩みを止める。そこはちょうど、依里佳が初めて愛を告げられたあの公園の前だった。

「俊輔さんも、陽子さんも、翔くんも……蓮見家の皆さんが大好きです。そして依里佳さん……俺はあなたを愛してます。お酒が強いところも、子供向けアニメで泣いちゃうところも、あわてんぼなところも、甥っ子ラブなところも……嫉妬はしますけど、全部全部大好きです。――とても可愛らしい、そのままの依里佳さんを愛してます」

大きくてふわふわで――依里佳をまるごと包んでしまいそうな、真綿のように優しい笑顔だ。

愛おしくて、苦しくて、胸が疼く。

依里佳の瞳から、今日二度目の涙がこぼれ落ちた。

「みず、し……く……、みずし、な、くん……っ」

もういい年をした大人なのにと恥ずかしく思いながら、涙が止まらない。あふれ続ける涙と一緒に、心の底に溜まり続けたすべての澱が流れ出ていくようだった。泣きじゃくる依里佳を、水科がそっと抱きしめる。

それからどれくらいの時間が経ったただろう。泣き声が止んだ頃、依里佳の身体を解放した水科は、彼女の頬を伝っていた涙を両手で拭ってくれた。当の本人は呆けて身じろぎもせず、されるがままだ。

「……俺、また依里佳さんのことを泣かせちゃいましたね。今日はいっぱい泣いたから、疲れたでしょう？　この後ゆっくり寝てくださいね。明日も会社あるんですから」

依里佳はうなずき、差し出された水科の手を取った。

「おやすみなさい、依里佳さん」

蓮見家の前まで来ると、水科が依里佳にそっとくちづけ、そのままきびすを返す。

「おやすみなさい……」

小さな声でそう応えると、依里佳は水科の感触が残るくちびるに指を押し当てた。彼の背中を見送りながら、一人呟く。

「ありがとう……水科くんの気持ち、ちゃんと届いたから」

その時、ふと関口のことを思い出した。そういえば、告白の返事をまだ伝えていなかったっけ。

（――返事、しなくちゃね）

依里佳は家の中に入り、スマートフォンを取り出した。

正直に言ってしまえば、その光景はこの上なく爽快だった。

「蓮見さん、今まですみませんでした」

「ごめんなさい……」

「申し訳ありませんでした……だから、訴訟だけはどうか……」

今まで散々自分を貶めていた三人の女性社員たちが、しおらしい態度で頭を垂れているのだ。

朝、出勤して自席に座る寸前、依里佳は佐々木・井上・高橋の三女子に呼び止められた。どうやら依里佳が来るのを待っていたようだ。そのまま給湯室に連れて来られ——今に至る。

昨日までとは百八十度違う態度に、弁護士パワーは強力だなぁと、依里佳は改めて陽子のすごさを実感した。もちろん、水科の尽力のたまものでもあるのだが。

目をぱちくりさせる彼女の次の反応を、三女子はそわそわと待っている。それを見て、依里佳はぼそりと静かに呟いた。

「えー……どうしようかな……」

「っ!!」

瞬間、彼女たちは情けないほどに眉尻を下げた。まるで叱られた子供のようだ。それを見て、依里佳は堪(こら)えきれずに噴き出した。

「――というのは冗談です」

「は、蓮見さん……？」

「もう気にしてません。それにこれからは、何か言われた時はこちらも言い返すことにしましたから。なので、私のことで何か言う時は覚悟しておいてください。『人を呪わば穴二つ』っていうことわざもあることですし」

「あ、ありがとう……」

三女子の安堵のため息が混じったお礼を聞くと、依里佳はニッコリと笑い、軽く会釈をしてその場を離れた。

「――何か……蓮見さん……変わった……」

彼女たちは目を丸くして、依里佳の後ろ姿を見つめていた。

「そんな楽しいことがあったなんて！　もう、私も行けばよかった！」

社食の窓際のテーブルで、美沙が箸を握りしめながら歯噛みした。

「美沙がいたら、むしろ陽子ちゃんの出番はなかったかもね」

「あ〜、そうかも！　でも見たかったし……何だこのジレンマ！」

もしも昨日の送別会に美沙がいたならば、きっと違った展開になっていただろう。彼女ならすぐに助け舟を出してくれたはずだから、陽子はもちろん水科ともどうなっていたか分からない。そういう意味では、昨日に限っては美沙がいなくて逆によかったのかもしれない……なんて依里佳は思う。

（美沙、ごめん……！）

一応、心の中だけで謝っておいた。

「私も陽子さん見たかったぁ」

「それにしても、水科くんもやるわね……陽子さんを味方に引き入れるとは」

ミッシェルはハンバーグに箸を入れつつ、美沙は天ぷらそばに七味を振りつつそれぞれ言った。

「っていうか二人とも、水科くんの気持ち知ってたんだって？」

依里佳はくちびるを尖（とが）らせながら、フォークにパスタを絡ませる。

「知ってたよぉ。だって相談に来たからね〜」

「ね〜？」

ミッシェルと美沙がニヤニヤしながら互いに顔を見合わせた。

「いきなり私とミッシェルに『相談に乗ってほしいことがあります』って言うから、たぶん依里佳のことだとは見当がついたけどさぁ……」

「水科くん、開口一番何て言ったと思う？　『蓮見さんと結婚するには、どうしたらいいですかね？』だよ〜？　いきなり結婚とか気が早すぎでしょ〜」

水科の口調を真似するミッシェルに、『似てないぞ、ミッシェル』と突っ込みながら美沙も笑う。

「そ、そうなんだ……」

「依里佳ってガードが固いからさ、たまに私らを介してお近づきになりたい、っていう人がいるのよ。大抵はまぁ『えー……こいつに紹介するのやだなぁ』って感じの男ばっかりでさ。だから水科くんのことも最初は疑ってかかってたわけ。ね？　ミッシェル」

「そうそう、もうアレよ。私たち就職試験の面接官ばりにいろいろ聞きまくったもんね〜」

それはまるで圧迫面接か尋問のようだった――後に水科にそう言わしめたほど、二人は厳しく問い詰めたらしい。

「とまぁ、そんな私たちの面接を水科くんは見事クリアしたわけ。だからいろいろアドバイスしてあげたのよ」

「依里佳のために爬虫類嫌い（はちゅうるい）を克服するなんて、涙ぐましい努力だよねぇ」

「私たちのお眼鏡に適うくらいだから、まぁ、つきあってあげてもいいんじゃない？　……っていうか、もうつきあってるんでしょ？」

ん？　と念を押すように、美沙が小首を傾ける。

「えっ？　えーと……」

「何よその煮え切らない答え～！」

(そう言われてみれば、私たちって……)

水科に対する誤解は昨夜すべて解けたけれど、二人の関係は未だはっきりしていない気がする。

「依里佳も水科くんのこと好きなんでしょ？」

「うん……」

「じゃあ、水科くんに告白されて、私も好き～って言ったんでしょ？　そしたらそれはもう、ラブラブおつきあい開幕のベルが鳴ったたってことじゃない！」

「……あぁっ!!」

美沙とミッシェルにまくし立てられ、たじろいでいた依里佳は、ふいにさけびながら立ち上がった。その声の大きさに、周囲の社員が一斉に注目する。

「ちょっと依里佳！」

「ど、どうしたの!?」

美沙とミッシェルが小声で依里佳を咎めるが、依里佳は気にも留めず口走る。

「わ、私……今、ものすごく重大なことに気づいてしまったわ……」

「何？」

「ごめん、ちょっと先に行くね」

依里佳はトレーを返却口へ置くと、すぐに食堂を後にした。そのまま廊下を足早に移動する。

（私……副園長先生どころか水科くんの告白にも何一つ答えてない……っ）

水科はこれまで一度たりとも返事を急かしたりなどせず、何度も何度も甘い言葉を注いでくれた。昨夜だって誠実に依里佳と向き合って、気持ちを丁寧に伝えてくれて。

それなのに、自分は未だに『好き』のひとことすら伝えていなかったどころか、勝手に自分の中だけで恋人気取りで舞い上がって、あまつさえ彼を疑ってしまった。

貰った言葉に自分だけ心地よく浸っておいて、彼には甘い感情をこれっぽっちも返せていないなんて。

（私のバカッ！　とんでもないバカだわ、私！）

水科がくれた愛情のおかげで、薄皮を一枚剝いだように、目の前の霞んだ景色が鮮やかになった。

今、依里佳に見える世界は極彩色だ。

私が見ているこの情景を、水科くんにも見せてあげたい――依里佳は今、それだけを思っていた。

とその時、カップコーヒーを手に売店から出て来た水科を見つけ、呼び止める。

「み、水科くん……！」

「どうしたんですか、蓮見さん。何かありました？」

わずかに息を弾（はず）ませた依里佳は、呼吸を整えてから切り出した。

「あのっ、今、これからちょっといい？　話したいことが……」

「いいですよ。いつものところに行きますか？」

水科の提案に、依里佳はこくこくとうなずいた。

「あ……でしたら今日は、蓮見ルートから行きましょう。俺、一度そっちから行ってみたかったんですよねぇ。……あ……おい、譲治、これやるよ」

水科がちょうど近くを通りかかった二宮を呼び止めた。

「おー、篤樹。何？　コーヒー？　俺にくれるの？」

「ちょっと用事が出来たんだ。……あ、それブラックだから。砂糖とミルク、売店で貰（もら）ってこいよ」

嗜好（しこう）を把握している辺り、やはり二人は腐れ縁なのだな、と依里佳は笑みをこぼした。

「ん、分かった。……あ、蓮見さん、先日はすみませんでした。何かいろいろ」

依里佳の存在に気づいた二宮が、ばつが悪そうにペコリと頭を下げた。

「え？　あ……はい」

「篤樹のこと、よろしくお願いしますね！　……じゃあな、篤樹」

そう言うと、二宮はコーヒーを手にそそくさと立ち去った。その背中を見送って、二人は連れ立って倉庫へと向かう。ホールでエレベーター待ちをしていたところで、依里佳はふと思った。

「……ん？　彼、私のこと知らないんじゃなかったっけ？」

確か水科は、屋上で想い人について語った時、依里佳の名前を出さなかったと言っていた。しかし今の二宮は、明らかに二人の関係を把握している口調ではなかったか。

「あー……どうやら今朝から蓮見さんと俺のことが一部で噂になってるみたいで。昨日の送別会の件が発端だと思うんですけど、それで午前中に譲治からメッセージが来たんですよ。『おまえが言ってた大切にしたい女の子って、蓮見さん？』って。まったく、耳聡（みみざと）いやつです。まぁ、この間の屋上でのやりとりも見てるから、何かしら気づいてたとは思いますけどね」

水科が依里佳の耳元で小声で囁（ささや）いた。

「う、噂……？」

その可能性がすっかり頭から抜けていた依里佳は、うろたえ気味に辺りを見回す。すると、遠くからこちらを見てひそひそ話をしている女性社員がちらほら目に入った。

（うそぉ……もう噂になってるの!?）

「俺は別に噂になっても全然困りませんよ。むしろもっと広まってほしいくらいです。そしたら蓮見さんにちょっかい出す男も少なくなるでしょうし」

隣の水科を見れば、平然と、それでいてとても嬉しそうに周囲を眺めている。相変わらず注目されるのに慣れた様子な上に、向けられる視線を気にしないという高等技術まで身につけているようだ。

「はぁ……何かすごいね……水科くんは……」

「あ、エレベーター来ましたよ、蓮見さん」

軽快な音を立てて到着したエレベーターに、二人は乗り込んだ。

「依里佳さん、毎回あんなところ通って来てたんですね。なんだか冒険みたいで楽しかったです」

「水科くんみたいに鍵を持ってないから、私」

「あぁ、これですか。これは伯父のつてで入手したんです」

（やっぱり……）

ＩＤカードケースを軽く振る水科に、依里佳は納得した。

「ぱっとしない天気ですね。確か梅雨明け宣言は出てたと思いますが」

水科が空を仰いで呟く。

雨こそ降っていないが、今日も屋上はどんよりとした曇り空で、屋上もとても心地いいとは言えない状態だ。

それでも依里佳は、ここで言わなければならないことがある。

「あの、水科くん……？」

「あ、そうですよね。話って何ですか？」

何度かまばたきをしてから、水科は彼女を見つめる。

その瞬間、依里佳の心臓が忙しなく動き始めた。ドッ、ドッ、と自分の鼓動が頭の中まで響いてくる。

（やだ……すごい緊張してる……）

手の平にじっとりと脂汗が浮いてきた。あまりにドキドキしすぎて倒れてしまいそうだ。

躊躇って躊躇って——それでも伝えたい気持ちを奮い立たせて。

依里佳は口を開けて大きく息を吸い、そして——

「——お願いします！　つきあってください！」

渾身の告白をした。

双眸を固く閉じたまま、自身の心音とともに水科の反応を待つ。

二人の間を生温い風が抜けていく。静黙が訪れ——そのまま、わずかな時が流れた。

依里佳はうっすらと目を開き、水科の様子を探ってみる。すると彼は、何とも言えない微妙な表情をしていた。

「……みず、しな……くん？」

ようやく口を開いた水科は、突拍子もないことを言い出した。

「俺……この光景、ものっすごく既視感があるんですけど……タイムリープか何かしてるんですかね？」

「ん？」

何を言われているのか一瞬分からなかったが、タイムリープという言葉にはピンときた。そういえば、翔のことで水科を呼び出した時も、こんな風に目を閉じたまま何かをさけんだ気がする。

「……あ」

（そ、そういえば……っ）

あの時とまったく同じ台詞を口にしていたと、ようやく気づいた。

「ちっ、違うの！　ごっ、ごめんなさい！　そうじゃなくて!!」

「その台詞もほぼ一緒でしたよ、確か」

「そっ……そうでした……ごめん」

恥ずかしさに、顔が熱くなってくる。もう一度目を閉じて、心臓を落ち着かせた。

（今度こそ、ちゃんと……！）

依里佳はフェンスの方に身体を向けた。いつもストレス解消でさけぶ時のポジションだ。脚を開き、くちびるの両側に手を添える。

今まで受けた水科からの愛情には届かないかもしれないけれど。でも自分の気持ちを全部全部、このひとことに乗せて。風にかき消されないよう——

「好きです!!」

空に向かって思い切り、さけんだ。

途端、面映ゆさで心がいっぱいになり、涙がこみ上げてきたけれど、必死に堪えた。

上気する頬に風を受けながら、もう一度さけぶ。

「水科篤樹くん！　私は、あなたのことを、愛しています!!」

「……」

その場を再び静寂が支配した。依里佳は横目で水科をうかがうが、彼はこちらを見つめたままみじろぎもしない。それから少しして、ハッと我に返ったように、自分の口元を手で覆った。

「み、水科くん……？」

「い、いや……何か……嬉しくて……」

そう言う水科の頬が、ほんのりと色づいて見えるのは気のせいだろうか。そこで依里佳は改めて水科を振り返った。

「水科くん、ありがとう。私、あなたのおかげで少しだけ自分に自信が持てたの。水科くんが私のコンプレックスを全部掬い上げて長所に変えてくれたこと、すごく嬉しかった。そんなことされたら……好きになっちゃうに決まってるでしょ？　二人で出かけた時は……いつまでもこういう風に一緒に過ごせたらいいな、ってずっと思ってた。水科くんも……もう、私の人生の一部、だよ？」

今度は水科の瞳を見つめたまま、ただ静かに自分の気持ちを伝えた。全部伝え切れたか分からないけれど、でもこれが今出来る精一杯で。

多分依里佳の顔は、真っ赤になっているに違いない。何しろこんなに大胆な告白をしたのは生まれて初めてなのだ。

どんな反応が返って来るのか――水科の顔を恐る恐る覗き込む。

「あーーー！　もう、どうしてそんなに可愛いかなぁ！　依里佳さんは！」

水科は頭をかきながら、突然唸るように声を上げた。少し乱暴な所作で依里佳の手を引き、自分の胸元に閉じ込める。

「っ」

ボスン、と水科の胸に顔を押しつけられ、ほんのりと品のある香りが鼻腔を通り抜ける。頭のすぐ上から、優しい声が聞こえた。

「ありがとう、依里佳さん。俺を好きになってくれて。すっごく幸せだ」

「……こちらこそ、ありがとう。私を好きになってくれて」

水科は身体をずらし、依里佳の顔に手を添えて、つい、と上げる。同時に、彼女のふっくらとしたくちびるにそっとくちづけた。

触れ合っていたのはほんの数秒だったけれど、依里佳にはとても濃く感じられるひとときで。解放された時、少しだけ淋しく思ってしまった。

「……会社でキスしちゃいましたね」

そう言って水科は笑う——それは今までで一番の笑顔だった。明るさと色気が同居した、きれいな笑みだ。

依里佳には、それがとても眩しく見えた。

『依里佳さんに見せたいものがあるので、もしよければ今日、俺の部屋に来ませんか？　夕飯も作ります』

屋上でそう誘われ、依里佳は内心そわそわしながら終業時刻を待っていた。もちろん、仕事にも手を抜かない。ＰＣと顔をつきあわせていつになくきびきびと動き、何が何でも定時内に終わらせようと、いつも以上に真剣な表情で処理を進めていく。

「蓮見さん……張り切ってるね」

「そう……見えますか？」

橋本に問われ、依里佳はようやく表情を緩めた。

「とりあえず、定時で帰りたいっていう意思は受信したよ。時間になったら上がっていいからね」

「す、すみません……ありがとうございます」

そんなに帰りたいオーラを出していたのだろうかと、少々気恥ずかしくなった。

なんとか定時退社にこぎ着け、帰宅ラッシュの電車で北名吉の駅に着くと、先に待っていた水科はすぐに依里佳の手を引いた。

「無事に定時で帰れてよかったですね」

「うん」

途中、依里佳は駅前の洋菓子店に立ち寄り、ケーキをいくつか買った。夕食後に二人で食べようと思ったのだ。

「俺は蓮見家に何度もお邪魔してるけど、依里佳さんが俺の部屋に来るのは初めてですよね。掃除しておいてよかった」

「水科くんが住んでるところ見るの、楽しみ」

「いたって普通なんで、あまり期待しないでください。あ、夕飯ですけど、パスタでいいですか？　カルボナーラの材料ならあるんで」

「私、カルボナーラ好きだから嬉しい」

手をつないだまま、静かな道路を行く。日が長くなってきたので周囲はまださほど暗くない。

（水科くんの手……私のより大きい）

指を絡ませて歩く――たったこれだけの行為なのに、胸の中が温かいもので満たされる。あふれそうで、でも少しだけ痛くて。聞いたことはあったけれど、幸せで苦しくなるという現象は本当にあるのだな、と依里佳は実感した。

水科が住んでいるマンションは、駅から徒歩十分ほどのところらしい。駅前の商店街を抜けると、そこは古くからある閑静な住宅街だった。大きな家が立ち並ぶ区画の中に、さほど大きくはないが築浅で、セキュリティのしっかりしていそうなモダンなマンションが溶け込んでいた。

「ここです」

水科が指差した建物に、依里佳は感嘆の声を上げた。

「わぁ、おしゃれなマンションだね」

「ありがとうございい……、っ」

言いかけて、水科が止まった。依里佳の手を握るそれに力を込め、なぜか彼女を背中に隠すように、スッと前に出る。

彼の視線を辿る(たど)と、マンションの来客用駐車スペースに、物々しい黒塗りの高級車が停(と)まっているのが見えた。向こうもこちらに気づいたらしく、運転席からダークスーツをまとった男が降りてくるや、後部座席の扉を開け、中の人物に恭(うやうや)しく声をかける。

水科の表情が一層固くなった。

「あっくん！」

さけびながらぴょこん、と飛び出してきたのは、長い黒髪をツインテールにした少女だった。中高生に人気のファッションブランドのものと思われるファンシーなワンピースとガーリーなレースアップサンダルを身につけた、それはそれは愛らしい少女である。

（うわっ、可愛い……）

水科の肩越しに見えたキラキラな女の子に、依里佳は目を見張る。

「咲……っ、おまえどうしてここにいるんだよ……しかもよりによって今日とか……」

タイミング最悪すぎだろ――水科が吐き捨てるように呟いた。

（え……咲、って……）

その名は水科の妹のもののはず。

「も～、お正月にあっくんが怒ったまま帰っちゃったせいで、あたし、ずっと落ち込んでたんだからねっ」

　わざとらしく腰に手を当てて頬をふくらませる姿すら彼女の魅力を引き立てていて、依里佳は感心するしかなかった。

「いやいやいや、兄貴から電話来たけど、おまえ、去年からずっとなんとかっていうゲームにハマってて、今もそれに夢中でケンカしたことなんか忘れてるって聞いたぞ？」

「それはそれ、あっくんはあっくんでしょぉ？　……ん？　後ろにいるの、だぁれ？」

　ちょこんと可愛らしく小首を傾げる咲に、心なしか水科の顔色が悪くなる。

「いいからおまえ、帰れ。母さんが心配するだろ？」

　依里佳を背中に隠したまま、水科が言い放った。

「やぁだもん。ねぇ、その人だぁれ？　新しい彼女？　あたしに紹介して……、って、……え？」

　咲は好奇心を隠すことなく、探るように水科の背後を見ていたが、依里佳の顔を認識した瞬間、全身の動きを止め、みるみるその大きな目を見開いた。

「え、うそ、そんな――」

　咲の口から、動揺を孕んだ言葉が次々にこぼれ出る。最後に、震える声を絞り出した咲は、目の前に立ちはだかる兄をスルーして、その後ろにいた依里佳の手をぎゅっと握った。

「え、エリカ様……っ」

「っ、と……、え？」

（どうして私の名前……）

困惑する依里佳は水科に説明を求める視線を送るが、彼は彼で状況を呑み込めていないのか、呆然としていた。

「エリカ様っ、またお会い出来た……！　ずっとずっと探してたんですっ！」

一体何が起こったのか分からない依里佳は、自分の手を固く握って離さない咲の顔を、まじまじと見つめた。とその瞬間、一つの記憶が脳裏をよぎり、思わず目を見開く。

「……あ、あなたは……」

「あたしのこと、思い出してくれたんですね？　エリカ様っ」

「確か『りゅううさ』のイベントで隣に立ってた子だよね？　あの時、人に押されて転んじゃって……ケガはもう大丈夫？　あなたが水科くんの妹さん……だったの？」

去年の秋に翔を連れて行った『りゅううさ』のイベントで、隣に立っていた可愛らしい中学生――今の今まで忘れていたが、こうして現れた咲の顔を目の当たりにし、あの時の記憶がよみがえった。

この美少女っぷり、間違いない。依里佳が助けて手当てをしたのは、確かに咲だった。

その瞳はキラキラと輝いている。

「あたし、水科咲です！　あの時はありがとうございました！　あれから、あたし毎日エリカ様のことばかり考えてたんです……っ」

「咲……おまえどうして依里佳さんの名前を知ってるんだよ？」

水科が訝しげに問う。

「え……もしかしてエリカ様は、本当の名前もエリカだったりするんですか？」

咲の大きい瞳が見開かれた。

「う、うん……蓮見依里佳、って言います」

「きゃ〜！　何て偶然なの！　ううん、これは偶然じゃない！　運命よっ」

もしこの状況が漫画かアニメなら、咲の目はハート型になっているだろう。その双眸は輝きを増して、依里佳を見つめていた。握る手は興奮からか熱を持ち、スレンダーな身体は今や幼子のようにピョンピョンと跳ねている。

「咲……落ち着け。落ち着いて説明しろ」

飛び跳ねる咲の肩を、水科はガシッと掴んで止めるが、振り返った咲は、兄の姿を見てしれっと言い放ち、手をひらひらと振った。

「ん？　あれ、あっくんまだいたの？　もうおうち帰っていいわよ？　あたしは依里佳様とお話ししたいの」

水科から聞いていた『尋常じゃないブラコン』のブの字もないその様子に、依里佳は再び困惑する。

「日本語が通じない……」

水科が額を押さえ、かぶりを振った。依里佳は慌てて咲に尋ねる。

「あ、あの、咲ちゃん？　咲ちゃんは……もしかしたら『下僕』なのかな……？」

「えっ、もしかして依里佳様は、エリカ様のことご存知なんですか⁉」

「あー……、うん、ちょっとだけ、ね」

咲が言っているのは、以前美沙に見せられたアイドル育成ゲーム『メイキン★アイドル』に登場するキャラクター、東雲エリカのことだろう。前に話を聞いて興味が湧いた依里佳は、自分でもアプリをインストールしてみたのだ。結局は遊び方がよく分からずに放置してしまっているのだが、せっかくなので『東雲エリカ』については調べてあった。

女王様キャラである東雲エリカのファンは、彼女のことを『エリカ様』と呼んで崇める姿から、何と『下僕』と呼ばれているらしい。

咲は可愛らしいパステルピンクのスマートフォンを取り出し、何やら操作をして、画面を依里佳に見せた。

「ほらっ、見てください！　超限定レアカードのエリカ様ですっ。ガチャを三百連も回してやっと引けたんですよ！　依里佳様にそっくりですよね！　あはっ」

そこには華やかな水着姿でポーズを取っている東雲エリカがいた。

『メイキン★アイドル』では、自分の応援するキャラクターにレッスンやオーディションを受けさせ、その成果に応じて描き下ろしのイラストカードをゲットするチャンスが与えられる。

コアなファンになると、推しているキャラクターに何十万もの大金をつぎ込み、出現率が一％前後のレアなカードを出すまでガチャを引いたりするそうだ。おそらく咲も、その類のファンなのだろう。

「……依里佳さん、一体どういうこと？」

二人の話がちんぷんかんぷんなのか、水科が困惑しながら尋ねてきたため、依里佳はゲームの説明と、自分と咲がすでに出逢っていたことを、かいつまんで話した。

「あたし、イベントで依里佳様を見た瞬間、リアル・東雲エリカ様がいるって思ったんですっ」

咲はエリカ様、そしてその声優のファンなのだという。彼女が『りゅううさ』のうさぎの声を担当している関係で、『りゅううさ』のアニメにも食指が動いたらしい。

それであの日、咲は初めてイベントに参加してみた。が、あまりにも熱狂的な声優ファンの波に押されて転んでしまい、そこを依里佳に助けられたというわけだ。

自分の大好きなキャラクターを、そのまま三次元へと連れてきたような女性が目の前にいることに、咲の心臓は跳ね上がった。思わず『エリカ様……』と口走るも、終始見とれて名前も連絡先も聞けずに別れてしまい、咲はこの上ない後悔を覚えたのだとか。

それは帰宅してから興信所に調査を依頼してしまうほどだったが、イベントで一度会ったきりの女性を探すのは容易ではなく、結果は芳しいものではなかった。

もう二度と会えないかもしれないと半ば諦めていたところに、今日こうして再会出来たというわけだ。

「——ところであっくん、あっくんは依里佳様とはどういう関係なの？」

咲が冷静な口調で、水科に尋ねる。

「依里佳さんは俺の彼女だから。……頼むから、今回だけは邪魔をするなよ」

そう言う水科の声音は、切羽詰まったような、切実な雰囲気を醸し出している。

「今回だけは？　ということは、今までとは違う、ってこと？」

「……そうだよ。いずれ結婚するつもりだから」

聞いた途端、咲はクワッと目を見開いた。

「結婚!?　ってことは、依里佳様があたしのお姉様になるの!?　そうなの？　ねぇ、あっくん！」

咲が水科の胸ぐらを掴んで前後に揺さぶった。

「ちょっ、咲、やめろ！　そ、そうだよ！　おまえの、義理の、姉に、なるんだよ！　……っ、ゴホッ」

それを聞いた咲はパッと水科を解放し、感動したように手を胸の前で組んだ。

「リアル・エリカ様が、あたしの、お姉様……」

ゲホゲホと咳をする水科に、依里佳が駆け寄って背中を擦る。そんな兄をよそに、咲はうつむいたままだ。

「えっと……咲ちゃんも、大丈夫？」

動かない咲の顔を依里佳が覗き込んだ瞬間、彼女はガバッと顔を上げた。

「あっくん！　よくやったわ!!　リアル・エリカ様を捕まえたなんて、グッジョブ！……もしかしたらあたしって、この日のために今まで散々あっくんの邪魔をしてきたんじゃないかな？　余計な女を近寄らせないように！　ねぇ、そう思わない？　あっくん！」

胸の前で握りこぶしを振りながら、咲が力説する。

「意味不明なことを言うな、咲……」

水科が疲弊した表情で呟いた。

「すみませんでした、依里佳さん。紹介するまでもなく押しかけてきてしまって」

水科が申し訳なさげに言いながら、カードキーで部屋の扉を開ける。

「何ていうか……すごい妹さんだね」

「ほんと申し訳ないです、しかも依里佳さんにあんな絡み方して」

「ううん。ほら、水科くんから『悪魔みたいな女』って聞いてたから、どれだけ怖い子なのかと思ってたけど、全然なんだもん。むしろすごく可愛いじゃない？」

扉を開けた水科が依里佳を中に促し、追ってすぐに自分も入る。

「あれは！　依里佳さんが奇跡的に咲に気に入られたからですよ！　そうじゃない相手には、本当に悪魔みたいな所業をするんですから。……まぁ、依里佳さんには特に好感を持ったみたいなので、俺も安心しましたけど」

パタリと扉を閉め、水科はほぅ、と安堵のため息をついた。

帰りたくないと散々駄々を捏ねていた咲だったが、運転手に説得され、さらには他ならぬ依里佳に『咲ちゃん？　もしよければ連絡先、交換しよう？　いつでもメッセージとかくれていいから。ね？』と後押しされ、連絡先を交換し合ってしぶしぶ帰ることになった。

『まさかとは思うけど、咲、依里佳さんの顔をSNSにアップしたりするなよ？　そんなことしたらおまえでも許さないからな』

最後にどうしても一緒に写真を撮りたいというわがままを聞いてカメラマンを押しつけられた水科が、きつく釘を刺す。

『そんなことしないもん！　あたしはリアル・エリカ様を誰かとシェアするつもりなんてないもん！　自分だけで楽しむもん！』

『俺だって依里佳さんをおまえとシェアするつもりなんてないからな』

咲が頬をふくらませて反論すれば、水科もそう注意するのを忘れなかった。

「……ふふっ」

靴を脱いでそろえながら、依里佳が思い出し笑いをする。

「どうしました？　依里佳さん」

「水科くんって、咲ちゃんからあっくんって呼ばれてるんだね？　なんだか可愛い」

「昔からなんですよ。何故か兄貴だけお兄ちゃんって呼ばれてるんです。……あ、なんなら依里佳さんもそう呼んでくれていいですよ？」

「……気が向いたらね」

ニッコリと笑って提案されるが、依里佳はかすかに頬を染め、ぼそりと答えた。

水科の部屋は２ＬＤＫで、余計なものがほとんど置かれていないシンプルな空間だった。

リビングには薄型テレビとＡＶラック、そしてコーヒーテーブルとソファがあり、テーブルにはノートパソコンが置かれている。

ダイニングには小さめのダイニングテーブルと椅子が二脚、それから観葉植物の鉢植えがキッチンカウンターに飾ってあった。

「きれいにしてるね」

「いつ依里佳さんを招待してもいいように、掃除しておきましたから」

そう水科が言った時、依里佳は思い出したように切り出した。

「そういえば、咲ちゃんのことですっかり忘れてたけど、見せたいものって、何?」

「あぁ、それはこっちです。どうぞ」

水科がリビングの扉の一つを指差し、そっと開ける。

寝具が見当たらないので、おそらく寝室ではないのだろう。六畳ほどの洋室は空調のおかげで適温に保たれている。壁際には、依里佳の腰の高さほどのラックが置いてあり、その上には大きなケージがあった。

「あ……これ……カメレオン?」

完璧な飼育環境が整えられたケージの中に、緑色の爬虫類がいた。流木に掴まり、じっとしている。

「先週、我が家に来たんですよ。可愛いでしょう」

「これって……翔が欲しがってた、エボシカメレオンだよね」

「そうです。初心者に一番向いてる種類だって聞いたんで。今までの借りを返せとばかりに、一番高い飼育グッズを、一通り中務さんに買わされました」

苦笑まじりの水科の台詞に、依里佳は中務の『貸しは返してもらったからね』の真意を知ってクスクスと笑った。

「可愛いね。名前は？　もう決まってるの？」

「それは、翔くんに決めてもらおうと思ってるんです」

その言葉に、依里佳は目を丸くした。

「翔に？　いいの？」

「ええ。だから近い内に、翔くんを連れて来てください。驚かせたいんで、とりあえず内緒で」

翔はカナヘビのつがいにジャックとアニーという名前をつけるセンスの持ち主だ。それが吉と出るか凶と出るか……

カメレオンを見る水科の目はとても愛情深げだ。

視界に入れるのも嫌なレベルで苦手だった爬虫類を、今ではこうしてペットとして可愛がっている——自分のためにそれだけ努力してくれたんだろうと思うと、依里佳は嬉しくてたまらなかった。

「水科くん……ありがとう」

その言葉の意図するところを、水科はちゃんと受け止めてくれたようで。

「お礼を言いたいのは俺の方です。ずっと苦手だったものをこうして好きになれたのは、依里佳さんのおかげですから」

カメレオンに向けるものよりも高い温度と糖度をまとった眼差しを、水科は依里佳に向けてくる。

「それは水科くんが努力したからだよ？」

本心からそう告げると、水科は笑みを深めて依里佳の頬に手を触れた。

キスをされるのかと思ったけれど、彼はただ頬を撫でたまま言葉を紡ぐ。

「……今日、依里佳さんを帰したくない、って言ったら……俊輔さんに怒られちゃいますか？」

ほのかに欲が滲んだ瞳に捉えられ、自然と依里佳の瞳も潤んでしまう。

「ううん……陽子ちゃんに言っておけば、多分、大丈夫」

依里佳は恥ずかしそうにうつむき、消え入るような声で答えた。

〝今日、水科くんちに泊まります。お兄ちゃん怒るかな？〟

水科が夕食を作ってくれている間、依里佳が陽子にメッセージを送ると、何故か水科に返信が来た。

〝依里佳ちゃんのこと、大事にしてあげてね！　よろしくね！　俊輔のことなら任せて！〟

　その文言に山ほどつけられた絵文字が、陽子のハイテンションぶりをよく表していた。

スマートフォンを手にした水科が笑みをこぼす。

「陽子さんは本当に依里佳さんのこと、大切に思ってるんですね」

「うん、そうだね。時々血がつながってる姉妹なんじゃないか、って錯覚しちゃうくらい」

　そのあまりの仲のよさは、俊輔が嫉妬（しっと）してしまうほどだ。翔が生まれる前には、依里佳と陽子の二人だけで海外旅行に行ったこともある。

『まぁアレだ。仲が悪いよりはずっといいけどな』

　留守番をさせられた俊輔は、そう笑って送り出してくれた。

「俺も今後妬（や）くことになっちゃうわけですね。しかも俊輔さんと二人で」

　水科がキッチンから依里佳に問いかける。その顔は笑いを堪（こら）えているように見えた。

「その姿、想像すると笑っちゃうからやめて」

　依里佳も笑いを噛み殺しながらうつむいた。

　夕飯の後、依里佳がリビングでケーキと紅茶を楽しんでいると、水科が寝室から声をかけてきた。

「依里佳さん、お風呂沸（わ）いてますよ」

「あ……はい」

「さすがに下着の用意はないですが、俺のパジャマでよければどうぞ」

差し出されたきれいなパジャマを受け取ろうとすると、水科はニッコリ笑って尋ねてきた。

「ズボンは要りますか？」

「え？」

「せっかくだから王道の『彼シャツ』やってみません？」

「じゃあ……はい」

あまりにもサラッと提案するので、依里佳は弾みでパジャマの上だけを素直に受け取ってしまった。

バスルームはトイレと一体型のユニットバスではなく、ちゃんと独立したタイプの高級そうなシステムバスだった。

（心臓が壊れそう……早まっちゃったかな……）

身体を洗い終え、排水口に流れていく泡を見つめる。この後の展開を想像しただけで、緊張で震えてしまう。ほんの少しだけ、後悔しかけている自分に気づいた。

「ううん、大丈夫！　早まってない……多分」

そう自分に言い聞かせ、依里佳は浴槽に足を入れた。

湯船には入浴剤が入っているようで、お湯が乳白色になっている。ぼうっとしながら入っていたせいかのぼせそうになり、慌てて立ち上がると立ちくらみがした。

(どれだけ緊張してるの、私)

脱衣室の鏡を見ると、そこに映った顔は火照り気味で赤くなっていた。洗面台の水で顔を冷やし、水科に借りたパジャマを身につける。

彼は長身だが、依里佳も女性の中では身長が高い方なので、パジャマの丈はそれほど余らなかった。気持ち大きいかな、という程度だ。少々心許ない気がしてならないが、それは仕方がない。

浴室からそっと出て来ると、水科はすぐに依里佳に気づき、目尻を下げた。

「あぁ、やっぱり依里佳さん、そういうの似合いますね。可愛い」

「あ、ありがと……」

「俺も入って来るので、冷蔵庫にあるもの適当に飲んでてください」

そう言い残し、水科は浴室に入っていった。

依里佳は冷蔵庫にあったミネラルウォーターを貰い、リビングのソファに座る。

「あふ……やば……眠い……」

途端、眠気に襲われる。昨夜は気持ちが高ぶりすぎてあまり寝ることが出来なかった上に、今日もいろいろあったので、少し疲れていた。入浴後の心地よい疲労感が緊張を解き、ますます眠気を促してくる。

（五分だけ寝ていいかな……）

やがて眠気が勝った時、依里佳はソファにこてん、と横たわり――

「……ん」

――パチリと目を覚ます。辺りを見回し、自分の状況を認識して我に返った。

「あ……っと、今、何時だろ」

口走りながら時計を見ると、三十分ほど経っていた。慌てて起きようとした途端、身体からするりとブランケットが滑り、フローリングに落ちる。おそらく水科がかけてくれたのだろう。

（あれ、水科くんは……？）

部屋を見回すけれど、リビングには姿がない。と、その時、寝室から話し声が聞こえてきた。

「――カ様、エリカ様ってうるさい？　こっちじゃもっとうるさくて、近所迷惑だったから」

少しだけ扉が開いており、中から明かりが漏れている。どうやら水科は電話をしているらしい。話の内容からして、相手は実家の家族だろうか。今日の咲のことを話しているのか、口調は柔らかく、楽しそうだ。

「――は？　さっき撮った写真、もう写真立てに飾ってんの？　早っ。……うん、そう、それが依里佳さん。……うん、……俺の一番大切な女性。……分かった、今度連れてくから、母さん」

「……」

胸がいっぱいになった。

一番大切な女性——大事な家族にそう伝えてくれた水科への、表現しきれない気持ちがあふれ、嬉しくてさけび出しそうになる。

思わず部屋へ入り、その背中に抱きついてしまった。

「っ、と……」

水科はびっくりしていたが、それを極力声には出さず、自分の身体に巻きついている依里佳の腕に、空いている片手を重ねた。

「——あと、あまりしょっちゅうこっちに来るな、って咲に伝えておいて。邪魔されたくないから。……分かった。兄貴にもよろしく。じゃあまた今度電話するから」

電話を切ると、水科は依里佳の腕を撫で、幼い子に言い聞かせるような声音で言った。

「どうしたの？　依里佳さん。眠かったら寝てていいですよ？」

「……好き」

水科の背中に顔を埋めたまま、依里佳は細い声で告げる。入浴直後のボディソープの香りがふわりと鼻をくすぐった。

「俺も好きです」

「……ごめんね、寝ちゃって」

「寝てる依里佳さん、白雪姫みたいで可愛かったです。思わずキスで起こそうかな、って思っちゃいましたよ」

「じゃあ、水科くんは私の王子様だね」

水科はそっと腕を剥がし、依里佳に向き直った。

「キスしてもいいですか？　姫」

「あ……の、その前に、言っておきたいことがあるの」

水科の胸元に置いた手をぎゅっと握り、依里佳は気まずそうに切り出した。

「何ですか？」

首を傾げる水科に、依里佳は一瞬躊躇うが、これだけは言っておかなければならない。

「あの……私ね、初めて……ではないんだけど、こういうの、実は慣れてなくて……」

何となくいたたまれなくて、うつむいたまま小声で伝える。

以前そういう雰囲気になった時は、結局伝えられなかった。でも今回はきちんと言っておこうと思う。水科なら受け止めてくれると、今の依里佳は信じていた。

それを聞いた水科はきょとん、として。それから、ふっと笑った。

「知ってます。オールモスト処女、でしょ？」

依里佳はピシッと音が鳴りそうな勢いで固まった。水科から放たれたそのフレーズに、嫌な予感しかしない。恐る恐る彼の顔を見上げ、尋ねてみた。

「……もしかして、それ聞いちゃったの？」

水科は落ち着き払った様子でうなずいた。

「はい。依里佳さんが屋上でさけんでるのを初めて見た時に、一言一句も漏(も)らさずにバッチリと」

「～～～っ」

依里佳の顔がかつてないほど真っ赤になった。

（よ、よ、よりにもよってアレを聞かれてたなんてぇ!!）

よろよろと身体がよろめき、倒れそうになる。水科の言葉をにわかには信じられない――いや、信じたくなかった。もし彼の言ったことが本当なら、それはあまりにも屈辱的で恥ずかしいことだ。

あれは去年の秋のこと。依里佳は例によって三女子に絡まれていた。

『枕営業でもしたら？　お得意じゃないの？』

ところがその日はそれで終わらなかった。あまりいい噂を聞かない男性社員にまでセクハラ発言をされたのだ。

『蓮見さん、今まで何人の男を銜(くわ)え込んできたの？　両手で足りる？』

さすがにカチンと来た依里佳はその足で屋上へ直行し、青空に向かって力いっぱいさけんだ。

『枕営業なんてするわけないでしょ⁉　両手で足りるかだぁ？　それどころか指一本で足〜り〜ま〜す〜！　しかもそれ、男の数じゃなくてセックスした回数だから！　私、ほとんど処女みたいなものなんだからね！　オールモストしょーじょーだーかーらぁ‼　ばかぁぁあ‼』

百戦錬磨であるかのように決めつけられてあまりにも腹が立ったがゆえの、半ばやけくそのさけびだった。

水科から告白を受けた日、彼は『依里佳がさけんでいる姿を見た』と教えてくれたが、その内容にまでは言及していなかった。だから依里佳はてっきり、いつもさけんでいるような『依里佳を貶めてくる相手への愚痴』を聞かれたのだとばかり思っていたのだ。

しかし彼が実際耳にしたのは、彼女が今までに一度だけ吐き出した『自らの性体験の乏しさ』だった。

そのたった一度きりのさけびを——一番聞かれたくなかった内容を、こともあろうに水科に聞かれてしまっていたなんて。

「は、恥ずかしい……」

穴があったら入りたいとはまさにこのことだと、依里佳はへなへなとその場にへたり込み、両手で顔を覆い隠す。

「そんなに恥ずかしい？」

「あんなの聞かれて……恥ずかしくない人がいたら会ってみたいよ……」

そう返す依里佳の声は上擦っている。好きな人にあんな場面を見られていたなんて、一生の不覚だ。

「……依里佳さん、こっち向いて？」

水科が優しく語りかけてくるが、それどころではない。

無理……無理無理……と、かぶりを振りながら呟く。

いっそもうこのまま家に帰りたいとすら思い始めたその時だった。

「依里佳」

依里佳の今の心情とは相反する、柔らかな声で名前を呼ばれ――思わず肩を大きく震わせた。いきなりの呼び捨てと、あまりにもいつもと違う声音に、ひょっとしたら後ろにいるのは別人なのかもしれないと、おもむろに振り返ると――そこにはやっぱり水科がいて。

「……おいで」

ベッドの縁に座り、両手を広げ、とろけ落ちそうな笑顔で彼は依里佳を見つめていた。

「……っ」

（あぁもう……ほんとずるい……）

まるで最後の一枝を手折られたかのように、依里佳の心はあっけなく陥落る。くしゃりと顔を歪めて水科を睨めつけるが、その瞳には力が籠もっておらず、ただただ無防備に潤んでいるだけで。

言われるまま立ち上がり、フラフラと引き寄せられるように水科のもとへ行くと、腰を捕えられ、脚の間に閉じ込められる。

「つかまえた」

そう言って水科は、依里佳をそのまま脚の上に座らせた。

うなじに手を差し込んで引き寄せ、くちづけて。あっという間に口の中を弄ばれ、依里佳は次第に頭がぼうっとしてきた。

「ん……」

少しして、そっと離れていく水科のくちびるを、うっとりと呆けた瞳で追う。

「――依里佳さん、初めての男とはすぐ別れちゃったの？」

唐突に水科が尋ねてきた。

「……え？」

「こんなに可愛らしく反応する依里佳さんのことを一度でも抱いて、別れられる男がそうそういるとは思えないから。どうしてかな、と思って」

そう言ってまたくちびるを合わせる。ちゅ、と音を立て、角度を変えて何度も。

「――うん、すぐ別れた……」

依里佳の初体験にして一度きりの経験は、かれこれ四年半ほど前に遡る。過去に二人だけいた最後の彼氏だ。

普段からリードが上手な男だった――と言えば聞こえはいいが、要は強引で自己中心的なだけだったと今なら分かる。でも当時は、それを心地よく感じていた。

つきあい始めて一週間後のデート中に俊輔と遭遇し、『あいつは気に入らない』と反対された。それに反発を覚え、一週間後にホテルへ行って。

結果、次の日には別れることになった。

強引で自己中心的な男はセックスの時も同様だったのだ。ひたすら自分勝手、見当違いな思い込みで強引に推し進め、依里佳に苦痛しか与えなかった。

その上、こんなことまで言う始末。

『依里佳のことだからどれだけすごいかと思ってたけど、案外フツー……っていうか、大したことないというか……』

それを聞いた瞬間、依里佳は、『処女に一体何を求めてるのよっ』と、怒りを滾らせたまま別れを告げた。相手の男は納得いかなかったようで、何度も復縁を迫ってきたが、相手にしなかった。その後、同じ大学に通っていたその男の元カノに声をかけられ、話

をしたところ、

『あぁ～……あいつ、めちゃめちゃ自己中だしエッチ下手くそだし、二股かけてるし、って忠告しようと思ってたのに、遅かったかぁ……』

と、同情の眼差しを向けられた。何故かそれから彼女の方と仲良くなってしまい、今でも一緒に遊ぶ仲だ。

その時に味わわされた苦痛のせいで、実はあまりセックスにいいイメージがなかった。けれど水科に何度か甘く溶かされかけたためか、身体は快感を覚え始め、彼とならと、思っている。

「へぇ……可哀想に」

依里佳に向けての言葉かと思い、言い返そうとした時、水科は腰を上げた。と、同時に向きを入れ替え、依里佳をそっとベッドに横たえる。

「その男、可哀想だね。自分がガキだったせいで、こんなに可愛い女性を逃しちゃうんだから」

そして彼女に覆いかぶさった。

「――でもそのお陰で、俺は依里佳さんを初めて気持ちよくさせる役目を任せてもらえるというわけですね。嬉しいです」

それを聞いた依里佳の頬がポッと赤くなる。

「相変わらず自信家……」

「自信というのは、努力の積み重ねで形成されるものなんですよ？　俺が依里佳さんを手に入れるために、どれだけ頑張ったか。それはあなたも分かってくれるでしょ？」

確かに、水科が努力してきた成果は今まで散々見せられている。こうはっきり言われると、今まで自分がいろいろと悩んできたことが、なんだかバカバカしく思えてくる。

「確かに……そうだね」

「依里佳さんだって今までたくさん努力してきたでしょう？　それが今のあなたを形作ってるんですよ？　……俺の好きな可愛い依里佳さんをね。だから、もっと自信持ってください」

甘い音を立ててキスをされた。

水科といると、どんどん自分の内面が暴かれて、丸裸にされているような気分になる。けれどそれは決して不快ではない。むしろ嬉しくてたまらなくて、恥ずかしいけれどすべてを差し出したいと思ってしまうから不思議だ。

「俺はね、自分も気持ちよくなりたいけど、依里佳さんをたくさん気持ちよくして、とろとろメロメロにして、一生、俺から離れられなくしたいんだ」

だからね、覚悟して？　――上から水科が、余裕の笑みを落とした。

間近で見つめられながらそんなことを言われるなんて――面映ゆさから視線を逸らし

てしまう。

「あの……もう、呼んでくれない……の？」

話を変えたくて、思わずそんなことを口走る。

「ん？」

「その……依里佳、って」

「あー……どうしようかな」

水科が含み笑いをしながら依里佳の頬に手を添え、自身の方へと向き直らせる。

「――依里佳さんが俺のこと、名前で呼んでくれたら呼ぼうかなぁ」

「あ……」

言われてみれば、今まで水科を名前で呼んだことはなかった。俊輔や陽子でさえ彼を名前で呼んでいるのに。翔に至っては呼び捨てだ。依里佳だけが、ずっと名字で呼んでいた。

「せっかくだから、これを機に呼んでみましょ？　ほら」

「あ、篤樹……くん」

「えー……」

水科がくちびるを尖らせ、思い切り不満を露わにする。どうやら『くん』をつけたのが気に入らないらしい。

「あ……っと、呼び捨てでいいの？」

「いいに決まってるでしょ。……あぁ、『くん』をつける時は『あっくん』のみ可です」

ニヤリとして言い放つ水科。

「そんなぁ……だって、会社じゃ……」

「会社では今まで通りでいいですから。……というか、今時中学生だって、つきあってる相手の呼び捨て程度に躊躇しませんよ？」

「どっ、どうせ私の恋愛スキルは中学生以下です……っ」

「誰もそんなこと言ってないのに……可愛いなぁ、依里佳さん」

「あ、篤樹の、バカ……」

あからさまに彼女の反応を楽しんでいるその様子に、すねてくちびるを尖らせた依里佳は、覆いかぶさる彼の胸を突き放そうと手を突っ張った。だが、水科――篤樹はそれを軽々と取ってシーツの上に縫いつけ、そして――

「っ、ん……っ」

ぬるりとくちびるを割って入ってくる篤樹の舌が、依里佳の口内を容赦なく犯し、舌裏を擦り上げ、そのまま搦め取って翻弄する。

そこから湧き出す痺れが全身を覆い尽くし、依里佳を震わせた。静かな寝室に響く濡れた音に脳髄が麻痺してしまい、全然力が入らない。その温度と弛緩した身体で受け止める。

舌を強く吸われても、痛いほどに噛まれても、篤樹から与えられた刺激は全部、愛おしさに変換されていく。

舌は時折離れては、懸命に応える依里佳のそれを焦らしてくる。もの足りなくて、思わず追ってしまうけれど、意地悪くタイミングを外された。もっとしてほしくて、自分から舌を差し出すと、今度は溶け合うほどに激しく絡められる。

呼気さえ呑み込まれて、口の中のすべてが篤樹に奪われてしまうのではないかと錯覚してしまう。

どれくらい時間が経っただろう——くちびるが解放されると同時に、おぼろげな声が漏れた。

「ぁふ……」

「……そういう依里佳が好きだよ。可愛い」

「っ」

黒茶色の瞳に色気を滲ませながら、薄めのくちびるに色づいた言葉を乗せて、篤樹が囁いた。褒められているのかからかわれているのかよく分からない発言なのに、『好きだよ』というひとことが添えられるだけで、依里佳の心身はとろけてしまう。

「——前にも思ったけど、依里佳の下着ってすごく可愛いよね」

「え？」

そう言われてふと自分の身体を見る。見事にパジャマの前が全開で、ほぼ下着姿になっていた。白くなめらかな肌が篤樹の目に晒されている。

（い、いつの間に……っ）

激しいキスに翻弄されている間にボタンを外されたのだろうが、まったく気づかなかった。

篤樹が褒めた依里佳の下着――それはフェミニン好きの彼女の好みが凝縮された、ピンク系グラデーションシフォンのふわふわしたブラとショーツだ。

「お、おかしいかな……？」

「ううん。似合ってて可愛いから、脱がせちゃうのがもったいないなぁ」

でも脱がすけど――そう言ってなめらかな肢体を眺め、目を細める篤樹。

日頃からセクシー系の下着が似合うと言われ、それに関するセクハラ発言さえ受けた経験もある依里佳は、可愛いと褒められるのに慣れておらず、心底照れてしまう。

急に恥ずかしくなり、心許なさからついパジャマの前をかきあわせてしまった。

「――隠しちゃだめだよ」

篤樹が耳元で色っぽく囁いた瞬間、寝室に濃厚な官能の空気が立ち籠め――彼はそのまま依里佳の耳朶をしゃぶった。

「っ」

いきなりの刺激に、依里佳は思わず首をすくめてしまう。篤樹はそのまま甘噛みしたり、濡れた舌先を耳孔に差し込んで舐(ねぶ)ったりと、彼女の耳を弄(もてあそ)ぶ。

「あぁっ、やぁ、ん、それ……っ」

強烈な痺(しび)れが四肢の先へと抜けていく。身体を捩(よじ)って逃(のが)れようとするけれど、篤樹はそれを許してくれない。肩を押さえつけ、執拗(しつよう)に耳を愛撫(あいぶ)する。

彼のくちびるや舌が紡(つむ)ぎ出す水音が、鼓膜を直撃するだけでおかしくなりそうで。依里佳の全身がぶわりと総毛立った。

「や……っ、ん、はぁっ、あ」

舌が蠢(うごめ)くたびに身体がビクリと跳ねる。軽く息が上がり、依里佳は酸素を求めて大きく息を吸った。

しばらくしてやっとくちびるが耳から離れていく。それは依里佳の火照(ほて)りかけた肌を辿(たど)りつつ、徐々に下へと移動する。途中ところどころで留まっては、チクリとした痛みを残しながら。

パジャマは再び大きくはだけられていて、もはや腕だけを通した状態だ。素肌は彼の視線を痛いほど受けていた。

篤樹は依里佳の背中に手を差し入れる。ホックをぷつりと外すと、支えを失ったブラがするりとずり上がった。ふるんと柔らかなふくらみと鴇色の先端が露わになり、依里佳の頬がさらに赤らむ。

「邪魔だから脱いじゃおうね？」

篤樹はニッコリと笑いながら、依里佳が着ていたパジャマとブラをまとめて剝ぎ取り、ポイッとベッドの外に投げ捨てる。

「あ……や、だ……」

「やだじゃないの。脱がないとお話にならないでしょ。……それとも、着たままする方が好き？」

「そう……じゃない、けど」

恥ずかしくて——音にならない声で呟く。頬が熱くて、手の甲で押さえた。

「そっか、じゃあ恥ずかしがる間を与えなければいいんだ？」

そう結論づけた篤樹は、依里佳の胸の頂をいきなり口に含んだ。

「あっ、ん……っ」

すでに硬くなっていた天辺が、舌と指で弄ばれる。与えられた刺激で、脳と下肢がジンと痺れた。

「あ、あんっ、や……」

絶妙な加減でふくらみをやわやわと揉まれ、声が出るのを抑えられない。シャワーの時や下着を身につける時などは自分で触ったところで何も感じないのに、篤樹に触れられただけで、全身に電気が走り抜け、信じられないほど甘ったるい声が漏れてしまう。

耳でだってあんなに感じるなんて、今まで知らなかった。

初体験の時は耳なんて触れられもしなかったし、胸は力任せに揉まれて痛かった記憶しかない。

こんな場面でも初めてをくれる篤樹に、どんどん溺れていくのが分かる。

「や……へんに、なっちゃ……っ」

「もう変になっちゃう？　今からそんなんじゃ、この後どうなっちゃうの」

くつくつと笑みこぼしながら、篤樹はさらに胸を愛撫する。ちゅぷ、じゅる、と音を立てて吸われて、先端を甘く噛まれ、舌で捏ねられて……あまりに気持ちよくて溶けてしまいそうだ。

「はぁっ、あっ、ぅ、ん……っ」

「依里佳、可愛い。もっと可愛いとこ見せてくれる？」

そう囁いて、篤樹はふくらみを包んでいた手を下ろす。きめの細かいくびれを辿り、ブラとおそろいのショーツへ着くと、前面部からクロッチにかけてを薄くなぞった。

「……ぁっ」

あくまでも軽く、しかも布越しでしか触れられていない。快感と呼ぶには淡すぎる感覚に、依里佳の中でもどかしく思う気持ちが湧いてきた。無意識にもぞもぞと両脚を擦り合わせてしまう。

「……どうしてほしい？」

篤樹が真正面から依里佳に問うた。彼女の瞳の奥に燻る情火に気づいていながら、わざと尋ねている。

「……ぁ……え……」

欲しているのはたった一つなのに——そのひとことを口にすることが出来ず、依里佳は何度も首を左右に振る。

「触ってほしいの？」

「ん……」

篤樹の問いに、素直に何度もうなずくが、彼は『触ってるよ？』と、答えて、今までと同じくショーツの上からそっと擦るだけだ。それがじれったくてたまらなくて、依里佳は口をぱくぱくと開閉させた。

「あ……も……」

「何？」

直接触れてほしい。快感に溺れさせてほしい——頭の中ではそれしか考えていないのに、どうしても口に出来ない。羞恥が依里佳の喉を塞いで声を出すのを阻んでいるようだった。

「っ、ぅ――……」

どうしたらいいのか分からず、うるうると涙を浮かべながら、依里佳は困ったように唸る。

「あぁ……ごめんね、ちょっと意地悪しちゃったね」

眉尻を下げた篤樹が、こぼれる寸前の依里佳の涙を指で掬った。

「い、じ……わる……？」

潤んだ瞳を見張り、首を傾げてきょとんとする依里佳。何を言われているのかさっぱり分からない、といった雰囲気だ。それを見た篤樹は黙り込んでしまった。口元を震わせ、どうやら何かを堪えている様子である。

「どうした……の？」

何かあったのだろうかと、篤樹の顔を下から覗くように見上げる。当の本人は、耐えた末に、ついに我慢出来なくなったのか、誰にともなく吐き出した。

「何それ、焦らされてるの分かってないとかマジで⁉　可愛いにもほどがあるでしょ！」

「だ……大丈夫？　水科く……じゃなくて、あ、つき……？」

見たこともないテンションの篤樹に面食らい、依里佳はおろおろと両手をさまよわせる。だが彼は何事もなかったかのように笑ってその手を取り、彼女の指先にキスをした。

「大丈夫だよ。ほんと可愛い、依里佳。……たくさん触ってあげるからね」

それから篤樹の手がショーツに差し込まれ、そっと下へとずらした。すかさず彼女の足から抜き取られ、ただの布の塊と化したそれを、パジャマやブラと同じ方向へ投げる。

一糸まとわぬ姿にされ、一気に羞恥が押し寄せる。けれど恥ずかしいと口にする間もなくくちづけられ、そして――

「っ、んんっ」

秘裂に触れられた。篤樹は隙間に指を埋め、中を探るように滑らせる。そこはすでに潤んでくちゅりと淫らな音を立て始めていた。

キスを続けながら依里佳の腿の間に手を差し込み、ぐい、と割り開く。一気に秘部が晒され、それだけで依里佳は気持ちが高ぶり乱れてしまう。空気にさえ愛撫されているような気がして、たまらなくなった。

「ん……」

新たな愛液がとろりと内腿を流れ落ちていくのを感じる。

依里佳のくちびるを解き放った篤樹はあふれる蜜を指で掬い、それを自らの舌に乗せて、

「――これが依里佳の味だと思うと、甘いような気がしてくるから不思議だね」

と、満足げに笑う。一方、依里佳は眉尻を思い切り下げてかぶりを振った。

「や、だ……そんなこと、しないで……」

「どうして？」

「汚い……」

「依里佳は頭の先からつま先まで、どこもかしこもきれいだよ？　こんなところまできれいなんだから、神様ってえこひいきだよね」

言うなり、露わになった依里佳の襞を、つつっと指でなぞる。

「あぁんっ、やぁ……」

はずみで蜜口がきゅっと締まった。

篤樹は濡れた表層を優しくかき回し、呼び水のように蜜液を導く。もちろん、依里佳の内に快感を植えつけることも忘れない。

「はぁっ……あんっ」

（だめ、声出ちゃ……）

あまり大きな声を出してしまっては、と、頭の片隅で少しだけ冷静な自分が警鐘を鳴らす。思わず両手で口を押さえた。

「大丈夫だよ、ここ、防音しっかりしてるから。今まで隣の音なんかが聞こえたことはほとんどない」

だから、安心して可愛い声出していいよ――篤樹が目元を緩め、指をさらに動かす。

そのたびにくちゅ、ぐちゅ、と粘着質(ねんちゃくしつ)な水音が、依里佳の耳を打った。

「あっ……ぁ、あぁんっ、ゃぁ……っ」

　自分の口から、こんな風に桃色に染まった声が上がるだなんて、思ってもみなかった。

　別人のものではないかと錯覚してしまいそうになるほど、淫(みだ)らで、生々しい。

　でも高い声で喘(あえ)ぐのを、自分ではもう抑えられそうにない。

　涙が込み上げそうだった。

「……そろそろここ触ってもいいかな」

　呟くように言い、篤樹が秘芯にそっと触れる。刹那(せつな)、今までとは比べものにならないほど鋭く甘い感覚が依里佳を刺激した。

「ひっ、そ、こ、だめぇ……っ」

「だめ？　気持ちよくない？」

　彼女の反応をうかがいつつ、篤樹はほんの少し力を強めてそこを擦(こす)る。

「っ、あぁんっ、や、ほん、とに、へん、に、なっちゃ……っ」

「……じゃあ、もっと変になってもらおうかな」

　依里佳の蜜にまみれた指で、彼は爛熟(らんじゅく)した芯を剥(む)き出した。

「っっ、はぁっ、な、なに……!?」

　触れられたところがピリ……と引きつるような痺(しび)れに襲(おそ)われる。

「なるべくそっとするつもりだけど、痛かったら言って？」

篤樹は新たに湧き出した愛液を掬い、露わになったそこへそっと垂らす。次いで、優しく塗り込めるように擦った。

「あぁっ、や、だ、それ……っ」

「痛い？」

「痛く、ない、けど……っ、あぁんっ」

いつの間にか、篤樹が依里佳の下腹部に顔を埋め、秘芯を舐め上げていた。

脳天を突き抜けるような痺れと快感が綯い交ぜになり、依里佳の身体が跳ねる。

「それ、だめぇ……も、おかし……なる……っ」

「おかしくしてるんだよ？……気持ちよくない？」

「んっ、ぁ、た……た、ぶん、いぃ……っ」

「多分？」

「だ……って、こんな……は、じめて……っ、あんっ、んぁっ」

今のこの状態を本当に『気持ちいい』という言葉で表現していいのだろうか。初めて味わう依里佳にはよく分からなかった。

篤樹に触れられ、舐められている部分から湧き出す強烈な痺れ――これは、今まで体験してきた『気持ちいい』の概念を大きく覆す感覚で。彼女が持ち合わせている言葉では到底表現しきれないほど、深くて、甘美で——そして淫らだ。

自分の身体にこんな官能的な感覚が潜んでいたなんて、今まで思いもしなかった。

篤樹は小さくも敏感な芯を舐り、食み、吸い、嬲るような愛撫を繰り返す。快感とはこういうものだと、彼女の身体に植えつけているかのようだ。

依里佳の手がシーツを掴む。つま先には力が籠もり、下腹部はひくひくと蠢き、頭には星が散り——どれもこれも、初めて経験する刺激だった。

（な、んか……心臓が下におりてきちゃったみたい……）

篤樹が与えてくれるものすべてが衝撃的すぎて、身体は敏感に反応しているのに、脳がついてきてくれない。ひたすら翻弄されっぱなしで、頭の中がクラクラしてきた。

「あぁんっ、あ……ぁあ、ん、ゃ……っ」

「喘ぎ声まで可愛いからなぁ……っとにやばいよ、依里佳」

情愛に満ち、焦熱を滾らせた彼の双眸が、依里佳を搦め取って離さない。その扇情的な視線にまた、ゾクリと全身が震えてしまう。

篤樹は舌で、指で、瞳で、依里佳を快楽の深淵へと駆り立てる。その間も、彼女の秘裂からは愛液があふれ、篤樹の手指を濡らしていた。泡立つような音を奏でられ、耳までもが犯される。

「んっ、はぁっ、やぁ……っ、も、だめ、ぇ……ぁっ」

身体の奥から、今まで感じたことのない大きな何かが湧き上がる。

「あ、あ、あぁっ、や、な、に……っ」

「イキそう?」

依里佳の反応の変化を感じ取ったのか、篤樹がさらに愛撫を注いで絶頂の後押しをする。畳みかけるように秘芯を擦られ、そこから生まれた刺激が波紋のように全身に広がり――

「やぁんっ、も、だ、め……っ、あぁっ――」

ひっ、と切羽詰まって息を吸った瞬間、何かが弾けた。頭の中のすべてが吹き飛び、秘裂が痙攣する。肢体が勝手に跳ね上がって、何一つ言うことを聞かない。声も出ないほど強烈な快感が畳みかけてきて――幾度か小さく震えたのを最後に、波が引くように収まった。少しして、篤樹がそっと離れていく。

ようやく依里佳の息が整った頃、優しい声が尋ねてきた。

「気持ちよかった?」

「……ん」

今度は素直に、けれど弱々しくうなずく。

四肢に力が入らず、潤んで空ろな瞳が眦に涙を湛えたまま篤樹を捉える。

篤樹はその涙を拭った後、少し乱れた依里佳の髪を指でくしけずりながら、穏やかに笑んだ。

「――今度は二人で気持ちよくなろうね？」

（何か……もう、いろいろと……）

初めての経験だった。身体の中で寄せ集められた快感がうねりとなって依里佳の神経を侵食し、細胞を震わせた。

これがいわゆるイクというものなのかと、上手く働かない頭の中で理解した。普段自分で慰めたりもしない依里佳にとっては、こんな経験をしたのはもちろん初めてのことだ。

少し前までは気持ちよさに翻弄されて、あれだけ甘い嬌声を上げていたのに、今はそれが嘘のように気怠く、ぐったりしている。

ぼうっと呆けながら、焦点の合わない視線を向けると、篤樹はベッドの縁に座って服を脱いでいた。心臓はまだドキドキしているし、頭の中も痺れている。彼のすることをただ眺めていると、男らしいしなやかな腕と裸の胸が依里佳の鼻先を掠めて行った。

「ちょっとごめんね」

目線だけでそれを追うと、今度は何やら箱らしきものを持った手が、再度目の前を通過した。どうやらヘッドボードの上に避妊具が置かれていたようだ。

篤樹はそれを手慣れた様子で開封し、そして——

「……え？」

たった今チラリと目に入った存在に、依里佳の頭が一気に覚醒した。

「どうしたの？」

「……無理」

「ん？」

「そ、そんなの入らない……」

真っ赤な顔を枕に押しつけたまま、依里佳は呟く。

彼女は混乱した頭の中で、記憶を辿っていた。初めての時、本当に痛くて涙が止まらなかったことを覚えている。その時のそれよりも、篤樹の屹立は……

（絶対無理……っ）

経験が少なすぎて、どのくらいが普通なのかは分からないけれど、依里佳的には絶対裂けると心の中で断言してしまう存在感だ。

篤樹とひとつになりたい——そう強く思ってはいるけれど、初体験の痛みを忘れていない身体がどうしても強張り、気後れしてしまう。

「依里佳、大丈夫だよ」

篤樹が依里佳の伏せた頭にくちびるを落とした。

「絶対に痛くしないから。俺を信じて？」

「ほんと……？」

その言葉に、依里佳は枕から半分だけ顔を覗かせて縋るように尋ねた。

「うん、約束する。だから、力だけ抜いといて」

篤樹はうなずくと、依里佳の額に再びキスを落とし、それから彼女の脚を開かせる。

恥ずかしくて思わず閉じようとするが、篤樹の言葉ではた、と止まった。

「閉じると力が入るから痛くなるかもよ？」

彼女の頭の中で、羞恥と痛みを瞬時に天秤にかける。

「痛いのはやだ……」

結論はすぐに出た。はぁ、と息をつき、依里佳は脚を閉じるのを諦める。

「ん、いい子だね」

そう言うと、篤樹は依里佳の下腹部に舌を送り込んだ。

「あぁっ、ん……っ、や」

ここまでのやりとりで少し冷静になっていた頭の中が、あっという間にまたピンクに染まり、熱が一気に上がる。

「やっ、もう……あぁっ」

「これ、痛い？」

あふれた愛液を押し込むように、篤樹は密部の奥に指を差し入れ、隘路を往復させる。

その間も途切れずに愛撫は注がれて――舌先で秘芯を舐られ、捏ねられ、吸われる。

「……い、たく、ない、……あっ……、あんっ、ぁ……っ」

依里佳は喘ぎながら頭を振り続けた。

篤樹はさらに指を増やす。濡れそぼった襞から立てられる蜜音が、依里佳のすすり泣くような喘ぎ声と溶け合い、静かな室内に響く。

しばらく続いたその淫猥な和音を断ち切ったのは、篤樹だった。

「すごく濡れてるから、ローションは要らないな」

独り言のように言い、体内から抜いた指に絡みついた蜜液を、自身がまとった避妊具に塗り込める。

「力抜いてられる？」

その言葉が紡がれた瞬間、寝室がシン、と無音になった気がした。全身が固まり、緊張しているのが自分でも分かる。

（ち、力を抜くって……どうしたらいいの……？）

思えば思うほど、身体に力が入ってしまいそうで、依里佳は目を泳がせる。

それを見て篤樹がクスリと笑った。

「依里佳、俺の目を見て」

そう言われ、素直に見つめた途端、

「愛してる」

と、砂糖菓子のように甘ったるい声音で囁かれた。全身にぶわりと鳥肌が立つ――もちろん嬉しさで、だ。

さらに篤樹は続ける。

「――依里佳は俺の理想の女性だよ？　きれいで優しくて、面白くて……子供好きで。それにこんなに可愛らしい女の子、見たことない」

「あ、つき……やめ……」

恥ずかしさと照れくささでいたたまれなくなり、熱くなった頬を両手で覆う。

「この何ヶ月か、依里佳と一緒にいて……俺は幸せしか感じなかったよ。……依里佳は？」

（そんなの……決まってる……っ）

思っていても言葉にならず、目を閉じて何度もうなずいた。

篤樹がくれた甘い言葉の魔法にかかってしまい、身体からふにゃんと力が抜けてしまう。刹那、下腹部にひた、と、熱く硬いものを感じた。そのままそれは双襞を割り広げて入って来る。

「っ、いっ――」

「痛い？」

「——たく、ない……」

「そっか、息止めちゃだめだよ」

目一杯開かれた腿の奥に、少しずつ篤樹の屹立が入って来る。奥まで十分に潤っているおかげか、痛みも引きつる感じも、まったくと言っていいほどない。

依里佳は篤樹に言われるままに、ただ呼吸を繰り返した。

「……ん、入った。依里佳、痛くない？」

尋ねられて意識してみると、確かに篤樹の腰骨が自分の下腹部にぴたりと密着している。それを感じた途端、ポロポロと涙がこぼれた。

「え、そんなに痛い？　抜いた方がいい？」

篤樹がギョッとし、珍しくあたふたしながら腰を引く。

「だめぇ……！」

篤樹の腰に脚を絡め、依里佳は抜かれまいと引き留めた。

「痛くないから……全然痛くないよ……篤樹がいっぱいでちょっとだけ苦しいけど。でも、嬉しいからぁ……」

泣きじゃくる彼女に、篤樹が困ったような表情をする。

「依里佳……痛くないなら泣き止んで。お願いだから」

「ん……ごめ、……っ」

泣きたくないのに、涙が止まらない。痛みもなくつながれたことで感極まってしまい、どうにもならなかった。

「……依里佳がひっくひっくするたびに、ちょっともうやばいから」

と、篤樹がつながっている部分にチラリと目を落とす。依里佳は泣きじゃくりながら、彼の視線を辿った。

「あ……」

その言葉の意味を理解した依里佳は頬を染め、目をぱちぱちと瞬かせる。

「痛かったら言うんだよ？」

流れ落ちた最後の涙の筋を篤樹が拭い、ゆるゆると動き出した。

依里佳を貫く篤樹の動きはとても緩やかで、ゆっくりと内部を進んでは、またゆっくりと戻っていく。秘芯に直接触れられた時のような強烈な快感はまだないけれど、つながった部分からじんわりと気持ちよさが広がる感じがした。

何より、篤樹とぴったり身体を重ね合わせていることがとても心地よく、愛おしい。背中に回した手からさえ、甘い気持ちが湧いてくる。

幸せで幸せで。この高めの体温と、硬い身体を、ずっと感じていたいとさえ思う。

「……ぁ、は……」

「はー……すげぇ気持ちぃ……」

篤樹はちゅ、ちゅ、と、何度も依里佳にくちづけては、くちびるをつけたまま囁いた。

「っ、あぁんっ」

やにわに屹立を深く突き入れた。さらに今度は浅い部分を狙うように繰り返し擦り始める。

「あっ、あ、っや！　あんっ、あ」

外側を愛撫されるのとはまた違った種類の快感が、内側から依里佳の身体に広がっていく。なんだか心身ともにきゅっと切なくなるような気持ちよさだ。

髪が乱れるのもかまわずに、依里佳はいやいやと首を振る。

つながった部分からは新しい蜜液がどんどんあふれ、二人を濡らしていく。動くたびにぐちゅ、ぬちゅ、と淫らな音がして止まらない。

「んっ、あ、だめぇ……っ、やぁ……っ」

「……気持ちよくない？　痛い？」

少し荒くなった息遣いが混ざった声で、篤樹が尋ねる。依里佳は再びかぶりを振った。

それならばと、彼はさらに問う。

「……もっと欲しい？」

「……んっ、ほし……っ」

依里佳は自分が出せる精一杯の素直さで答えた。

「……じゃああげるよ。……俺のすべてを」

俺の心も身体も、全部全部、依里佳のものだよ――ごくごく小さく、そして少し掠れた声で囁き、篤樹は彼女の最奥に雄を強く突き立てた。

「あぁんっ、ひ……っ、やぁ、だ、めぇ……っ」

篤樹の身体が依里佳の胸先を拉ぐように擦り上げる。そのわずかに汗ばんだ肌の感触すら、今の依里佳には快楽の種だ。穿たれるたびに種は芽吹き、青々とした葉を蓄え、大輪の花を咲かせる。

依里佳は打ち震えながら、その大きく育った快感を全身で受け止めて、はしたなくもそれを追いかけるように蠢いてしまう。

（もう、だめ……っ）

好きな人と睦み合うことがこんなにも気持ちよくて嬉しいことだなんて、知らなかった。過去に一度だけ経験したセックスでは味わえなかった悦びに、心臓がいつもより速く鼓動を刻んでしまう。

でもこんな風にドキドキさせられるのは、全然嫌じゃない。むしろ本望で――幸せだ。

篤樹は身体を起こし、深く、浅く、強く、優しく、依里佳を貫きながら、愛おしげな眼差しを落とした。それから蜜をまとった指で、ぷっくりと赤く熟した彼女の秘芯を愛撫する。

「はっ、ぁ……んっ、あっ……あぁんっ」

官能に酔わされた依里佳の瞳が、愛欲を滲ませながら溶けて揺らめく。しっとりと潤いを帯びた白い身体は、細かく震えながら煌めいている。それが一層彼女を美しく、蠱惑的に見せていた。

「かわい……依里佳……好きだよ……」

篤樹は一層目元を緩め、朱に染まる頬を指先でそっと撫でた。

「わ、たしも……っ、すき……っ、あ、つき……！」

柔肉を強く擦り上げられるたびに、襞からあふれた蜜液がぬるぬると肌を濡らし、興奮を誘う。血液が沸騰しているのかと錯覚するほど、身体が熱くなる。でもそれ以上に心が熱を孕み、篤樹への想いでふくらんで破裂しそうだ。

『好き』とひとこと口にするだけで、身の内のいろんな感情があふれて止まらなくなってしまう。

涙がつぅっと依里佳の頬を伝ってシーツに吸い込まれる。

「依里佳……っ」

同時に、篤樹の律動が速くなった。その瞳には獰猛な情火が滾り、飢えた肉食動物のようにガツガツと彼女を貪り穿っている。

その激しさに、依里佳の白い胸のふくらみが形を変え揺れ動く。

「ひぁんっ、や、あ、あん、あぁ……っ」

いきなり強烈な快感を植えつけられて身体がことさら甘く高ぶり、蜜口がとろけ落ちそうだ。

激しい息遣いと喘ぎ声、肌がぶつかり合う音、それによって生み出される淫らな水音、そしてベッドの軋む音が、湿度の上がった室内で混じり合う。その濃厚な空気を吸って、依里佳はひときわ高い声を放った。

「やぁっ、あぁんっ、だめぇ……っ！　もぅ……んんっ」

おかしくなる——そう思った瞬間、依里佳の媚肉がうねり、痙攣する。もはや彼女にも自身の身体を制御出来ない。裸体は再び跳ね上がり、内側で銜え込んだ屹立を強烈に締めつけた。

「は……っ、きつ……っ」

篤樹は眉根を寄せて低く唸ったかと思うと、依里佳の奥に押しつけるように幾度か突き上げ、最後に大きく身体を震わせた。

二人の荒い息遣いだけを残して、寝室の空気の濃度が下がっていく。

篤樹は依里佳の中に留まったまま、身体を落とした。汗ばんだ身体同士が密着する。

依里佳は全身で彼を受け止めた。その脱力した身体の重みでさえ、今はただただ愛おしい。

「篤樹……ありがと……」

背中に回した手に、きゅっ、と力を入れる依里佳。

「ん……？」

「ちゃんと約束守ってくれて」

「約束？」

依里佳の肩口に顔を埋めたまま、篤樹が聞き返す。

「私を初めて気持ちよくする、っていうのと、それから絶対に痛くしない、っていう約束」

「痛くなかった？　身体は大丈夫？」

篤樹は顔を起こし、依里佳のくちびるにキスをひとつ。

「ん……」

「こっちこそありがとう、依里佳。頑張ってくれて」

うなずいた彼女に甘く囁き、もうひとつキスを落とした。

「私、何もしてないよ……？」

それこそマグロと言われても否定出来ないと、依里佳は心の中で申し訳なく思う。

「本当はすごく怖かったんだよね？　なのに俺のこと受け入れてくれたし、可愛い声いっぱい聞かせてくれたし、イッてもくれた」

「そ、それはあまり言わないで……」

最中のことを思い出すと、急に恥ずかしくなる。確かに大きな喘ぎ声を山ほど聞かせてしまった記憶があるし、少なくとも二度は達した。セックスでこんなに気持ちよくなれるだなんて、数時間前の自分が聞いたらきっと驚くだろう。

そんなことを考えて、情事の後の火照った頬が、ますます熱くなってしまう。

「あ、そうだ……。私……さっきちゃんと答えられなかったから、今言うね？　篤樹とここ何ヶ月か一緒に過ごしてきて、私も、幸せしか感じなかったよ？　それで……今はもっと幸せ」

こんなことを口にするのはとても恥ずかしかったけれど。いつも依里佳にストレートに愛情をくれる篤樹に、自分もまっすぐ伝えたかった。

愛しい人を真正面から見据え、言葉を紡いだ。

篤樹は目を見張った。そして少しの間を置いて目を細め、

「ありがとう、依里佳。……俺も今の方が幸せだよ。愛してる」

と、一瞬たりとも目を逸らさずに、そう告げた。

「私も……愛してる」

どちらからともなく、くちびるが重なり合う。ゆっくりと柔らかく舌が絡まり、お互

いの熱を交換し合う。消えかけた劣情の火がまた点りかける。

「あー……やばい、依里佳の中が気持ちよすぎて、もう一回したい」

言うが早いか、体内に残ったままの篤樹の雄が再び硬さを取り戻した。

「え……」

「ちょっといったん抜くね。ゴム替えるから」

そう言い、篤樹が体内から出て行った。

「……え？」

一体どうしたんだろう？　と、依里佳は目を瞬かせるが、そうしている間に、篤樹は手早く新しい避妊具を着け終えてしまう。

「お待たせ」

「……ちょっ、……ええ!?」

彼はそれはそれはきれいな笑みを湛え、再び依里佳に覆いかぶさったのだった。

＊＊＊

「先日は具合の悪かったところを助けていただき、ありがとうございました」

依里佳は関口に菓子折りを差し出した後、深々と頭を下げた。

「お気になさらなくてよかったのに。かえってすみません」

次の週末、ようやく依里佳は関口と話す機会を得られた。告白の返事と謝罪をするためだ。直接会って説明しなければと、幼稚園が休みの土曜日を提案したのだが、関口の方が忙しかったらしく、今日まで先送りになっていたのだった。

彼から告白されたことを篤樹には話しておくべきだと思った依里佳が、それを電話で打ち明けると、不満を隠しもしない口調が返って来た。

『……何それ、聞いてない』

『うん、言ってなかったから』

そもそも屋上で篤樹のあんな話を聞かされなければ、あの日早退することもなかったし、関口に会って告白されることもなかっただろう。

責めるというよりからかう気持ちでそう伝えると、電話の向こうで唸（うな）り声が上がった。

『……じゃあ、俺も行く』

数瞬後、電話の向こうから、きっぱりとした口調で告げる。

『はい？』

『二人きりでなんて会わせられるわけないよね。俺もついていく』

こう主張してはばからないので、根負けした依里佳は好きにさせることにした。

ただし、遠くから見守るだけにしてほしい——それだけは譲らない。

関口は話し合いの場所として、幼稚園の職員室を指定してきた。ここなら土曜日の今日は園児の親や職員などに出くわすこともないだろうと、依里佳を気遣ってくれたようだ。

篤樹は職員室の窓から見渡せる中庭の、小さな滑り台の上に座っている。長身男性のそんな姿は少々滑稽だったが、依里佳は笑わなかった。

「あと……本当に申し訳ありません。副園長先生のお気持ちは嬉しかったんですが、その……私、おつきあいしてる方がいるので……」

「いいんですよ……これを拝見した時に、そんな気はしていましたから」

そう言って、関口が大きな紙を依里佳に差し出した。

「これ……」

それはクレヨンと絵の具で描かれた一枚の絵だった。

「月曜日に、子供たちに家族の絵を描いてもらったんです。これは、翔くんが描いたものです」

言われてよく見ると、そこには五人の人物が描かれている。それぞれに、『ぼく』『おとうさん』『おかあさん』『えりか』、そして一番端に――『あつき』と書き添えてあった。篤樹と思われる人物の隣には、一匹の緑色の動物――カメレオンが描かれており、そこには『まっくす』と書かれている。

マックスというのは、翔が篤樹のカメレオンにつけた名前だ。彼の部屋に泊まった翌日、依里佳は近い内に翔を連れて来てほしいという篤樹の言葉にさっそく甘えることにした。カメレオンと初対面し、飛び上がって喜んだ翔はケージから離れようとせず、さらに篤樹から命名権を貰った時には、目を輝かせて一生懸命考えていた。

そうしてついた名前が『マックス』だ。

陽子からは『犬の名前みたいね』と笑われたが、篤樹が『カッコいい名前だな』と褒めてくれたので、本人的には大満足らしい。

「翔ったら……」

「翔くん、依里佳さんのことはことさら美人に描いていますね、これ」

関口が絵の依里佳を指差した。確かにその人物は、他の四人よりも目が大きく、まつ毛もウニのようにバサバサに描かれており、おそらく翔なりの美人の描写であることがうかがえた。

「——ありがとうございました。メッセージではなくて、ちゃんとこうして顔を見て断ってくださって。これで私もきれいさっぱり、あなたを諦めることが出来ます」

笑ってはいるが、やはりその表情はつらそうだ。

「副園長先生……こちらこそ、ありがとうございました。これからも、翔のこと、よろしくお願いします」

依里佳が深々とお辞儀をする。すると関口が彼女の手を取った。

「最後に一つだけ――どうぞ、お幸せに」

そう告げて、依里佳の手の甲にくちびるを落とす。

その瞬間、窓の外からガタガタッと大きな音が鳴り、滑り台を下りてくる篤樹の姿が見えた。慌てた様子で職員室に駆け込むと、依里佳を引き寄せて目の前の男を睨めつける。

「……優秀な番犬ですね、依里佳さん」

関口がニッコリと笑う。

「番犬ではなく、恋人……いえ、婚約者です」

負けじと、篤樹が会社で見せるようなきれいな笑顔を見せた。

「ははは、噛みつかれたら困るので、そろそろ解散しましょうか。わざわざ園までご足労いただき、ありがとうございました」

「あ……はい、じゃあ失礼します」

依里佳は篤樹の手を剥がし、再びお辞儀をした。篤樹も不承不承会釈をし、彼女の手を引いて職員室を出る。

「――お幸せに……依里佳さん」

関口の最後の言葉は快晴の空に溶けて消えた。

「やっぱりついて来てよかった。まったく、これだからガチなやつは油断出来ない」

園を出るなり、篤樹が鼻息を荒くして言った。

「ガチ？　何それ」

「会社で依里佳にちょっかい出すようなやつは、正直俺の敵じゃないからどうでもいいんだけど。ああいう中身を知った上で本気で好きになってるやつは、警戒しておかないと。しかもイケメンだし。危ない危ない」

篤樹は依里佳の手をぎゅっと確かめるように握る。

「ふふふ」

依里佳は堪えきれずに笑った。篤樹に『どうしたの？』と問われ、さらに笑みを深める。

「篤樹は案外ヤキモチ焼きなんだなぁ、と思って」

「――当たり前だよ。依里佳はこんなに可愛いんだから、心配でならないよ、俺」

つきあう前には、篤樹がこんな一面を持っているだなんて全然知らなかった。けれど、こんな日常のひとコマでさえ依里佳の幸せの材料になる。かつて錆びついて穴が空いていた心が修復されて、どんどん強固になっていく。

「……あ、そうそう」

依里佳は関口が見せてくれた翔の絵について篤樹に話した。家族の絵の中に彼が描かれていたこと。さらにはマックスまでいたことを。

「——翔の中では、もう篤樹は家族なんだなぁ、って思った」

「あー……それは……」

何か心当たりがあるらしく、篤樹は気まずそうに頬をかいた。

翔がマックスと初対面した時のことだ。依里佳がトイレに行っている間に、二人は会話をしたらしい。

『いいなぁ。おれもはやくイグアナかカメレオンかいたいなぁ』

『翔はイグアナ飼いなよ』

『どうして？』

『俺とマックスは、近い内に翔の家族になるから。だから翔がイグアナ飼えば、カメレオンとイグアナ、両方家族になるぞ？』

『ほんと!?　あつきはおれのおにいちゃんになるの？』

『おにいちゃん……んー、まぁ、似たようなもんか。そうだよ、家族になるんだよ』

『わかったぁ！　じゃあおれイグアナにする！』

『今話したこと、まだ二人だけの秘密だぞ？』

『うん！』

しかし秘密だ内緒だと言われても、守れるはずがないのが幼子(おさなご)で。喜びを隠しきれない翔は園で『家族』の絵を描こうと言われた時、当然のように篤樹やマックスを描いてしまったのだった。

「……そういうわけかぁ」

依里佳はクスクスと笑う。

「ついでに、夏休みの爬虫類展示即売会に連れて行く約束もしちゃったんだけど」

「あぁそれ？　去年、お兄ちゃんがなんだかんだと理由つけて結局連れて行かなかったやつ」

夏場は様々なところで爬虫類のフェアや展示会が催されているが、中でも一番大きな展示即売会が毎年東京近郊で開催されているらしい。どこでそんな情報を仕入れてくるのか、去年、そこに翔が行きたいとせがんだのだ。けれど俊輔は『絶対買わされそうで嫌だ』と、適当な理由をつけて諦めさせたらしい。

その経験から、翔はどうやら今年は篤樹に目をつけたようだ。おそらく翔から、『あつき、いっしょにいってくれる？』と上目遣いでお願いされ、断りきれなかったのだろう。依里佳にはその様子が容易に想像出来た。

（うん、あれは断れないのも仕方がないわ）

甥っ子の策略にはまってしまった篤樹には同情を禁じ得ないけれど。

＊＊＊

「ほら、篤樹くんも入って！　依里佳ちゃんの横！」

家の前で家族全員と篤樹が整列する。その前には三脚つきのカメラが設置されていた。

「でもいいんですか？　俺も入っちゃって。俺、撮りますよ？」

まだ家族ではない自分が図々しく一緒に写真に写るのは——篤樹はそんな表情で、軽く手を振っている。

「何言ってるのよ、篤樹くんだってもう家族の一員でしょ？　それに私たちの写真なら、さっき依里佳ちゃんが撮ってくれたし。今度は家族全員で撮りましょ」

『名は体を表す』という言葉は陽子にこそ相応しいと、依里佳はいつも思う。彼女はとにかく明るく大らかで、まさに太陽のような女性だ。蓮見家が彼女を中心にして回っているところを見ても、それが表れているだろう。依里佳の理想で目標だ。

「あつき～、おれのことだっこして～」

翔が篤樹のもとへ行き、手を差し出す。愛くるしい蓮見家のマスコット的存在は、彼によく懐いていた。おねだり上手で時々周囲を困らせるが、基本的には素直でいい子だ。

「分かった、じゃあおいで」

よいしょ、と、篤樹が翔を抱き上げた。

「──何だかちょっと重くなったな、翔。大きくなった？」

「おれ、ひまわりぐみで、いちばんおおきくなったんだよ～」

「そっか、じゃあ重くてもしょうがないか」

篤樹と翔がそんな微笑ましい会話を交わしている間に、俊輔がカメラの位置を調整する。

「──それじゃあ、撮るぞ～。翔、カメラ見ろ～。……はい、チーズ！」

戻ってきた俊輔が手にしたリモコンのボタンを押すと、周囲にデジタル一眼レフの小気味いいシャッター音が響いた。

二月──陽子は女の子を出産した。分娩台（ぶんべんだい）に上がってから十五分程度で産まれるという、なかなかの安産ぶりで、念願の女の子誕生に俊輔は涙し、陽子に何度も『ありがとう』と繰り返していた。

母子ともに健康で、予定通りに退院することが出来たため、今はこうして家の前で記念撮影をしていたというわけだ。

生まれた子は『千晴（ちはる）』と名づけられた。翔は『豊かな人生を翔け抜ける子に』という意味で名づけられたのに対し、千晴は『歩む先がいつでも晴れ渡りますように』との願いが込められているそうだ。

「みんな、おうち入ったら手を洗って消毒！」

陽子に言われ、一同はこぞって洗面所へ向かう。

リビングには翔が赤ん坊の頃に使っていたベビーラックが用意され、ダイニングには依里佳が準備した昼食が並んでいた。

「篤樹くん、依里佳と一緒に翔の相手してくれてたんだろ？　ごめんな、なんだかんだ手伝わせて」

俊輔は大きな荷物をリビングの床に下ろす。

陽子の退院に際し、俊輔が病院まで迎えに行っている間、篤樹は依里佳と一緒に家で翔の面倒を見てくれていた。彼は陽子が入院している時の買い出しや力仕事にまで参加し、今やすっかり蓮見家の入り婿（むこ）のような扱いをされている。

「俺の方こそ、こうして蓮見家の大事な出来事にメンバーとして加えていただいて、すごく嬉しいです」

ソファに座り、翔を膝に乗せた篤樹が笑う。

昨年十月の依里佳の誕生日の時も、二人きりで過ごした後は、蓮見家でのバースデーパーティにまで招待されている。喜んで参加した篤樹は、蓮見家のメンバーと一緒に依里佳にバースデーソングを歌ってくれた。

大晦日（おおみそか）の年越しも、正月の初詣（はつもうで）も、俊輔や陽子は当たり前のように篤樹の存在を受け入れている。

「俺としては、男が増えてくれて嬉しいから！　何せ蓮見家は女性が強いんでな～。翔は陽子や依里佳の味方だし、篤樹くんがいてくれると心強いんだよ」

　はははと笑う俊輔は、どうやら篤樹を自分の味方に引き入れる気まんまんらしい。

　篤樹にも引けを取らない男前なのに、いい具合に力の抜けた性格の俊輔は、蓮見家の大黒柱でありながら、陽子を上手く立てている。

　尻に敷かれているように見えて、懐が深く包容力がある男性だと、依里佳は我が兄ながら思った。

「篤樹くんも抱っこする？　いずれ来る時のために予行演習～なんてね～」

　陽子が千晴を篤樹の方へ傾ける。

「いいんですか？」

「もちろん」

　陽子に促され、篤樹は翔を下ろした後、千晴をこわごわ抱き留めた。小さいけれど力強い生命の息吹を感じ、圧倒されているようだ。

　そんな姿も愛おしくて、思わず依里佳は目を細めてしまう。

「小さいな～。こんな小さい赤ちゃん抱っこするの、十五年ぶりくらいです」

「あ、もしかして咲ちゃんのこと？」

依里佳は篤樹の隣に座り、千晴の産着を整えた。

「そう、あの時は俺も小学生だったから、咲が大きく思えたけど、こうしてみるとほんと小さい」

篤樹は珍しく緊張しているようで、千晴を抱く腕や肩が少々強張っている。

「荷物片づけてくるから、依里佳ちゃん、ちょっと千晴を見ててね。俊輔、寝室片づけるの手伝って」

そう言って陽子が俊輔を伴ってリビングを出て行った。

篤樹は千晴を依里佳に託し、ほぅ、と息をついた。

「新生児を抱っこするって緊張するなぁ」

「あはは、私も緊張してるよ」

「あかちゃん、ちっちゃいなぁ」

翔は生まれたばかりの妹のほっぺたをちょんちょんと突いた。病院を出る前に母乳とミルクをたっぷり飲ませたためか、千晴はよく眠っている。

「ね、ちぃちゃん、ちっちゃくて可愛いね。翔の赤ちゃんの時みたいだよ」

依里佳が千晴を抱き、翔が千晴をかまい、そして翔を依里佳がかまう――篤樹が蚊帳の外になっているこの状態に、彼は何を思っているのだろう。見れば、目尻を下げてこちらにスマートフォンを向けていた。

「翔、お兄ちゃんだな。可愛い妹が出来てよかったな」

「うん！」

妹の誕生で、翔は心なしか頼もしくなったように思える。陽子や依里佳の手伝いも進んでするようになった。早くもお兄ちゃんの自覚が出てきたのだろうか。

「はぁ……もう可愛くて可愛くて死にそう。篤樹、死んだら骨は拾って」

腕の中の小さな小さな姪っ子に、依里佳は早くもメロメロだ。その表情はうっとりとろけている。

「依里佳が死んだら俺が泣くからだめだよ」

篤樹が依里佳の耳元で囁く。

「ふふ、そうだよね。篤樹の赤ちゃん産むまでは死ねないね」

腕の中にいる赤ん坊を見て、依里佳はいつか来るであろう日に思いを馳せた。

翔や千晴でさえ本当に可愛くてたまらないのに、これで篤樹との間に子供が生まれたなら、どれだけ愛しく感じるのか、今の彼女には想像もつかない。

篤樹はきっと、目の中に入れても痛くないほど可愛がり、ありったけの愛情をその子に注ぐに違いない――それだけは分かる。

「こら、俺より先に死んじゃだめだよ、依里佳は」

翔が千晴に夢中になっているのをいいことに、篤樹は依里佳のこめかみにキスを落

とした。彼女はくすぐったそうに首をすくめ、『もう！』と、目で篤樹を咎(とが)めるものの、
その瞳の奥には幸せの灯火(ともしび)が点(とも)っている。

「篤樹見て、ほら、ちぃちゃんあくびしてる。可愛い」

依里佳ははにかんだ笑顔を篤樹に向ける。

その笑みは、彼女の左の薬指に光るダイヤモンドよりもなお輝いていた。

愛しいひと

「篤樹ってさぁ……完全なる『勝ち組』だよなぁ」

目の前でコーヒーフラッペのストローを弄びながらくちびるを尖らせる親友に、篤樹は思い切り眉をひそめた。

「何だよ譲治、いきなり」

「だぁってさぁ、家は金持ちだし、本人はイケメンだし、会社は一部上場企業で業績も順調。おまけに結婚を前提につきあってる彼女はすっげぇ美人だろ？　これを勝ち組と言わずにどうするよ」

「そうだな、俺もそう思うわ」

ニコニコと優等生な笑みを浮かべた篤樹は、ホットコーヒーを口に運んだ。

とある週末、篤樹がカフェで人を待っていたところ、たまたま通りかかった譲治が彼の前に陣取った。どうやら譲治の方も、彼女との待ち合わせまで時間潰しをしたかったらしい。

「あーあ、何だよその脂下がった顔。それにしても蓮見さん、美人でスタイルもいい、性格は真面目、仕事もそつなくこなすとかさぁ……普通、漫画のキャラでしか見ねぇよな、そんな人」

「それにすげぇ可愛いからなぁ……」

うっとりと遠くを見つめるように、篤樹が呟いた。

「ったく、蓮見さんを『可愛い』なんて評する男、おまえくらいだろうな。大体の男は『美人』とか『きれい』って言うだろ？」

「それでいいんだよ。依里佳の可愛さは俺だけが知ってればいい」

「うわぁ……篤樹が彼女のことで惚気る日が来るとはなぁ……しかも鼻の下伸ばしちゃって、気持ち悪ぃ～」

「うるさいよ譲治。……あ、ほら、お前の彼女が来たぞ」

「マジで？　じゃあ俺行くわ。またな、篤樹」

篤樹が入り口の自動ドアを指差すと、譲治は慌てて席を立った。

「ほんとうるさいな、あいつは」

賑やかな親友がいなくなり、ホッと息をつく。

篤樹が依里佳とつきあい始めてから三ヶ月が経った。ケンカもなく、嗜好の齟齬や価値観の違いも特に感じない。おまけに身体の相性も申し分ない——関係はきわめて良好だ。

彼女のことを思い出すだけで、今も自然と頬が緩んでしまう。

そんな幸せの最中、篤樹はとある決意をし、とある人物に連絡を取った。今日はその人と待ち合わせをしているのだ。

何としても当日に間に合わせたい――そんな思いで、篤樹はコーヒーの最後のひとくちを飲み込んだ。

＊＊＊

それから三週間ほど経った金曜日のこと。

その日の依里佳は朝からどこかおかしいと、篤樹は感じていた。確かにこのところ、お互い公私ともに忙しく、会えないことも多かった。けれどデートも二度はしたし、電話もメッセージもこまめにしていたと思う。彼女を放ったらかしにはしていなかったと断言出来る。

それに篤樹が忙しくしていたのは、すべて今日のためなのだ。

仕事も詰まっていたけれど、気合と根性でどうにか終わらせ、なんとか早めの退社をもぎ取った。もちろん、依里佳にもそうしてほしいと前々からお願いしてある。

だが、黙々と仕事をこなす合間に見た依里佳は、心ここにあらずといった様子で元気がなかった。周りから話しかけられても元気のない笑顔しか見せないし、かと思えば、やたらそわそわとして落ち着きがない。書類をバラバラと落として焦っている場面もあった。

彼女は午後になってすぐ顧客のもとへ向かってしまったので、それ以降の様子はうかがえなかったが。

(何かあったのか……?)

釈然としないまま、篤樹は荷物をまとめる。

「すみません課長、今日は失礼します」

課長の橋本に声をかけ、篤樹は職場を後にした。そして向かうのは——

すでに依里佳は待ち合わせの屋上にいた。たたずむ姿も美しくて見惚(みと)れてしまい、わずかな間、声をかけるのを忘れてしまったほどだ。

日の入り前なので周囲はまだ明るいが、秋の夕暮れ時ともなると、会社の屋上もどこかアンニュイな雰囲気をまとっている。その物悲しさに、彼女は不思議と溶け込んでいた。

「だいぶ寒くなってきたね、ここも」

篤樹は彼女の背中に声をかけた。待ち合わせをするのは、そろそろ別の場所にした方がいいかもしれない——そう感じながら、冷たい風に首をすくめる。

「話って、何？」

どことなく沈んだ表情で振り返りながら、依里佳が問うてきた。その声も強張り上擦っている。やっぱりおかしいと、篤樹は心配になった。

「俺の話の前にさ……依里佳、どうしたの？　何だか元気がないけど」

篤樹と一緒にいる時の依里佳は、いつも瞳がほのかに潤み、表情も解けて、幸せを噛みしめているような雰囲気を隠さない——はっきり言ってしまえばものすごく可愛い。見るたびに好きになる花の顔だ。

けれど今の彼女は、生気がなく悲しそうで、どこか諦めたような目をしている。一体何があったというのだろうか。

「私……篤樹のこと、好きだよ？　好きで好きで仕方がなくて——」

フェンスの向こう側に視線を留めたまま、依里佳が呟くように告げた。

いつにない唐突な告白に、篤樹は戸惑う。

「依里佳、ほんとにどうし——」

「だから、すぐには諦められないと思うの。……でも……覚悟は出来てるつもり、だから」

「覚悟？　何の？」

依里佳は息を呑み込む。躊躇いと戸惑いと、そして苦しさを表情に乗せて……笑んだ。

「別れるよ、潔く」

「……は？」

篤樹は一瞬、自分の耳を疑った。彼女が何を言いたいのか、まったく分からない。しかし、その次にもっと衝撃的なひとことが依里佳の口から放たれる。

「篤樹、結婚するんだよね？　……他の女性と」

「はぁ？　何それ⁉」

あまりにも突拍子のない話に、篤樹は開いた口が塞がらない。何故そんな話になっているのか。

「だ、って……篤樹が他の女の子と一緒に宝石店で婚約指輪選んでたとか、高級ホテルのブライダルコーナーで式場予約してたって……」

確かに篤樹は、超有名宝石店にも、桜浜のラグジュアリーホテルのブライダルコーナーにも行った。それは紛れもない事実だ。

けれどどうして彼女がそれを知っていて、しかも事実を曲解しているのか？

「……そんなこと、誰が言ったの？」

篤樹が目を細めて尋ねる。

「技術研の……高塔さん。その女性と二人で写ってる写真も見せてくれた……きれいなひとだ……ね」

依里佳の口から出てきたのは、同じ会社の技術研究所勤務でイケメンと噂の社員の名だ。篤樹の記憶が正しければ、そいつは以前彼女に言い寄って、あっさりと振られた男ではなかったか。

(あいつ、まだ依里佳にちょっかい出してたのかよ……！)

目撃したのをいいことに、それっぽい写真を撮影して、あることないこと依里佳に吹き込んだに違いない。篤樹は思わず舌打ちしそうになるが、彼女の手前、なんとか堪えた。

「それで、俺が別れ話をするために、依里佳をここに呼び出したと思ったの？」

うなずく依里佳。篤樹は大きくため息をつき、かぶりを振った。

(俺の依里佳に何てこと言ってくれてるんだよ、高塔のクソ野郎……！)

虚言を弄して二人の仲を脅かした先輩社員を、篤樹は心の中で口汚く罵った。

これから大事な局面を迎えるはずだったこの計画にいきなり水を差されて、正直頭に来る。しかし、こんな妨害に振り回されるわけにはいかないし、むしろこれは上手く利用出来るのではないか。

気持ちを入れ替えるために、篤樹は再び深呼吸をした。

「……確かに俺は、結婚するつもりだよ」

「っ……！」

淡々と放ったその言葉に、依里佳はビクリと肩を震わせる。身体はわななき、瞳は潤んでいた。まるで死刑宣告を受けたかのような強張った表情で、自身のスカートを握りしめている――これはつらいことがあった時の彼女のくせだ。こぶしを固く握って、悲しみを押し留めている。

「相手は、目の前にいるけどね」

「え？」

目を見張る依里佳の左のこぶしを解いてやりながら、篤樹はその手を取った。美しくも可愛らしい恋人の顔を優しく見つめ、スーツのポケットから今日の秘密兵器を取り出し、彼女の左の薬指につける。

「どうして俺が、依里佳以外の女性と結婚すると思ったの？」

「っ、これ……」

それは大粒のハート型のダイヤモンドが輝く、プラチナのデザインリングだった。

「俺と結婚してくれる？　……いや、違うな」

篤樹は依里佳の目の前でひざまずいた。それから改めて彼女の手を取り、そのきれいな双眸をまっすぐ見つめる。

「蓮見依里佳さん、俺と結婚してください」

きわめて真摯な声音で、そう告げた。

間を置いて、依里佳の両目から、ぶわりと涙があふれた。大きな雫が次々にこぼれ落ちていく。

「わ、わ、たし……っ、ぜ、ったい、別れ話、だと、思って……っ」

両手で顔を覆って号泣する依里佳を、篤樹は立ち上がって抱きしめた。彼女の頭をゆっくりと撫でながら、説明を始める。

「うん、うん……ごめんね、不安にさせて。どうしても今日、プロポーズしたかったから、最近忙しくしてたんだ」

そう、どうしても今日がよかった。篤樹にとって、とても大切な日だったから。

「な、なんで……？　なんで、今日、なの？」

泣きじゃくりながら、依里佳が尋ねる。確かに今日は彼女の誕生日でもなければ、何かしらの記念日でもない。何故今日プロポーズされたのか、依里佳には見当もつかないようだ。

「依里佳は多分、覚えてないと思う。……一年前の今日、俺は初めてここで依里佳の姿を見たんだよ」

篤樹が初めて依里佳という女性を意識した日――彼女が恥ずかしいことをさけんでい

た、あの日のことだ。

「あの日、偶然依里佳を見かけなかったら、俺は今こうして幸せを噛みしめることなんて出来なかったと思う。だからどうしても、今日、ここで、依里佳にプロポーズしたかったんだ」

あの時の依里佳の姿は、今でも篤樹の中に鮮明に残っている。さけんだ言葉でさえ、一言一句覚えている——それはきっと、彼女にとっては忘れてほしい記憶だと思うが。

「あ……あ、りがとう……覚えててくれて」

「こっちこそありがとう、屋上でストレス解消してくれてて。お陰で依里佳を見つけられた」

依里佳はやや呆け気味で篤樹の腕に収まったまま、左の薬指に輝く指輪を見つめていた。

「可愛い指輪……」

「依里佳は可愛いものが好きだから、指輪もそういうのがいいと思って。俺の従姉がジュエリーデザイナーをしてるから、フルオーダーしたんだよ」

「じゃあ、一緒にお店に行った女性っていうのは……」

「そう、従姉。まさかそれを高塔さんに見られてたとは思わなかったけど」

従姉に婚約指輪のデザインを依頼したところ、快く引き受けてはくれたものの、代わりにホテルで開催されるブライダルフェアの出展を手伝えと言ってきた。そのために数日駆り出され、加えてデザインの相談などで店舗に行ったりと、ここ最近の週末はとにかく慌ただしかった。それも依里佳に勘違いされた一因だったようだ。

「そうだったの……」

「ほんとにごめん。俺はいつも肝心な時に依里佳を不安にさせちゃうね。でも――」

篤樹は言葉をそこで区切り、依里佳をそっと解放する。そしてフェンスの前に振り返り、両手を口元に添えて――

「俺は依里佳を誰よりも愛してる！　絶対に幸せにするから！　俺と結婚してください！」

秋の夕空に向かい、思い切りさけんだ。

依里佳は涙にまみれた顔をきょとんとさせた後、ハンカチを取り出して顔を拭った。

それから同じようにフェンスに向かい、負けずにさけぶ。

「ふつつかものですが！　末永くよろしくお願いしまぁす！」

二人は顔を見合わせて笑った。

＊＊＊

「わぁ、すごい」

テーブルの上には、小さなデコレーションケーキとフルーツの盛り合わせ、そしてシャンパンが用意されている。そばに置かれたメッセージカードには『ご婚約おめでとうございます』と書かれていた。

会社を出た二人は、その足でブライダルフェアが行われたホテルのレストランでイタリア料理を堪能した。その後、篤樹が予約していたというスイートルームに案内される。

「手回しがいいね、篤樹。もし私がプロポーズを断ってたらどうするつもりだったの？」

依里佳がメッセージカードを摘み上げてひらひらと振った。

「断られるだなんて、これっぽっちも思ってなかったよ？」

篤樹は笑いながら親指と人差し指でわずかな隙間を作り、『これっぽっち』を表現してみせる。彼女は絶対に自分の申し出を受けてくれると、信じていた。

「相変わらず自信家なんだから」

苦笑しつつ、依里佳は部屋の外を眺める。桜浜の美しい夜景が一望出来、ロマンチックな雰囲気を演出するにはもってこいの部屋だ。

「きれい……」

そう呟いて、依里佳は次に左の薬指を見つめた。篤樹がはめてから、ことあるごとにそこに目を落としている。よほど嬉しかったのだろうか。

「ずっと見てるね、それ」

「だって嬉しいし……」

口元が緩むのを抑えられないのか、依里佳はずっと笑っている。篤樹の好きな花の顔が、ようやく戻ってきた――いや、ますます輝きを増していて、眩しいくらいだ。

「依里佳」

篤樹は彼女の頬に手を添え、上向かせる。

「……指輪ばかり見てないで、俺のことも見て？」

言うが早いか、依里佳のくちびるを啄んだ。キスは瞬く間に深くなり、部屋には舌が絡み合う音が響き始める。

「ん……」

篤樹の手が依里佳のスーツのボタンを外し、ジャケットを脱がせる。続いてブラウス、スカートを次々と床に落としていった。

くちびるが依里佳の首筋に吸いつく。胸のふくらみは篤樹の手中でキャミソールごと形を変えている。依里佳の脚の間に自分のそれを滑り込ませ、下半身を密着させると、彼女の全身がかすかにわなないた。

「ちょ、っと、待って……」

「んー……？」

篤樹の胸に手をつき、依里佳は身体を離す。その間も彼のくちびるは彼女の肌を追い、キスを注いでいる。

「シャワー、浴びたい……」

頬を染めてたどたどしく懇願する様がまた、篤樹の劣情をたやすく煽る。彼は依里佳の鎖骨に吸いついていたくちびるを離した後、彼女の耳元で囁いた。

「……じゃあ、俺と入る？」

「え」

「今まで一度も一緒に入ったことないよね？　せっかくだから、婚約記念に入ろう？　さっき見てきたけど、ここはシャワーブースとバスタブが別々だし、結構広いよ？」

「えー……」

「ね？」

篤樹は首を傾けて、ニッコリと笑った。こうすれば依里佳が断れないのを知っている、完璧な仕草だった。

「あっ、や、それ……っ」

ボディソープにまみれた手で後ろからやわやわと胸のふくらみを揉み上げてやると、依里佳は鼻から抜けるような甘い吐息を漏らし、身体を震わせた。

「こうなると……思ったから……あっ……一緒に入るの、やだったのにぃ……んっ」

「洗ってるだけなのに」

「うそ……っ、さっきから胸ばっかり、触って……っ」

確かにさっきから篤樹はずっと胸を触っている。しかも明らかに淫らな意思を持った動きで。依里佳の天辺はとっくに芯を持ち、彼のなすことを受け入れていた。

「じゃあ違うところも洗おうか？」

篤樹が依里佳の腿の内側に、背後から回した手を差し入れた。

「あんっ、だ、めぇ……っ」

指先が秘裂の表面をなぞると同時に、依里佳の膝が不安定に揺れ始める。

「あは、濡れてるなぁ」

「だっ、て……っ、篤樹が変な風に触るからぁ……っ」

「変な風に、ってこんな風？」

片方の手で襞を広げ、もう片手の指をねじ込んだ。そこは篤樹が言う通り、すでにしとどに潤んで蜜液が滴りそうになっていた。表層を滑るように指を往復させる。蜜をまとうと、指はさらになめらかに動き出した。時折、秘芯を掠めながら、彼女が確実にとろけるように愛撫を施す。

「嫌……？」

「ひっ、だ、め……」

膝をガクガクとさせた依里佳は、思わずといった様子でシャワーブースの壁に手をついてしまう。同時に、篤樹は彼女の腰を引き寄せた。

「すげぇぬるぬる……このまま俺のが入っちゃいそう」

篤樹は依里佳の腰に、熱く滾った塊を押しつけた。それは初めは双丘の溝に沿うように上に向かってゆるゆると動き、しまいには内腿の奥——先ほどまで指で弄んでいた秘裂の襞を、ぐちぐちと蜜音を立てて擦る。艶かしく湿った音がバスルームに響き、依里佳のそこからどっとあふれた愛液が、篤樹自身をねっとりと濡らしていく。

「あっ、や、だぁ……だ、め、だって、ばぁ……っ」

「どうしてだめなの？」

「だ、って……、そのまま、じゃ……」

婚約したと言っても正式なものではないし、避妊もせずに睦み合い、妊娠してしまうのは本意ではない——それは篤樹にとっても同じだった。

お互い子供好きではあるものの、結婚してしばらくは二人きりの蜜月を満喫したいし、子供に早々に依里佳を独占させるわけにはいかない。

『だめ……だめ……っ』と、小声で繰り返す依里佳の目の前に、篤樹は隠していた正方形の薄い袋をちらつかせた。

「……これでもだめ？」

「い、いつの間に……」

「リスクマネジメントは社会人の基本ですよ？　蓮見さん」

篤樹は依里佳の手を取り、避妊具の袋を彼女の手の平に乗せた。『着けて』のひとことともに。

依里佳はそれをおずおずと受け取り、ぎこちなく封を開けようとしてその手を止めた。彼女にそれをしてもらうのは初めてではないが、まだ慣れていないのだろう。中身ごと破いてしまわないか心配で、どうしてもおぼつかない手つきになってしまうようだ。

「どうしたの？」

篤樹はもじもじする依里佳の顔を覗き込む。意を決したようにひざまずくと、依里佳は彼自身に手を添えた。

「あの……しても……いい？」

依里佳が上目遣いで、こわごわと尋ねてきた。何を——とは聞かなくても分かっている。篤樹の脈打つ屹立への奉仕だ。

「……してくれるの？」

「ん……」

まだまだ下手だけど——と、ひとりごとのように呟き、依里佳は目の前の灼熱に濡れたくちびるを寄せた。

彼女との未来のために今日まで奔走した篤樹に対する、ねぎらいの気持ちなのだろう。篤樹にはそれが痛いほどよく分かった。自分も依里佳をとことん甘やかしたいし、出来ることなら何でもしてあげたいと思うから。

依里佳は大きく口を開け、屹立を迎え入れる。とても全部は含み切れないので、手を添えてすべてを包み込む。

口腔に入れた途端、眉根を寄せる依里佳。すでに滲んでいた先走りの苦さを感じたのだろう。自分で味わったことなどないので、篤樹にはどれほど不味いのかは分からないが、前も依里佳は同じように表情を歪ませていたなと思う。

先端に舌を絡ませ、唾液を含ませ、時には吸い上げ――淫らな水音を立てながらくちびるを動かし、併せて手でも愛撫する。時折、『ん……』と艶かしい声が鼻から抜けた。

どうやら余裕がないらしく、依里佳はこちらをチラリとも見ない。

けれど上から落ちる篤樹のわずかに荒い息遣いから、彼が快感を確実に得ているのは伝わっているだろう。

唐突に息を呑む音、ほんの少し唸りが混じる呼気、艶っぽい吐息――どれもこれも、依里佳にはしっかり聞こえているはずだ。

「依里佳、上手くなったね……練習した？」

片手を前面の壁につき、空いている手で彼女の頭をゆったりと撫でる。口に彼の雄を含みながら、依里佳は小刻みに首を横に振った。

(はは、依里佳がこんな練習なんてするわけないか)

ただただ篤樹に気持ちよくなってもらいたい一心で、自分が出来る奉仕を懸命にしているだけなのだろう。そんな真面目な依里佳が愛おしくてたまらない。

彼女は未だに、自分が篤樹から愛されているという自信が持てないようだ。今日だって、別れ話のために呼び出されたと思い込んでいたくらいなのだから。

つきあい始める時に、散々『結婚したいと思っている』と伝えてきたにもかかわらず、だ。

こんなに美しくて可愛らしいのに、いまいち自分に自信がない――そのギャップが篤樹にとってこの上ない魅力なのだということは、依里佳には永遠に理解出来ないかもしれない。

そして誰も知らない本当の彼女を、絶対に他の男になんか見せてやらない――そんな独占欲にまみれた青臭い自分も悪くないと感じ始めている篤樹だ。

突然、依里佳が屹立への愛撫を強めた。きつく吸い上げながら、口内で懸命に行き来させる。身体の奥で燻り始めた到達感に、篤樹は眉をひそめた。

「え、りか……もう、いいよ」

そう告げるが、依里佳にやめる気配はない。じゅぷ、じゅる、と、水音を立て続けている。

「っ、それ以上されると、もたないから」

篤樹は依里佳の頭を押さえて止めた。口からそっと自身を引き抜くと、唾液が彼女のくちびるから、顎まで滴った。

「あーあ……エロい顔しちゃって」

頬を紅潮させて口元をしまりなく開いた依里佳の表情は、それはそれはいやらしくて。元々蠱惑的な美貌を持っている上、行為によってまとったエロティックなオーラが、彼女をかなり淫蕩に演出していた。

(これは誰にも見せられない顔だなぁ……)

苦笑する篤樹は、依里佳の肩に手を添えて立たせる。途端、あふれた愛液が彼女の腿をつぅっと伝い落ちていった。

「っ」

「あー……すごいね。俺の舐めながら、気持ちよくなっちゃった？」

「だ、って……」

していた内に、反応してしまったらしい。突然愛撫が激しくなったのは、下半身にまとわりついた快感を振り払うためだったのだろう。

篤樹は呆けた様子の依里佳の両手をシャワー脇の手すりにつかまらせ、腰を引き寄せた。今度は自分が突き出された臀部の前にひざまずき、彼女の秘部を覗き込むように後ろから眺める。

「ぬるぬるどころじゃないね、びしょびしょだね」

そう言って、蜜にまみれた襞を再び指で割り開き、舌で奥をこじ開けつつ舐め上げる。

「きゃあっ……っ、んっ、っ」

依里佳の身体が大きく跳ね、痙攣した。幾度か震えた後脱力し、そのままずるずるとシャワーブースの床にへたり込んでしまう。

「え……もしかして、イッちゃった？」

篤樹が目を見開くと、依里佳はうつむいたまま、こくこくと何度もうなずいた。耳も首筋も真っ赤に染まり、身体はまだ震えている。

「も……立て、ない……」

「腰まで抜けちゃったとか、マジで……？」

さすがの篤樹も驚きを隠せなかった。

「あぁ……あっ、やっ……ま、た、いっ、ちゃ……っ」

依里佳は白くなめらかな背中を反らし、全身をわななかせる。

大きなベッドのシーツに上半身をぺたりとつけたまま腰だけを上げている姿は、とても淫らで。後ろから貫く篤樹は、腰をゆるゆると揺らしながら依里佳の背中を指でそっと辿る。その指先にさえ敏感に反応し、彼女の身体は細かく震えた。

あれから何度達したのか、おそらく本人すら覚えていないだろう。

「……んっとに、依里佳は感じやすくて……たまんない」

篤樹は舌舐めずりをすると依里佳の背中に覆いかぶさり、前に手を伸ばして、蜜に濡れた花芯を指で擦り上げた。

「あぁっ、んんっ」

そこはもう何度も篤樹に愛されて爛熟し、ぷっくりと腫れ上がっている。少し触れるだけでも、依里佳は大きく反応し、頂に辿り着こうとしていた。

「愛してるよ、依里佳。……もう俺のこと、疑ったりしないで？」

そう耳元で囁き、敏感な芯を潰すようにきゅっと摘む。

「ひっ、あっ、わ、分かった、からぁ……っ、あぁんっ」

依里佳の媚肉がきつく痙攣し、隘路を擦る雄を締めつける。

「っ、はっ」

篤樹は息を荒らげながら蜜口に下腹部を強く押しつけ、薄膜越しに精を吐き出した。

数呼吸の後、そっと依里佳の体内から出ると、篤樹は手早く避妊具を取った。手慣れた様子で口を結ぶと、ベッドサイドのゴミ箱に投げ入れる。

再び新しいものを着けた篤樹は、依里佳の身体を仰向かせ、両脚を大きく開かせた。

「もう少しつきあって」

彼女は恥ずかしさからか顔を逸らすけれど、抵抗はせず、されるがままになっている。

「あぁ……すげぇエロい。真っ赤だし、泡立ってるし」

空気に晒された秘裂をうっとりと見つめ、篤樹は引き寄せられるように舌を差し入れた。

篤樹に十二分に愛でられたそこは赤く充血し、散々擦り上げられたせいで、ぐっしょりと濡れていた。

「んぁっ、は……っ、もう……む、りぃ……」

「あは、ここはそう言ってないみたいだけど？」

舌で淫猥な水音を立て、篤樹は愛液を余すところなく舐めるが、その刺激でまた新しい蜜が湧き出してくる。襞がひくひくとわななき、依里佳は白い喉を反らして震えた。

「あっ、ぁ……っ、あぁんっ、も……しんじゃ……っ」

「だーめ、依里佳はあと五十年は……俺と一緒に生きるんだから」

甘くとろけた密部に、篤樹は再び屹立を突き入れた。

「ひんっ、や、だぁ……っ、また、い……ちゃ……っ」

熱く高ぶった肉を容赦なくねじ込み、猛々しく穿つ。その激しさに、依里佳はいやいやと首を振った。

なめらかな曲線を描く身体が快感に打ち震えている。

「依里佳……っ」

篤樹は依里佳の緩んだくちびるにくちづけ、舌を差し込み、口内をかき回した。

彼女のすべてを奪うように、舌を絡ませる。

愛してると伝えるように、濡れた音を響かせる。

唾液を口移しで渡し、同時に胸に秘めた愛情を注ぐ。

どうか伝わってほしいと願いながら、身の内に抱くありったけの想いを依里佳に差し出す。

それから少しして——彼女の眦から涙がこぼれ落ちた時、篤樹は最奥を貫いた。

「あぁっ……っ」

「……くっ、っ」

依里佳の内部が絶頂にうねり、みっちりと包み込んだ熱を引き絞らんと収縮する。それに誘われるように篤樹は身体を揺らして吐精した。少しの間を置き、彼女の白い身体の上に体重を預けて倒れ込むと、震える両の腕が汗ばんだ背中にそっと回る。

あいしてる——最後にそう呟いたのはどちらだったのか——

「お湯の色がきれい……」

ジャグジーの気泡と水流で湯面が揺れ、青がことさらに美しく見える。依里佳はうっとりとそれを見つめながら呟いた。

改めてシャワーを浴びている間に、せっかくだからと篤樹はバスタブを湯で満たし、洗面所に置かれていたコバルトブルーのバスボムを入れた。

バスタブは大人二人が一緒に入ってもなお余裕のある大きさで、篤樹は彼女を後ろから抱きしめるようにして入っている。

「海みたいだね」

依里佳の肩口から覗き込むようにして、彼女が青い湯を掬うのを見つめた。

「私ね、色の中では青が一番好きなの」

言われてみれば、依里佳がプライベートで選ぶ服はブルー系が多い気がした。水色だったり紺色だったりと、色の濃さは様々だが、どれもこれもよく似合っており、彼女の美貌を十二分に引き立てていると思う。

（……まぁ、裸が一番いいんだけど）

目の前に晒されている白い首筋に、いくつもの水の雫が滴り落ちていくのを見て、腰が疼きを覚える。散々彼女を貪り尽くしたばかりだというのに——

「っ、あ……っ」

篤樹は吸い寄せられるように、そこへとくちびるを押し当てた。情事の後で敏感になっているのか、依里佳はすぐさま身体を震わせ、首をすくめる。

「――篤樹、や……」

何度も何度も音を立ててキスをして、さらには彼女の胸を後ろから包み込んだ。小さくはないけれど、周囲の目を引くほど大きいわけでもない二つのふくらみは、篤樹の手の平にはちょうどいいボリュームだと思う。

ゆっくりと愛撫していくと、その先端は再び芯を持ち、存在を主張し始めた。彼女の吐息には甘さが混じり、声も上擦ってくる。

「あ、も……ほん、とに、無理……っ」

依里佳があまり力の入らない手で篤樹のそれを押さえてきた。

「……じゃあ、明日の朝、していい？」

やんわりと手を解きながら、彼女の顔を覗き込んで尋ねる。

「……あれだけしたのに、まだ足りないの？」

「依里佳といると、何度でもしたくなるから不思議だよね」

機嫌を取るように、ちゅ、と、頬にキスをすれば、依里佳はくちびるを尖らせながらも、目元を緩ませた。

「もう……明日だからね？　今日はもうダメだから」

「ん、分かった」

　そう答えるのと同時に、篤樹の所作から官能の色が抜け、周囲の空気も軽くなる。

ホッとしたように肩の力を抜く婚約者の後ろ姿を、彼は愛おしそうに見つめた。

「明日と言えば……チェックアウトしたら、俊輔さんと陽子さんに挨拶しに行かなきゃな」

「挨拶？」

「ほら『妹さんを僕にください』ってやつ」

「……ん、お願いします。お兄ちゃん、それを待ってるみたいだから」

　青い湯を弄(もてあそ)びながら、情事の熱をわずかに残した声音で依里佳が言う。

『依里佳が嫁に行くまで、俺が父親として頑張るからな。……いや、嫁に行った後もだ。だから安心しろ』

　両親が亡くなった後から、俊輔はいつも、そう依里佳に言い聞かせていたそうだ。その言葉からいつも安らぎを貰(もら)っていたので、早く兄を安心させたかった——依里佳はそう言った。

「そっか……明日は俊輔さんを泣かせちゃうかもしれないな」

　目の前の愛らしい女性を温かい家庭で包み込んで守ってくれた俊輔夫妻に、篤樹は心

「依里佳はそのままでいいよ」

　それ以上可愛くなったら、誰にも見られないように閉じ込めてしまいたくなるから、ずっとそのままで――篤樹は心でそう告げた。


から感謝の言葉を贈りたいと思った。

（俺も泣くかもなぁ）

　運命のような偶然で見つけた大切な女性。きれいで可愛くて清廉で――彼女を逃してしまったら、もう二度とこんな女性には巡り逢えないだろう。

「篤樹……ありがとう、こんな私を選んでくれて。私……いい奥さんになれるように頑張るから」

　相変わらず自己評価は低いままだけれど、幸せと色気に満ちた極上の笑みを湛えて振り返る、愛しいひと。その眩しい笑顔を、俊輔とともに守っていこうと改めて自分に誓う。

書き下ろし番外編

雨降って地固まる？

カフェ&ティールーム・クレストは、北名吉駅西口から徒歩十分ほどの国道沿いにある喫茶店だ。

レプタイルズの店長兼オーナー・中務が半分趣味で経営している。

彼が爬虫類の買いつけに行く南アジアや中東、東アフリカなどが、たまたまコーヒー豆や茶葉の名産地だったことが、カフェオープンのきっかけだ。

現地のコーディネーターに農園を紹介してもらい、自らテイスティングも行い、輸入を始めた。

元々凝り性の中務が店舗のインテリアや設備にもこだわったおかげで、本格的なコーヒーや紅茶がおしゃれなお店で味わえると評判は上々である。

ちなみに『クレスト』という名前は、イグアナなどのトカゲに見られるたてがみ状の鱗の名称から取っているのだが、それを知っているのはごく一部の常連だけだ。

また、クレストでは豆や茶葉の店頭販売も行っているので、テイクアウトをする客も多い。

蓮見依里佳も常連の一人だ。

普段は豆や茶葉を買うのがメインだが、たまには家族友人とお茶をすることもある。

今も――

「――そうなんですね。……よかった、本当に」

「依里佳さんにはご心配をおかけしました。ありがとうございます」

「いいえ。……それにしても、副園長先生のそんな表情、初めて見ました」

店内の少し奥まった部分にある、四人がけのテーブル。そこに依里佳はいた。

彼女が飲んでいるのはエチオピア産のハラー・ロングベリー。甘味と酸味がほどよく、フルーティな香りにあふれたコーヒーだ。

一方、依里佳の前でディンブラのオレンジペコを口にしているのは、関口曜一朗――

そう、翔が通う幼稚園の副園長。

彼は依里佳の言葉に咳払いをしてから、もう一度紅茶をひとくち飲み、照れくさそうに言った。

「……そんなに緩んでますか？」

「ええ、とっても。見ている私も嬉しくなっちゃうくらい」

土曜日の夕方前、カフェで向かい合って座る美男美女は、映画のワンシーンのよう。

しかもお互いが和やかな空気をまといながら、顔をほころばせているのだから、どう見てもおつきあいしたてのカップルだ。

二人がクスクスと笑ったその刹那——その和やかな場の雲行きが怪しくなった。

「——何が嬉しいって？」

依里佳たちの席に影が差すのと同時に、低い声が聞こえた。

「え？　……あ」

そこにいたのは、水科篤樹——紛うことなき依里佳の婚約者だ。

彼の目は据わっているどころか、見たものをすべて破壊してしまいそうな鋭さを湛えていた。

「……どういうつもり？　依里佳」

「篤樹……どうして？」

何故今、ここに篤樹がいるのだろう？　——疑問を瞳に映し、依里佳が彼を見上げた。

「レプタイルズにマックスのエサ買いに来たんだよ。コーヒー豆も切らしてたからついでに買っていこうと思ってさ。そしたら奥に依里佳たちが見えたから。……っていうか、何？　なんで二人で幸せそうにお茶なんかしてるの？」

場所が場所だけに声のボリュームは抑えられているものの、かなりいらついた口調で問い糾され、依里佳はたじろいでしまう。

「落ち着いてください、水科さん」

「……そう言うあんたは、人の婚約者と何してるわけ？」

穏やかにたしなめる関口を、篤樹が睨めつけた。

「とにかく落ち着いて。篤樹が考えてるようなことは、何もないから」

「あれぇ～、水科くんじゃゃん。何してんの？　こんなとこで」

依里佳が苦笑いを浮かべながら篤樹の腕を掴むと、不穏な空気を押し流すほど脳天気な声が、彼の後ろで響いた。三人は一様に声の方へ顔を向ける。

「え……松永さん？　どういうこと……ですか？」

そこにいたのは、依里佳の同期である松永ミッシェルだ。休日ファッションの彼女が、有名ブランドのデザインバッグを片手に立っていた。

この面子が一堂に会したシチュエーションを、篤樹はさすがに疑問に思ったようだ。訝しげに首を傾げ、依里佳たちとミッシェルの間で視線を行き来させている。

「どういうことって……こういうこと、だけどぉ」

篤樹を押しのけたミッシェルは、関口の隣の席にすとんと腰を下ろした。そしてすかさず彼の腕に自分のそれを絡ませ、首をこてんと倒して彼の肩に乗せたのだ。

「……は？」

こんな展開はまったく予想できなかったのだろう、篤樹はポカーンと口を開いたまま呆けていた。

その一連の流れを見ていた依里佳が、はぁ、とため息をつく。

「……あのね、篤樹。ミッシェルと副園長先生……つきあい始めたんだって」

彼女の言葉にハッと我に返った篤樹は、食らいつく勢いでミッシェルを見た。

「ほ、ほんとに⁉」

「マジでーす」

ミッシェルがデレデレとした表情で、関口にさらに密着した。くっつかれている彼の方も涼しげな顔ではあるが、口角が柔らかく上がっている。

どこから見ても仲睦まじげなカップルだ。

「マジか……」

「だからね、副園長先生と二人きりで会ってたわけじゃないの。今、たまたまミッシェルがお手洗いに行って席を外していただけ。最初からずっと三人でいたから」

ようやく自分の浮気疑惑が晴れると、依里佳はホッとした表情で肩の力を抜いた。

依里佳の釈明を聞いた篤樹は、気が抜けたように呟いている。

「すみません、全然知らなかったから……松永さんと、その……副園長……先生、が？」

「まぁまぁ、とりあえず座りなよ、水科くん。それにねぇ……依里佳もだけど、その『副園長先生』って言うの、やめてあげてよ。ここには翔くんもいないんだし。……

ねぇ？　曜一朗くん」

「そうですね。関口でも曜一朗でもお好きなようにどうぞ」

ミッシェルの言葉に、関口がふうわりと微笑む。

篤樹が隣に座るのを見届けた後、依里佳はミッシェルに向き直る。

「っていうか、ミッシェル……副園長……じゃなくて、関口さんのこと、曜一朗くんって、呼んでるんだね……」

「うん。つきあうことになったから！」

「出逢って三日目くらいから、そう呼ばれていましたけどね」

　関口がクスクスと笑って補足する。

「ま、それはいいとして。水科くんが知らなかったのは、私が依里佳に口止めしといたんだよ。……だって、ねぇ？」

　ミッシェルが隣の関口に視線を送る。

「ミッシェルは、私が以前、依里佳さんに振られたことを知っています。だから私がミッシェルを通じて依里佳さんと接するのをあなたがよしとしないだろうからと、内緒にしていたんですよ。余計な心配をさせないためにね」

「無事つきあうことになったから、折を見て依里佳から話してもらうつもりだったのに、まさかこんな風にバレちゃうなんてなぁ～」

想定外だと言わんばかりに、ミッシェルが目を細めた。

「っていうか、そもそもあなたたち二人はどうやって知り合ったんですか？」

ようやくいつもの調子を取り戻した篤樹の問いには、依里佳が答える。

「ほら、去年の幼稚園の運動会、ミッシェルも観に来たでしょ？　あの時、副園長先生にひとめ惚れしたんだって」

昨年九月に翔の幼稚園の運動会があった。

毎年、園の隣にある大きな公園のグラウンドで行われることもあり、観覧人数の制限などはない。

中には、親戚一同で観に来る家庭もあった。

蓮見家はといえば、俊輔と陽子と依里佳、篤樹はもちろんのこと、何故か篤樹の兄とミッシェルまでもが暇だからと遊びに来たのだ。

その時、スタッフとして動き回っていた関口を見て、ミッシェルがひとめ惚れをしたようで。

それからというもの、依里佳を通じて猛アピールし、そして数ヶ月後、彼女の想いが実ったというわけだ。

「今日こうして会ったのは、二人からおつきあいの報告を受けていたからなの。私が橋渡しみたいなことをしたし」

二人の間を取り持つのに、依里佳は結構右往左往した。しかも相手は以前、自分に想いを寄せていた関口だ。初めはとても気まずかった。

実際今も、ミッシェルがトイレに行っている間、関口が少々申し訳なさげに依里佳に尋ねてきた。

『私がミッシェルとつきあうことになっても、かまいませんか……？』

依里佳に振られた自分が、彼女の友人であるミッシェルと——なんて、抵抗感がまったくなかったと言えば嘘になると、彼は言った。

『私のことは気にしないでください。……っていうか、ミッシェルの方は大丈夫ですか……？』

『ミッシェルには最初から伝えていました。私は以前、依里佳さんのことが好きでした、と。でも全然気にしないと彼女が言ってくれたので……』

おずおずと告げてくる関口は、幸せそうで。

依里佳はいろいろな意味で安堵した。その直後に篤樹が登場したというわけだ。

「そうかぁ……。松永さん、よかったですね。ほんと、よかった……」

「水科くん、意味ありげな『よかった……』だねぇ」

ため息混じりに吐かれた彼の言葉に、ミッシェルがニヤニヤしている。

「松永さんの前ではかっこつけてもしょうがないから言いますけど、必死でしたから」

篤樹は依里佳にアプローチする時に、ミッシェルや美沙からアドバイスをもらった経緯があるので、今さら取り繕う必要もないのだろう。

「だよねぇ。水科くんって見た目に反してすっごいヤキモチ焼きだよねぇ。……でもね、こう見えて曜一朗くんも結構妬くよ」

「っ、ほんとに……？」

依里佳の目に力が籠もった。関口を見ると、照れくさそうに目を逸らしている。

「曜一朗くんって弟がいるんだけどね、幼稚園の前で私が弟くんに声かけられた時、すっとんで来て牽制してたもん。……しかも、つきあう前のことだよ」

ミッシェルが園の前で関口を待っている時、たまたま園長に用事があって尋ねてきた彼の弟が声をかけてきたそうだ。ナンパされたわけではないらしいが、それでも関口の慌てふためく姿が見られたミッシェルは、上機嫌だったらしい。

「へぇ……」

依里佳とミッシェルがニヤニヤしながら関口を眺めている。

一方篤樹は、感慨深げにうんうん、とうなずいている。

「その気持ち分かるなぁ。俺もつきあう前だったけど、はまゆうの前で関口さんとバッタリ会った時、依里佳と仲よさそうにしてるところ見てめちゃくちゃ嫉妬したし」

「そういえば、そんなこともあったっけ」

確か、篤樹から好きだと告白された日のことだったな、と、依里佳は思い出した。

「松永さん、こんな性格だけど目を惹く美人だし、関口さんが気が気でなくなるのは、ほんっとによく分かりますよ」

「あなたとは美味しいお酒が飲めそうです、水科さん」

篤樹の反応が意外だったのか、関口は一瞬目を見開いた後、柔らかく緩めて笑った。

「って、こんな性格って、どういう意味ぃ？　水科くん？」

「気にしないでください。言葉のあやです」

篤樹が澄ました笑顔で言ったが、ミッシェルは納得していないようだ。

「水科くんさぁ……依里佳のことでは私と美沙が協力したの、忘れたわけじゃないよねぇ？」

「そのことについては感謝してますよ、もちろん」

「と、とにかく！　……ミッシェルも関口さんも、よかったですね。お二人ともお幸せに……！」

依里佳があたふたして二人の間に割って入る。

「……ま、いっか。ねぇねぇ依里佳、今度ダブルデートしようよぉ。夢の国行こ、夢の国！」

「あ、いいかも」

「それなら任せてください。ミズシナがスポンサーしてるアトラクションのラウンジ取りますから」

ミッシェルが行きたがっているテーマパークのアトラクションの一つは、ミズシナが出資している。

中にはスポンサー関係者だけが入場可能なラウンジがあり、列に並ばなくてもアトラクションに乗ることが出来るのだ。

予約制だが、水科家の一員である篤樹にとっては、当日だろうがスペースを取るのはたやすいのだろう。

「マジ？　ナイス、水科くん！　曜一朗くんも行くよね？」

「ええ、楽しそうですね」

最初の不穏な空気はどこへやら。

和気あいあいと話は進み……それは、夜まで続いた。

六時頃には場所を『酒菜処はまゆう』へと移し、軽い宴会が始まる。

半年近く前はライバル関係と言っても差し支えなかった篤樹と関口だったが、収まるところに収まってしまえばすんなりと和解した。

元々、タイプは違えど人当たりのいい二人は、諍いの種さえなければ気が合うようだ。

それに、穏やかな性格の依里佳と、場を明るくするミッシェルが、彼らの仲を取り持つ潤滑剤となった。

「じゃあ、今年も翔のこと、よろしくお願いします、関口さん」

「こちらこそミッシェルのこと、よろしくお願いしますね」

「了解です。会社での松永さんは、依里佳と俺でちゃんと見張っておきますから」

はまゆうを出たところで、メッセージアプリのＩＤを交換し合った篤樹と関口が、顔を突き合わせている。

「ちょっとぉ……見張る、ってどういうこと？」

「松永さんに悪い虫がつかないように、ということですが何か？」

「あははは、じゃあ私は、幼稚園に出入りする保護者として、関口さんを見張っておくね、ミッシェル。……副園長先生は先生方にも保護者たちにも人気あるからね～」

「よろしく～」

四人で協定を結んだところで、依里佳たちとミッシェルたちは別れたのだった。

「篤樹、すっかり関口さんと仲良くなっちゃったね」

篤樹の部屋に着くなり、依里佳が笑った。

「依里佳に手を出そうとする男は敵だけど、そうじゃなければいがみ合う理由もないしね」

「でもクレストに来た時の篤樹は……ちょっと怖かったよ」

「あの時はさ、二人きりでいい雰囲気になってるから、焦っちゃったな。依里佳を取られたくないと思って」

ごめんね——と、篤樹が依里佳の頭を優しく撫でた。

「そっか……私もごめんね。ミッシェルたちのこと、篤樹にずっと隠してて」

ミッシェルの恋愛事情を本人が公にしていないのに、依里佳が言うわけにはいかないから。

たとえ篤樹相手でも、秘密は漏らせなかった。

だから今日ミッシェルたちと会うことも、彼には内緒にしていた。

「分かってる。そういうのをちゃんと自分の中だけで留めておけるのも、依里佳のいいところだし」

「ありがとう。……関口さんとしこりを残さず、仲良くなれちゃうのは篤樹のいいところ」

「俺が変にこだわったりしたら、俊輔さんと陽子さんにも気を使わせちゃうからね」

篤樹がおどけて肩をすくめた。

それから交替で入浴を済ませた後、依里佳がベッドに入るとするりとルームウェアに手を差し込まれた。あっという間に裸にされて、感じる部分を余さず愛撫される。

篤樹の手つきはそれはそれは優しく、いつにも増して念入りに彼女を高ぶらせていた。

「あぁっ、ん、や……っ」

脚を大きく広げられて、つぶさに見つめられて。

恥ずかしがる彼女を尻目に、篤樹はたっぷりと蓄えられた蜜を筋張った指で掬って攪拌してくる。寝室にぬめった音が響いた。

「……気持ちいい？」

あふれ出た愛液が襞を伝って流れ下りていく感触は、依里佳にも分かっていた。

「んっ、きもちぃ……っ」

「うん、もっとよくなって」

篤樹は秘裂に指を抜き差しして、痺れるような愛撫を繰り返す。

「あぁんっ、や、だぁ……っ、それ……っ」

篤樹と出逢う前にはほとんど感じなかった膣壁が、今ではすっかり快感を生むようになってしまった。

彼の手によって、身体がどんどん敏感に、いやらしくなっていく。

「依里佳はすっかり、どこを触っても感じるようになったね。俺は嬉しいよ」

自分は裸体どころか秘部の奥まで篤樹に曝け出しているというのに、彼は着衣を一糸も乱さないまま、涼しい表情でそんなことを言う。

それがすごく恥ずかしい。けれど気持ちいい。

篤樹はどこにどう触れれば依里佳が乱れるのか、彼女自身よりもよく知っているのだ。

花芯を絶妙な加減で擦られれば、あっという間に昇り詰めてしまった。

「っ、う……っ、ん、あぁ……っ、も……い……っ!!」

白くなめらかな肢体が、ガクガクと痙攣する。

「今日もちゃんとイケたね。……いい子だ」

依里佳が絶頂を超えたことを確認した篤樹は、自分の服に手をかけた。

彼の引き締まった身体を見ると、どうしてもこの後の展開を期待してしまう。

逸る鼓動が、気分を高揚させた。

避妊具をまとった篤樹が、ベッドの上で快楽の火種を燻らせたままの依里佳の身体を開く。

十分に潤った泥濘に硬く崛起した雄芯を宛てがい、ゆっくりと捩じ込んだ。

内壁が蠕動し、彼の屹立を内へ内へと誘い込む。

「あぁ……」

柔らかな快感がじわりと湧いてくる。

篤樹の抽送は本当に緩やかで、情欲を満たす行為というよりは、スキンシップの一種のような感覚だ。

気持ちがいい。

ちょうどいい温度の湯船に入っているような心地よさ。

けれど……少しもの足りなくもある。

もうちょっと、強く貫いてほしい。

欲望で染まった身体が、もの欲しげに揺れてしまう。

「あー……気持ちいい。依里佳の中がきゅうきゅう締めつけてくる」

「ん……っ、ゃ……」

いやいやと頭を振っているそばから、依里佳の内部は篤樹の言葉に反応して収縮する。

篤樹は彼女の上に自分の身体をぴったりと重ね、キスを落とした。

「──俺ね、クレストで依里佳と関口さんが二人でいるのを見た時に、思ったんだ」

「な、にを……？」

一体何を言い出すのだろう──依里佳は靄のかかった目を何度も瞬かせながら、彼の顔を見つめる。

篤樹は瞳に糖蜜のような甘くとろりとした輝きを宿し、言った。

「依里佳は……俺が他の人と結婚するって勘違いした時、別れようとしたよね。でも俺は、依里佳が俺を捨てて誰かと……って言っても、別れてあげられない」

「篤樹……」

「だからね。他の男との恋愛は……諦めて」

光を閉じ込めるように目を細めた彼は依里佳の左手を取り、薬指に嵌められたダイヤモンドを弄ぶ。

この指輪を貰った時、篤樹が指輪のデザイナーと会っていたという情報が入ってきて。

それを聞いた時に依里佳は失恋を予感し、彼が言ったように自ら別れを切り出した。

結局はただの勘違いだったのだけれど。

自分のネガティブな反応とは逆に、篤樹は彼女を決して離さないと言ってくれる。

ほんのわずかな狂気さえ覗かせて。

それでも嬉しくて、幸せで——眦に涙が浮かぶ。

篤樹の腰はわずかに動きを速めて、依里佳をねっとりと深く穿ってきた。

「あぁ……っ、んっ。……わ、私、もう……篤樹以外の人と恋愛するつもりは……ない、から……っ」

「ん。……依里佳、愛してる」

さらに速くなる抽送——身体を官能に染める律動に置いていかれないよう、依里佳は彼にぎゅっとしがみついて。

「わた、しも……愛してる……」

心からの言葉を、篤樹の耳に吹き込んだのだった。

本書は、2018年2月当社より単行本として刊行されたものに、書き下ろしを加えて文庫化したものです。


この作品に対する皆様のご意見・ご感想をお待ちしております。

おハガキ・お手紙は以下の宛先にお送りください。

【宛先】

〒150-6008 東京都渋谷区恵比寿4-20-3 恵比寿ｶﾞｰﾃﾞﾝﾌﾟﾚｲｽﾀﾜｰ 8F
（株）アルファポリス　書籍感想係

メールフォームでのご意見・ご感想は右のＱＲコードから、
あるいは以下のワードで検索をかけてください。

ご感想はこちらから

エタニティ文庫

ホントの恋を教えてください。

沢渡奈々子

2021年6月15日初版発行

文庫編集ー熊澤菜々子・倉持真理
編集長ー太田鉄平
発行者ー梶本雄介
発行所ー株式会社アルファポリス
〒150-6008 東京都渋谷区恵比寿4-20-3 恵比寿ｶﾞｰﾃﾞﾝﾌﾟﾚｲｽﾀﾜｰ8F
TEL 03-6277-1601（営業）　03-6277-1602（編集）
URL https://www.alphapolis.co.jp/
発売元ー株式会社星雲社（共同出版社・流通責任出版社）
〒112-0005 東京都文京区水道1-3-30
TEL 03-3868-3275
装丁イラストー芦原モカ
装丁デザインーansyyqdesign
印刷ー中央精版印刷株式会社

価格はカバーに表示されてあります。

落丁乱丁の場合はアルファポリスまでご連絡ください。

送料は小社負担でお取り替えします。


ISBN978-4-434-28973-6 C0193